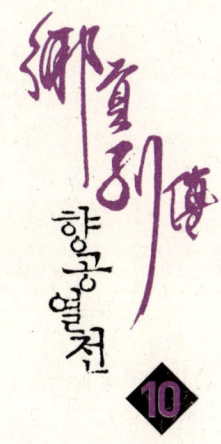

조진행 신무협 장편소설
ORIENTAL FANTASY STORY & ADVENTURE

향공열전(鄕貢列傳) 10
검공불퇴(劍孔不退)

초판 1쇄 인쇄 / 2010년 4월 16일
초판 1쇄 발행 / 2010년 4월 26일

지은이 / 조진행

발행인 / 오영배
편집장 / 김경인
펴낸 곳 / (주)삼양출판사 · 드림북스

주소 / 서울특별시 강북구 미아8동 322-10호
대표 전화 / 02-980-2112 팩스 / 02-983-0660
편집부 전화 / 02-980-2116 팩스 / 02-983-8201
블로그 / blog.naver.com/dream_books

등록번호 / 제9-00046호
등록일자 / 1999년 3월 11일

ⓒ 조진행, 2010

값 8,000원

(주)삼양출판사 · 드림북스의 서면 허락 없이는 어떠한
형태나 수단으로도 이 책의 내용을 이용하지 못합니다.

ISBN 978-89-542-3555-6 04810
ISBN 978-89-542-2235-8 (세트)

* 지은이와 협의하에 인지는 생략합니다.
* 잘못된 책은 구입한 곳에서 바꾸어 드립니다.

제1장 황금이면 귀신도 부린다 7

제2장 악(惡)은 힘으로 39

제3장 다툼 없는 삶 보다는 후회 없는 삶이 낫다 71

제4장 일에는 순서가 있다 103

제5장 떠나지 못하는 남자 137

제6장 눈에 띄게 살아라 *167*

제7장 머무는 곳의 주인이 되라 *197*

제8장 가을의 달처럼 *225*

제9장 협객(俠客)은 있다 *259*

제10장 검공불퇴(劍公不退) *287*

제1장

황금이면 귀신도 부린다

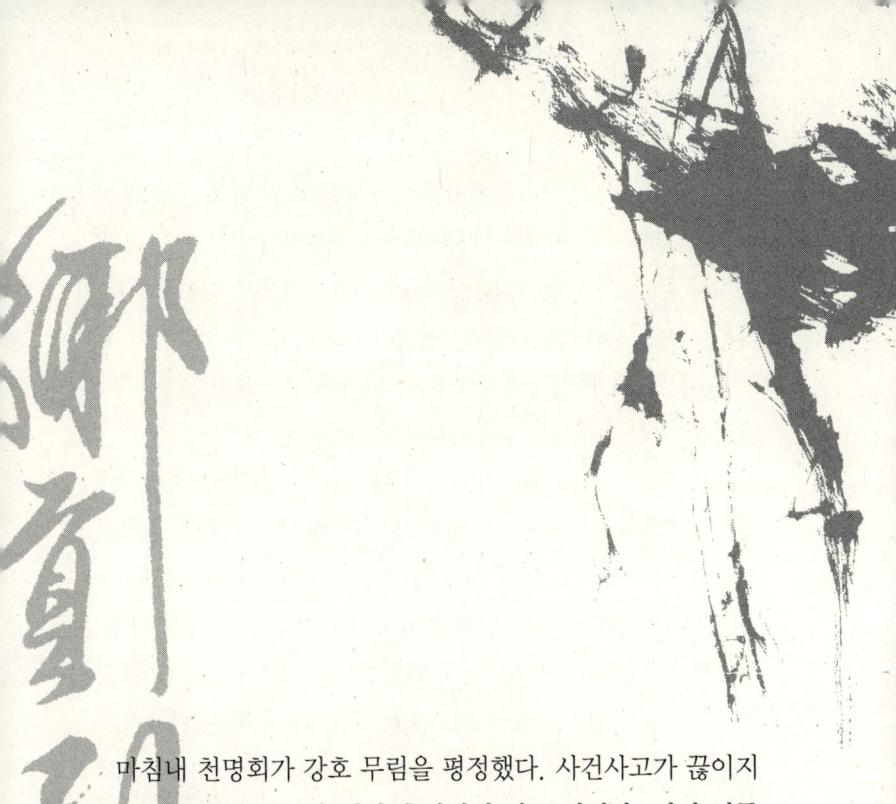

 마침내 천명회가 강호 무림을 평정했다. 사건사고가 끊이지 않는 강호에서 그보다 더한 충격적인 일도 없었다. 어떤 이들은 세상이 끝난 것처럼 눈물을 흘렸고, 강호를 떠난 사람도 적지 않았다. 처음에는 많은 사람들이 반신반의(半信半疑)했지만 그것도 오래 가지는 않았다. 소문을 확인이라도 시켜 주듯, 십대문파 본산이 봉문을 했던 것이다.
 십대문파의 속가제자들과 흩어져 있던 무림지사들은 무림의 멸망이라고 절규했다. 세상이 악의 구렁텅이로 떨어진 것처럼 그들은 슬피 울었다. 이제 사람들은 악을 의지해서 살아가게 될 거라고, 그래서 천하에 지옥이 펼쳐질 거라고, 탄식했다.

하지만 천명회는 사파 연합이라는 이름이 무색할 정도로 차분하게 강호에 군림했다. 처음에는 정사지간의 고수들을 초빙하더니, 시간이 지나자 십대문파의 속가제자들도 받아들였다. 그러다 보니 천명회는 정체성을 알 수 없는 모호한 집단이 되어 갔다. 그런 분위기에 반발하는 사파의 고수들이 있었지만, 그들은 소리 소문 없이 사라져 갔다.

언제부터인가 "십대문파의 단심맹이나 천명회가 별 차이가 없다"고 말하는 사람들이 생겨났다. 처음에는 주변의 눈치를 살피며 아주 조심스럽게 떠돌던 괴담(怪談)이 정설(定說)로 자리 잡은 건, 천명회가 강호의 주인이 된 지 일 년 만의 일이다.

물론 둘 사이에 차이가 전혀 없던 것은 아니다. 예컨대 단심맹에게 있어 일처리의 우선순위는 "십대문파의 속가제자가 누군가? 단심맹에 기부를 하는 사람이 누군가? 신망이 있는 사람이 누군가?"였다. 그러던 것이 천명회 때에 단출하게 바뀌었다. 천명회는 단지 "누가 재물이 많은가?"를 보았다. 그리고 정파와 사파를 구별하지 않고 "천명회에 재물을 많이 기부하는 쪽"의 편에 섰다.

그런데 의외로 많은 사람들이 그런 천명회의 방침을 합리적이라고 말했다. 그들 대부분은 십대문파에 연줄이 없는 보통 사람들이었다. 어쩌면 그들에게는, 신화 속에나 등장하는 십대문파와의 인연보다는, 재물이 더 가까웠는지도 모를 일이다.

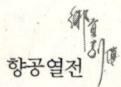
향공열전

물론 부작용도 적지 않았다. 재물이 곧 정의가 되는 세상이니 "황금이면 귀신도 부린다"는 말이 공공연히 떠돌았다.

과거를 그리워하는 사람들은 "그것 봐라, 세상이 도탄에 빠졌다"라고 했다. 그러나 현실에 적응한 사람들은 "전에도 유전무죄(有錢無罪) 무전유죄(無錢有罪)의 세상이었다"고 맞받았다.

과거를 그리워하든, 현실에 만족하든, 사람들이 이구동성(異口同聲)으로 말하는 것이 있었다. 그것은 기특하게도, "이러니저러니 해도 세상이 이전처럼 잘 돌아가고 있다"는 것이다.

그랬다. 일단 눈에 보이는 세상은 너무 잘 돌아가고 있었다. 천하는, 자신의 주인이 단심맹에서 천명회로 바뀐 것을 알지 못하는 듯했다. 여전히 겨울인가 싶더니, 눈 깜빡할 사이에 봄이 지나고, 뜨거운 여름이 다시 찾아왔다.

주인이 바뀐 세상에서 분주한 것은 오직 이익을 좇는 사람들뿐이었다.

호북성 무한의 성심표국은 짧은 창업역사에 비해 급성장한 곳으로 유명했다. 새로 뭔가를 해보려는 사람들은 "이선익(李先益) 만큼만 성공했으면 좋겠다"는 말을 입에 달고 다닐 정도였다. 이대(二代) 국주인 전뇌검(電雷劍) 이선익이 성실한 것도 있지만, 그가 십대문파의 속가제자인 것도 한몫했다.

이선익은 어려서부터 소림사와 무당파에서 수학을 한 보기 드문 기재였다. 그런 이선익의 재능과 십대문파의 후광으로 역사가 짧은 성심표국은 호북성 전역에 이름을 떨칠 수 있었던 것이다.

그런데 지금 성공의 표상인 전뇌검 이선익이 침통한 표정으로 대표두를 바라보고 있었다.

"허면, 우리가 이대로 물러서야 한다는 말이오?"

이선익의 물음에 대표두 석진무(石眞武)가 송구하다는 표정으로 답했다.

"국주님, 금룡표국에서 무상전(無上殿)의 수라마검(修羅魔劍)을 초빙했다고 합니다. 지금이라도 손을 떼는 것이 낫습니다."

"……."

이선익의 얼굴이 더욱 어둡게 가라앉았다.

무상전은 천명회(天命會)의 오대 행동조직 가운데 하나다. 표국 간의 분쟁에 천명회의 무상전이 끼어들었으니 결과는 자명한지도 몰랐다.

"수라마검과 같은 고수가 그냥 갔을 리는 없고…… 금룡표국이 수라마검에게 들인 돈이 얼마라고 하더이까?"

"예, 금 이백 냥이라고 들었습니다."

석진무가 망설임 없이 답했다. 수라마검과 관계된 일은 이미 큰 비밀도 아니었다. 금룡표국에서 일을 수월하게 끝내기 위해 소문을 흘린 탓이다.

"으음! 이백 냥이라……."

이선익이 망설이는 듯하자 석진무가 고개를 저었다.

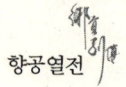

"수라마검을 우리 쪽으로 끌어 오려면 최소한 금 삼백 냥은 써야 합니다. 그 돈이면 차라리 표물을 포기하는 편이 낫습니다."

이선익이 복잡한 표정으로 석진무를 바라보았다. 표물로 인한 손해가 금 오십 냥이니 단순히 계산하면 맞는 말이다.

"하지만 이번 일로 우리가 머리를 숙이면…… 체면도 체면이지만, 호북성의 물건은 금룡표국으로 몰리고 말 것이오."

"국주님, 그래도 이번 건은 털어 버리는 것이 낫습니다. 금 삼백 냥이면 이 년치의 이윤에 해당하는 금액입니다. 어찌어찌 수라마검을 끌어들여 위기를 넘긴다고 해도…… 앞으로 남은 이 년 동안 손가락만 빨며 지낼 수는 없지 않겠습니까?"

"……."

이선익의 고민도 여기에 있었다. 포기하면 표국의 위상이 흔들리고 매달리면 당장 이 년 동안 수입이 없게 된다.

"하아!"

이선익의 입에서 장탄식이 흘러나왔다. 한참을 고민해도 답이 없었다.

일이 이렇게 된 것은 두 달 전에 벌어진 표물 강탈 사건 때문이다. 표국을 운영하다 보면 사건 사고가 일상다반사(日常茶飯事)다. 해마다 도적들에게 표물을 빼앗기고 되찾는 것은 행사처럼 되풀이 되고 있었다. 그렇다고 모든 표물을 되찾는 것은 아니다. 계속해서 표국의 업무를 봐야 하기 때문에 모든 무력을 동원할 수가 없는 까닭이다.

그래서 표국마다 무력을 동원하는 기준이 따로 있었다. 일정 금액을 정해두고 그 이하의 물품이면 배상으로 끝내고, 그 이상의 표물이면 표사들을 모아 도적의 근거지를 치러 갔던 것이다. 성심표국의 경우는 금 삼십 냥이 무력동원의 기준이었다.

두 달 전 대별산(大別山)을 지나던 표물이 강탈당했다. 표물의 배상액은 금 오십 냥. 이선익은 당장에 표사들을 동원해 대별산으로 향했다. 거기까지는 평소와 다름이 없었다. 하지만 이선익이 대별산에 도착했을 때 대별산의 도적들은 궤멸된 상태였다. 누군가 한발 앞서 대별산의 도적들을 쓸고 지나간 것이다.

표물을 찾지 못한 이선익은 맨손으로 돌아올 수밖에 없었다. 보름이 지났을까? "금룡표국이 대별산의 도적을 토벌했다"는 소문이 떠돌았다. 그리고 얼마 뒤 금룡표국의 정문에 "대별산의 도적들을 없애고 표물을 되찾았다"는 방이 붙었.

이선익은 한달음에 금룡표국으로 달려갔다. 하지만 금룡표국의 국주 금인도(金人道)는 "절대 다른 물건은 없었다"고 시치미를 뗐다.

아무리 사정해도 없다는데 어쩔 것인가! 힘없이 돌아 나오던 이선익은 평소 안면이 있던 천하상단(天下商團)의 도건위

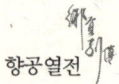
향공열전

(道乾位)를 만났다.

가벼운 잡담 끝에 도건위는 "금룡표국의 국주에게서 우마차(牛馬車) 두 대 분의 물건을 샀다"고 했다. 도건위는 "누군가 물건으로 잔금을 지불한 모양입니다"라며 웃었지만, 우마차 두 대에 실렸던 품목을 들은 이선익은 함께 웃어 줄 수가 없었다. 금룡표국의 금인도가 천하상단에 넘긴 물건들은 잃어버린 성심표국의 표물이었던 것이다.

그 뒤로 한 달 동안 이선익과 금인도는 지루한 싸움을 이어오고 있었다.

두 표국의 분쟁이 격화되자 천하상단은 슬그머니 뒤로 빠졌다. "상단의 거래 자료는 비밀이니 사실 확인을 해 줄 수 없다"는 것이 이유였다. 천하상단으로서는 주 거래처인 금룡표국의 눈 밖에 날 일을 피해야 하니 당연한 일인지도 모른다. 당사자인 도건위도 상단에서 손을 떼고 낙향했다. 천하상단에서는 관리직들의 "거래내용 비밀엄수"에 대한 교육이 강화되었다.

마침내 이선익이 고개를 저으며 말했다.

"그럽시다. 지난 한 달 동안 표물을 받지 못해 손해가 이만저만이 아니오. 이후로 금룡표국과의 싸움을 금지시키고, 표사들을 다독여 주시구려."

"알겠습니다."

그렇게 표물강탈 사건은 정리되는 듯했다.

하지만 그건 어디까지나 성심표국의 뜻일 뿐이다.

성심표국의 표사들이 분루를 삼키며 돌아선 지 사흘이 지났을까?

금룡표국의 금인도가 이선익에게 서찰을 보냈다.

그 한 통의 서찰을 읽던 이선익은 피를 토하며 쓰러지고 말았다. 울분을 참지 못해 주화입마에 들고 만 것이다.

이선익이 갑자기 쓰러지자 성심표국은 순식간에 존망(存亡)의 위기로 빠져들었다. 표물을 잃은 소문에 이어 이선익까지 쓰러지자 성심표국의 고객들이 하나 둘씩 빠져 나가기 시작한 것이다.

성심표국의 대표두인 석진무가 침통한 표정으로 서찰을 내려다보았다.

······성심표국이 일으킨 시비로 금룡표국의 재정적인 손실은 이루 말할 수가 없소. 이에 금 이백 냥의 손해 배상금을 청구하니······.

어이없게도 금룡표국에서 보낸 배상금 청구서다.

금룡표국의 금인도는 이달 말까지 금 이백 냥을 물어내라고 했다. 배상금을 내지 않는다면 차후에 금룡표국과 한 지역에서 영업을 하지 못할 것이라는 경고도 적혀 있었다.

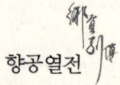
향공열전

"으음! 수라마도……."

석진무의 입에서 신음이 흘러나왔다.

금룡표국은 무상전의 수라마도를 초빙하는데 들어간 돈을 성심표국에 청구하고 있었다. 이선익이 피를 토하고 쓰러질 만도 했다. 표물을 빼앗긴 것으로도 모자라 생돈 이백 냥까지 물어주게 생겼으니, 멀쩡하면 오히려 이상하지 않은가!

핼쑥한 얼굴로 의자에 앉아 있던 이선익이 중얼거렸다.

"그렇소. 금룡표국은 가증스럽게도…… 수라마도의 초청에 들어간 경비를 우리에게 청구한 것이오. 선친께서 누누이 '싸움 중에 등을 보이면 물어 뜯긴다'고 했는데…… 그런 일이 실제로 일어날 줄이야. 나의 어리석음이 화를 불렀소."

"……."

그러나 석진무는 아무런 말도 할 수 없었다. 자신의 조언으로 일이 이 지경에 이르게 되었다고 생각한 것이다.

고개를 떨구고 있는 석진무에게 이선익이 물었다.

"조금 전에 수라마도가 보낸 사람이 왔었다고 들었소. 무슨 일로 왔던 게요?"

"하아!"

석진무가 장탄식을 터뜨렸다. 수라마도의 수하가 한 말을 생각하면 한숨부터 나왔다.

"금 오백 냥이면 잃어버린 표물을 찾을 수 있을 것이라는 수라마도의 말을 전하고 갔습니다."

"헐! 자신의 몸값을 높이려는 수작이로군……"

"그렇습니다. 만약 우리가 오백 냥을 내면…… 그는 다시 금룡표국에 그 이상을 요구할 게 틀림없습니다."

"우리와 그들의 자금력을 생각하면…… 결국 금룡표국이 원하는 대로 될 터이니…… 그야말로 들으나 마나한 소리구려."

"예……"

석진무가 고개를 끄덕였다.

맞는 말이다. 아무리 급성장 했다고 해도 성심표국은 금룡표국의 상대가 되지 못했다.

망설이던 석진무가 조심스럽게 운을 떼었다.

"국주님, 이왕 이렇게 된 거…… 차라리 서가장에 한번 찾아가 보는 것이 어떻겠습니까?"

"안될 말이오."

대번에 이선익이 고개를 저었다. 자신이라고 검공이 있는 서가장을 떠올려 보지 않은 것은 아니다. 하지만 십대문파와 검공 서문영의 관계는 좋지 않았다. 지금까지 서가장과 왕래가 없었는데, 갑자기 찾아가서 도와 달라고 하면 비웃음을 살 게 분명했다.

"서가장과는 단 한차례의 거래도 한 적이 없는데…… 우리를 도와주겠소? 더구나 상대가 천명회인데……"

세간의 소문에 의하면 검공과 천명회의 관계는 십대문파보다 좋았다. 물론 칠대마인과 검공에 대한 소문은 천명회에서

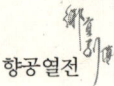

흘러나온 것이지만, 근거 없는 헛소문만은 아닐 것이다. 검공 자신도 그런 소문들을 부정하고 있지 않았다.

"국주님, 서가장과 성심표국은 같은 지역에 있습니다. 이런 위기 상황에 한번쯤 머리를 숙여보는 것도 당연한 일입니다. 비록 검공이 정사지간으로 알려져 있지만…… 그를 협객으로 믿고 있는 사람도 적지 않습니다. 향원객점(鄕園客店)의 일도 그가 관여해 뒤탈 없이 마무리 되었다고 합니다. 그렇다면, 한번 시도해 볼만 하지 않겠습니까?"

"……."

이선익은 계속되는 석진무의 말에 마음이 흔들렸다.

향원객점의 일을 생각하면 더욱 그랬다.

지금으로부터 두어 달 전, 그러니까 표물을 강탈당하기 전에 벌어진 일이다. 무한에서 가장 크다는 향원객점의 관리를 두고 비천검문(飛天劍門)과 무영방(無影幇)이 정면충돌을 했다. 비천검문이 관리하던 향원객점을 무영방이 무리하게 가로채려다가 시작된 싸움이었다.

비천검문은 화산파의 속가제자가 세운 정파의 무관이고, 무영방은 정사지간의 단체다. 단심맹이 건재하던 과거 같으면 상상할 수도 없는 일이었지만, 싸움은 쉽게 끝나지 않았다.

다급해진 무영방은 천명회에 손을 내밀었고, 천명회에서는 무상전(無上殿)의 고수들을 무영방으로 파견했다. 무상전의 주인은 천명회의 실세라고 할 수 있는 소면시마인지라 누구도 무영방의 승리를 의심하지 않았다.

하지만 일은 예상처럼 쉽게 끝나지 않았다.

그 혼란의 와중에 서가장의 장주인 서공망이 지인들과 향원객점을 찾아온 것이다. 더 정확히는 향원객점에서 운영하고 있는 향원반점(鄕園飯店)이다.

운 좋게도 향원객점의 주인은 식사를 하러 들어온 서가장의 가주 서공망(西供望)을 알아보았다. 그리고 바로 그날 비천검문의 문주는 객점 주인의 소개로 서공망과 안면을 트게 되었다.

다음날, 날이 밝자마자 비천검문의 문주 이승주(李乘舟)는 서가장으로 달려가 서공망에게 읍소(泣訴)를 했다.

"비천검문이 검공에게 도움을 청했다"는 소문이 돌자 사람들은 고개를 갸웃거렸다. 검공이 나선다고 해결될 일이 아니라고 생각한 것이다. 이러니저러니 해도 검공은 개인이고 무상전은 천하의 주인이라는 천명회의 행동조직인 까닭이다.

그러나 검공의 힘은 상상을 초월했다. 무영방의 빈객으로 지내던 무상전의 고수들이 천명회로 복귀해 버리고 만 것이다. 무상전의 전주(殿主)가 천살도부(千殺導斧)라는 것을 생각하면 당연한 일인지도 모른다. 결국 무영방은 이승주에게 백배사죄하고 향원객점에서 완전히 손을 뗐다.

한동안 사람들의 이목을 끌었던, 과거 단심맹의 일원이던

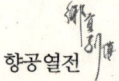
향공열전

비천검문과 천명회를 등에 업은 무영방의 싸움은 그렇게 흐지부지 끝이 나고 말았다.

'검공이 최선이긴 한데……'
솔직히 최선이 아니라 유일한 것인지도 모른다. 천명회가 나섰음을 알고도 금룡표국과 성심표국의 일에 끼어들 간 큰 사람은 없었다.
"허! 알겠소. 내 직접 서가장에 찾아가 보리다."
석진무의 얼굴이 대번에 밝아졌다. '검공의 도움만 받을 수 있다면 상대가 수라마도라고 해도 걱정할 게 없다'는 생각에서다.

*　　*　　*

쇠뿔도 단김에 빼라고 이선익이 석진무와 함께 서가장을 찾은 것은 그날 저녁이다.
하지만 서가장의 앞마당에서 두 사람이 제일 처음 만난 사람은, 검공이 아니라 금룡표국의 국주인 금인도였다. 하필 금인도가 먼저 서가장을 방문했던 것이다.
이선익과 눈이 마주치자 금인도가 피식 웃으며 물었다.
"매사에 그렇게 느려서야. 이번에는 또 무슨 떼를 쓰려고 여기까지 찾아왔소?"

부들부들 떨던 이선익이 답했다.
"표국을 운영하는 사람이…… 강도처럼 남의 표물을 가로채고도 그런 소리를 하느냐! 조상 보기가 부끄럽지도 않은가!"
"허! 보시오, 이 국주. 지킬 힘이 없어 녹림에 표물을 빼앗긴 것까지는 이해할 수 있소. 그런데 그것을 왜 나에게 물어달라고 하시오? 길게 말 섞을 것 없소. 내일 봅시다."
금인도가 뒤도 돌아보지 않고 걸어 나갔다.
"저런! 죽일 놈이!"
이선익은 당장 쳐 죽일 듯, 칼 손잡이를 움켜쥐고도 뽑지 못했다. 마중 나온 서가장의 사람들이 지켜보고 있었기 때문이다.
"국주님, 참으십시오. 검공을 만나 봐야지요."
대표두 석진무의 말에 이선익은 오히려 침울한 표정이 되었다.
"허, 석 표두. 이제 와서 검공을 만난다고 해결이 되겠소? 금인도가 벌써 손을 쓴 모양인데……."
이선익은 수라마도에 이어 검공까지 금인도와 한편이 되었다고 생각했다. 금인도가 당당하게 내일 보자고 할 때는 이유가 있는 법이다.
"국주님, 금인도가 뭐라고 했든…… 국주님께서 검공에게 드릴 말씀이 있지 않습니까?"
"……"

한숨을 내쉬던 이선익이 마지못해 고개를 끄덕였다. 어차피 검공이 도와줄 거라는 생각으로 온 것은 아니었다.

서가장의 집사인 이석(李碩)이 다가와 다시 물었다.

"어떻게 하실 건가요? 그냥 돌아가실 겁니까?"

"아닙니다. 그냥 돌아가다니요? 반드시 검공을 만나 뵙고 갈 겁니다."

석진무가 나서자 이석이 희미하게 웃으며 돌아섰다.

"그럼, 두 분은 저를 따라오십시오. 둘째 공자님이 계신 곳으로 모시겠습니다."

앞서가는 이석의 발걸음은 가벼웠다.

관부의 인물은 물론 무림인들까지 둘째 공자를 찾는 손님은 끝이 없었다. 하릴없이 허송세월을 보낼 것 같던 둘째 공자가 이렇게 출세할 줄이야! 서가장이 세워진 이래 가장 잘나가는 때라고 할 수 있었다. 주인의 위엄은 곧 식솔들의 위엄인 법. 뻣뻣하게 굴던 관인과 무림인들이 눈치를 슬슬 살피니 요즘 같아서는 살맛도 났다.

한참 만에 이석의 걸음이 멈춘 곳은 작은 전각 앞이다.

이석은 이선익과 석진무의 기죽은 얼굴을 힐끔 바라본 뒤에 목청을 가다듬었다.

"둘째 공자님, 이번에는 성심표국의 국주님과 표두님이 방문하셨습니다."

이선익과 석진무의 얼굴에 어색한 미소가 떠올랐다. "이번에는"이라는 말이 주는 야릇함 때문이다.

덜커덩.

생각지도 않게 문이 열렸다.

깜짝 놀란 이선익과 석진무가 숨까지 멈췄을 때다.

"어서 오십시오. 그렇지 않아도 무슨 소란인지 궁금했습니다."

이십대 후반으로 보이는 문사 하나가 얼굴을 내밀었다.

평범해 보이는 얼굴에 어울리지 않는 칼자국을 확인하고서야 이선익과 석진무가 머리를 숙였다.

"성심표국의 국주인 이선익입니다."

"대표두인 석진무입니다."

청년이 가볍게 목례를 하며 화답했다.

"서문영입니다. 어서 안으로 드시지요."

"예."

두 사람이 앞서거니 뒤서거니 섬돌로 올라섰다.

그제야 서문영의 시선이 시립하고 있던 이석에게로 향했다.

"이 집사님, 술과 안주는 아직 그대로이니 신경 쓰지 않아도 됩니다."

"그래도……."

"하하, 아껴야지요. 저를 찾아온 손님들 때문에 살림이 거덜 나서야 되겠습니까?"

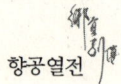

향공열전

"공자님, 그 정도로는 우리 살림이 거덜 나지 않습니다."
"됐습니다. 괜히 아래에서 일하는 사람들만 번거로워 집니다."
"예……."
서문영이 강경하게 반대하자 이석은 어쩔 수 없다는 표정으로 돌아섰다.

방 안에 들어가 자리를 잡은 뒤에도 이선익은 한동안 말을 꺼내지 못했다. 조금 전에 만났던 금룡표국의 금인도가 신경이 쓰인 탓이다. 이선익은 '금인도가 왜 왔을까?'를 생각하느라 서문영이 한참동안 자신을 바라보고 있다는 것도 알지 못했다.
대표두 석진무가 가볍게 옆구리를 찔러서야 이선익은 자신의 실태를 깨달았다.
"어이쿠! 죄송합니다. 조금 전에 있었던 일을 생각하느라……."
"괜찮습니다. 그런데 어쩐 일로 늦은 시간에 방문을 하셨는지요?"
서문영의 정중한 물음에 이선익은 잠시 생각을 정리했다. 지금 자신이 어떻게 말하느냐에 따라 성심표국의 미래가 달려 있었다.
"오늘 제가 서 대협을 방문한 것은 억울함을 풀기 위해서입니다."

 이왕 이렇게 된 거 이선익은 처음부터 노골적으로 나가기로 했다. 벌써 금인도까지 왔다 갔으니 앞뒤 따질 겨를도 없었다.
 표물을 도적맞고 되찾으러 갔다가 허탕을 친 것부터 금룡표국에서 그것을 빼돌린 것까지 숨 쉴 틈 없이 말했다.
 "……그런데 금인도는 천명회의 힘을 빌려 오히려 저에게 자기가 쓴 경비까지 물어내라고 요구하고 있습니다. 적반하장(賊反荷杖)도 유분수지, 이게 말이나 되는 소리입니까?"
 묵묵히 듣고 있던 서문영이 되물었다.
 "그런 일이라면 관청(官廳)을 찾아가야 하지 않습니까?"
 "……."
 이선익이 석진무를 힐끔 바라보았다. 서문영이 하고 있는 말의 진의(眞意)를 알 수 없다는 생각에서다. 뜬금없이 관청이라니?
 이해할 수가 없기는 석진무 역시 마찬가지다. 이런 일에 관의 힘을 빌린다는 것은 생각해 본 적도, 해서도 안 되는 것이기 때문이다.
 석진무가 갑자기 지쳐 보이는 이선익을 대신해 말했다.
 "허험! 대협, 무림의 일은 무림에서 처리하는 것이 관례입니다."
 "아무리 그래도 금룡표국에서 성심표국의 표물을 빼돌려 팔았다면…… 도적질을 한 셈입니다. 상단은 장물의 매매에 관

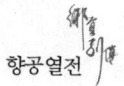

여한 것이 되고요. 무림의 일이기도 하지만 국법을 위반한 것이니…… 관에서 나서야 하지 않겠습니까?"

"물론 대협의 말씀이 사리에는 맞는 것이나…… 무림의 문파가 관부에 의지했다는 소문이 돌기라도 하는 날이면…… 강호에서는 빌어먹고 살기도 힘들어지게 됩니다."

물론 관부와 관계된 소문 때문에 꺼리는 것은 아니다. 문제는 대부분의 표국이 합법적인 일만 하는 게 아니라는 데 있다. 당장 강탈당한 표물 가운데는 나라에서 거래를 금지한 품목이 몇 가지나 있다. 하지만 그런 이야기를 국법을 앞세우는 서문영에게 할 수는 없었다.

"그런가요?"

서문영이 알 듯 말 듯한 표정으로 석진무를 바라보았다.

표물을 강탈당했는데 고작 소문이 두려워 관에 고발하지 못한다니? 자신으로서는 납득하지 못할 소리였다. 하지만 당사자가 그렇다니 강요할 수도 없는 노릇이었다.

석진무가 이선익에게 시선을 돌렸다. 다시 한 번 간곡하게 청을 해보라는 뜻이다.

이선익이 침통한 표정으로 운을 뗐다.

"얼마 전 대협께서 협의를 앞세워 향원객점을 도와준 일은…… 무림에 귀감이 되고 있습니다. 지금 성심표국은 향원객점보다 더 원통한 상황입니다. 도와주십시오! 대협이 도와주지 않으면…… 성심표국은…… 망하고 말 겁니다."

"그건 과장된 소문입니다. 저는 향원객점을 도운 적이 없습니다."

"예?"

이선익이 황당한 표정으로 서문영을 바라보았다. 향원객점을 돕지 않았다니? 세상에 자자한 그 소문은 다 뭐란 말인가?

"말 그대로입니다. 향원객점의 분들이 서가장에 찾아온 적은 있습니다. 오늘 여러분들이 오셨듯 말입니다. 하지만 그것이 전부입니다. 향원객점의 분들에게 저는 관부에 신고를 하라고 권유해 드렸습니다. 하지만 그분들도 여러분과 같은 이유로 그럴 수 없다고 하시더군요."

"그, 그래서요?"

이선익이 이해할 수 있다는 듯 고개를 끄덕였다. 보나마나 향원객점도 무림에서의 소문을 이유로 거절했을 것이다. 비천검문의 이승주가 서문영에게 향원객점의 지하 도박장에 대해 털어놓을 정도로 어수룩한 사람은 아니니까 말이다.

"그래서 저는 무림문파간의 불법적인 분쟁에 끼어들 생각도 명분도 없다고 말씀 드렸습니다."

"그게 어째서 불법적인 분쟁입니까?"

"합법적인 방법으로 문제를 해결하려 들지 않으니 불법적인 분쟁이랄 밖에요."

"허, 허면, 대협께서는 무림의 모든 일을…… 관인(官人)들의 판결에 맡겨야 한다는 말씀이십니까?"

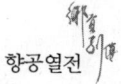
향공열전

"모든 일이 아니라, 불법적으로 권리와 이익을 침해당하는 일들에 대해 관부의 힘을 빌려야 한다는 뜻이었습니다."

"불법적이라…… 무림의 분쟁을 모두 불법적인 것이라고 할 수는 없습니다. 게다가 인간사의 적법과 불법은…… 상황에 따라 조금씩 달라질 수도 있지 않습니까?"

이선익은 무림에 만연한 불법적인 행사들은 나름의 이유가 있다고, 필요악이라고, 강변(强辯)하고 싶었다. 하지만 억지로 흥분을 가라앉혔다. 서문영과 언쟁을 하기 위해 온 것이 아니기 때문이다.

"예, 옳으신 말씀입니다. 조금씩 달라지는 그것을 판단하는 것은 사람마다 다르지요. 저는 그런 경우 법대로 하는 것이 좋겠다고 권유하고 있습니다."

"……"

곤혹스러운 표정으로 서문영을 바라보던 이선익이 물었다.

"그러니까, 대협께서는 도와줄 수 없다는 말씀이십니까?"

"관(官)에 호소하는 것이 좋겠다는 저의 의견을 말씀 드린 것뿐입니다."

"그 말이 그 말 아닙니까?"

말과 함께 이선익이 자리에서 일어섰다. 서문영이 자신의 부탁을 거절하기 위해 관부를 들먹이고 있다고 생각한 것이다.

"금룡표국의 사람들이 와서 뭐라고 했는지는 모르겠으

나…… 강호의 소문 중에 제대로 된 게 하나도 없다는 것을 다시금 깨달은 하루였소이다. 실례했소."

이선익이 짧은 인사와 함께 돌아서 나갔다.

"국주님!"

석진무가 다급한 음성으로 이선익을 불렀다. 그러나 이선익은 뒤도 돌아보지 않고 빠른 걸음으로 멀어져 갔다.

"대, 대협, 도와주십시오!"

석진무가 머리를 조아렸다. 자신마저 이대로 나가면 성심표국은 끝이었다.

자신들의 미숙함으로 표국이 망한다면 결과를 담담히 받아들일 수 있다. 하지만 지금처럼 경쟁 상대의 술수에 휘말려 문을 닫고 싶지는 않았다.

"허, 관에 호소하는 것이 최선이라는 의견을 말씀드린 것뿐인데……."

"대협, 허면 차선(次善)은……."

석진무가 기대에 찬 눈으로 서문영을 바라보았다. 느낌이지만, 왠지 서문영이 이대로 외면하지 않을 것 같았다.

"일반인의 손으로라도 해결을 봐야겠지요. 가시죠."

"예? 어디로?"

"천하상단으로 가야지요."

"저어, 상대는 금룡표국입니다만."

서문영이 웃으며 자리에서 일어섰다.

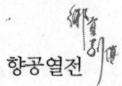
향공열전

"제 눈으로 거래가 끝난 표물을 확인해야 어느 쪽의 주장이 사실인지 알 수 있지 않겠습니까?"

"아!"

주섬주섬 일어서던 석진무가 자신 없는 음성으로 말했다.

"그런데…… 천하상단은 거래 자료를 비밀로 하고 있습니다. 국주님께서도 몇 번이나 사정했지만 소용이 없었습니다."

"사정이라……. 인간적인 호소가 통하는 세상이 있을까요? 표국을 운영하신다니 그 정도 이치는 알 거라고 생각했는데……."

서문영이 담담한 표정으로 석진무를 바라보았다.

석진무는 내심 뜨끔해서 서문영의 시선을 슬그머니 외면했다. 서문영이 마치 "너희도 초법적으로 살아왔으면서 새삼 인정에 호소를 하려 드느냐?"고 비웃는 것 같았기 때문이다.

방문을 열고 나서는 석진무의 어깨가 움츠러들었다.

사실 성심표국이 금룡표국이나 천하상단보다 강했다면, 이런 일은 일어나지도 않았을 것이다. 어쩌면 금룡표국이 같은 일을 당해 동분서주(東奔西走)하고 있었을지도 모를 일이다.

천하상단에 찾아갔던 일들을 떠올리자 새삼 얼굴이 화끈거렸다. 초법적인 세상에서 종횡무진 살았으면서, 막상 위기가 닥치자 상대의 부도덕을 비난하고 있다. 검공 서문영이 도와주겠다고 나서면서도 웃지 않을 수 없는 상황인 것이다.

* * *

부지런히 걸어가던 석진무가 거대한 대문 앞에서 멈춰 섰다. 늦은 밤이었지만 대문 안쪽에서 은은한 빛이 흘러나왔다.
"이곳이 천하상단의 총본점(總本店)입니다."
"허! 다른 곳에 지부(支部)가 있나요?"
서문영이 끝이 보이지도 않는 장원의 담장을 질린 눈으로 바라보았다.
"호북성에 열 개의 지부가 있는 것으로 알고 있습니다. 다른 곳에 뭐가 더 있는지는 알 수 없습니다만……."
"대단하군요. 이래서 다들 돈을 벌려고 하나 봅니다."
"허허, 그렇겠지요?"
석진무의 얼굴에 어색한 미소가 떠올랐다. 지금 그의 관심은 "서문영이 천하상단에서 무슨 말을 할까?"에 쏠려 있었다. 천하상단은 황실과도 끈이 닿아 있어서 고관(高官)들도 함부로 하지 못했다. 무림이 치외법권(治外法權)의 지역이라면, 천하상단은 법 위에 군림하는 세력이라고 할 수 있었다.
석진무가 굳게 닫힌 나무 대문을 가볍게 두들겼다.
잠시 후 대문이 열리며 서너 명의 사람들이 나왔다. 한눈에 보아도 기골이 장대한 문지기들이다. 하지만 위압감이 느껴지는 덩치와 달리 문지기들은 친절했다. 늦은 밤에도 드나드는 상인이 많았기에 해가 떨어지면 손님을 경계하는 보통의 장원

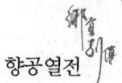
향공열전

과는 달랐던 것이다.

"무슨 일로 오셨습니까?"

"노부는 성심표국의 대표두인 석진무외다. 검공 대협께서 천하상단의 주인을 만나고 싶어 하셔서 길안내를 했소. 안으로 기별을 넣어 주시구려."

"……"

문지기는 성심표국이라는 말에 뚱한 표정을 짓다가, 이어지는 검공이라는 말에 황급히 허리를 숙여 보였다.

"대협, 잠시만 기다려 주십시오."

말과 함께 사내가 부리나케 안쪽으로 달려갔다. 문지기 둘이 감히 바로보지 못하고 곁눈질로 서문영을 힐끔거렸다.

곧이어 안쪽으로부터 여러 사람의 발자국 소리가 들려왔다.

그렇지 않아도 밝던 장원 곳곳에 불이 환하게 밝혀졌다.

칠십대로 보이는 노인이 십여 명의 상인들을 이끌고 정문으로 나왔다. 상인들의 뒤로는 호위무사 삼십여 명이 조용히 따르고 있었다.

석진무가 야릇한 미소로 앞장선 노인을 바라보았다. 얼마 전 국주와 방문했을 때는 얼굴도 보지 못한 상단주였다.

천하상단의 주인인 도추산(道推算)이 부드럽게 웃으며 석진무를 바라보았다.

"그쪽이 석 대표두시겠구려. 반갑소이다."

"성심표국의 석진무입니다."

석진무가 가볍게 읍(揖)을 해보였다.

고개를 끄덕이던 도추산이 이번에는 서문영에게 시선을 돌렸다. 거상답게 큰손님 앞에서 허둥대지 않으려는 태도가 엿보인다.

서문영이 담담한 표정으로 인사를 했다.

"서가장의 서문영입니다."

천하상단의 주인이 피차 안면이 없음에도 불구하고 석진무에게 먼저 인사를 한 것은, 일종의 시위다. 그것은 자신에 대한 경계심 때문일 수도 있고, 소극적인 도발일 수도 있다. 하지만 어느 쪽이건 자신이 신경 쓸 일은 아니다.

먼저 인사를 하고 나선 것은 그런 이유에서다. 시비를 걸기 위해 천하상단에 온 것이 아니라는 것을 자신과 상대에게 납득시키고 싶었다. 상대가 어떻게 받아들이더라도 말이다.

"어이쿠! 인사가 늦었습니다. 천하상단을 이끌고 있는 도추산이라고 합니다. 서 대협, 아니, 대장군님에 관한 소문은 많이 들었습니다. 늦었지만, 일단 안으로 드시지요."

도추산의 "늦었지만"이라는 말이 묘한 여운을 남겼다.

석진무가 씁쓰름한 표정을 지었다. 방문하기에 늦은 것은 사실이지만, 이른 시간에 찾아왔어도 만나주지 않은 것은 도추산이다. 지금도 검공과 함께하지 않았다면 도추산의 얼굴을 볼 일은 없었을 것이다.

도추산과 석진무의 눈이 가볍게 부닥쳤다. 도추산도 석진무

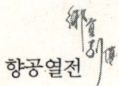

도 상대의 시선을 회피하지 않았다.

도추산은 뜬금없이 검공을 끌어들인 석진무를 비난하는 눈빛이었고, 석진무는 사람을 차별하는 도추산의 처사에 울컥한 심정을 감추지 않았다.

"보기보다 좋은 집이군요."

서문영이 자기 집으로 들어가듯 성큼성큼 걸어 들어갔다.

도추산이 황급히 서문영의 곁으로 따라붙었다. 허를 찔린 기색이 역력했다. 집주인이 손님의 뒤를 따라갈 뻔했으니 놀란 것이다.

도추산은 서문영의 옆모습을 힐끔거리며 일이 쉽게 풀릴 것 같지 않다는 느낌을 받았다. 천하상단의 주인인 자신에게 신경을 쓰지 않는 남자라니? 황실의 어른들은 물론 고관대작들도 자신의 앞에서는 양보를 했는데, 검공이라는 젊은이는 안하무인(眼下無人)이었다.

'검공 서문영…… 아직 세상을 덜 배웠구나. 그렇다면 무력(武力)보다 강한 금력(金力)의 힘을 가르쳐 주도록 하지.'

도추산은 뒤쪽의 총관에게 손가락을 까닥였다.

총관이 빠른 걸음으로 다가오자 동생인 도정산(道定算)에게 눈짓을 보냈다.

도정산이 총관의 손을 잡아끌고 무리로부터 떨어져 나갔다.

주변이 소리 없이 바쁘게 돌아갔지만, 서문영은 정면을 바라보며 묵묵히 걸었다.

도추산이 환하게 불을 밝힌 전각 하나를 가리키며 말했다.

"허허, 저쪽으로 가시지요. 예정에 없는 귀빈(貴賓)이 방문하면...... 저 천화각(天花閣)에 모시곤 하지요. 지난달에는 성의 감군사(監軍使; 군부를 감독하는 환관)께서 다녀가셨더랬습니다."

말과 함께 도추산이 슬쩍 서문영의 얼굴을 살폈다. 군부에 몸담았던 서문영에게 감군사의 직함이 어떤 의미일지 떠보는 것이다.

"그랬군요."

서문영의 표정에 아무런 변화가 없다.

'감군사보다는 윗줄이었다는 뜻인가?'

도추산이 얼굴을 실룩였다. 자신이 아는 한 서문영은 진짜 대장군이 아니다. 서문영은 단지 감군원과 어림친위군에 있었을 뿐이다. 그것도 아주 짧은 기간 동안 말이다. 벼락출세를 했지만, 관직에서 떠난 것도 출세만큼이나 빨랐다.

서문영이 관직을 떠난 이유는 알려져 있지 않았지만, 도추산은 권력의 속성을 알기에 내막이 궁금하지도 않았다. 중요한 것은 서문영이 뭘 믿고 저렇게 당당한가 하는 점이다. 만약 그 뒷배를 알아내지 못한다면, 그에게 끌려 다닐 수밖에 없다. 도추산은 그게 싫었다. 자신의 금력 아래로 서문영이 들어와야 한다. 그 반대는 곤란했다.

"영화공주님께서도 천화각에 머무른 적이 있지요. 공주님

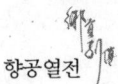

께서는 지금도 종종 천화각이 어떤가 하고 물으신 답니다."

묵묵히 듣고 있던 서문영이 물었다.

"천화각에 좋은 술이 있습니까?"

"아! 술이요?"

황족을 입에 올렸는데 뜬금없이 술을 찾는다. 예상치 못한 반응에 도추산이 호들갑을 떨었다. 무림에 한발 걸쳤다더니, 황제의 딸을 들먹였는데도 귓등으로 흘려듣는다. 이래서는 서문영이 누구를 어려워하는지 알아 낼 수가 없지 않은가!

하지만 마냥 허둥대고 있을 수는 없다. 장사꾼들 사이에서 닳고 닳은 도추산은 재빨리 무너져 가는 마음을 추스렸다.

"승상께서 보내준 오래 묵은 여아홍 몇 항아리가 남아 있습니다."

도추산은 포기하지 않고 끈질기게 서문영의 틈을 노렸다. 서문영이 하필 성심표국의 사람과 함께 왔으니 어떻게든 약점을 잡아야 했다.

"그 귀한 여아홍을 몇 항아리씩이나 보냈다니…… 보나마나 자기 집 여아홍은 아닐 테고…… 쯧!"

일반 가정에서 딸이 태어나면 먼 훗날 그 딸의 혼례 때 쓰려고 여아홍을 땅에 묻곤 했다. 하지만 집안의 변고로 여아홍을 파내지 못하고 잊어버릴 때가 종종 있다.

세월이 지나 우연히 발견되는 오래된 여아홍은 그런 쓰라린 과거를 안고 있었다.

도추산이 어색하게 웃으며 말을 받았다.

"허허, 좋은 술이 생기면 감사하는 마음에 승상에게 들고 가는 분들도 있지 않겠습니까? 그런 것 중에 하나라고 알고 있습니다."

범인(凡人)은 승상에게 술을 바치고, 승상은 다시 천하상단에 술을 보낸다. 도추산의 늙은 어깨에 처음으로 힘이 들어갔다.

제2장

악(惡)은 힘으로

서문영은 천화각 안으로 들어가지 않았다.

당연하다는 듯 천화각 앞을 장식하고 있는 석탁과 돌의자 쪽으로 걸어갔다.

잠시 갈등하던 도추산이 곁에 있던 사람에게 눈짓을 보냈다.

사내가 급히 서문영에게로 다가가 공손히 말했다.

"대협, 천화각 안으로 드시지요."

서문영이 웃으며 고개를 저었다.

"천화각 안에서 마시는 것은 나중으로 미뤄 두겠습니다. 오늘은 좀 딱딱한 이야기를 해야 하니, 시원하게 트인 밖이 좋겠습니다."

사내가 곤혹스러운 표정으로 도추산을 바라보았다. 서문영이 다짜고짜 딱딱한 이야기를 하자고 할 줄은 몰랐던 것이다.

미미하게 한숨을 내쉬던 도추산이 사내에게 손짓을 보냈다. 이제 그만 물러가라는 뜻이다.

사내가 서문영과 도추산에게 읍(揖)을 해 보이고, 어디론가 떠나갔다.

서문영이 희미하게 웃으며 멀어져 가는 사내와 도추산을 바라보았다. 이로써 밀명을 받고 사라진 사람은 두 명이다. 도추산은 지금 무슨 생각을 하고 있는 걸까?

도추산이 너털웃음을 터뜨리며 다가왔다.

"어허헛! 젊은 분이라 속전속결(速戰速決)인가요? 하지만 급할수록 돌아가라는 말이 있습니다."

엉거주춤하게 서 있던 석진무의 얼굴이 일그러졌다.

당장 내일 금룡표국에서 천명회의 고수들을 이끌고 찾아오겠다는데 급할수록 돌아가라니? 여기서 더 돌다가는 성심표국이 망할 수도 있다.

석진무가 발끈해서 한마디 하려고 할 때다.

서문영이 돌의자를 가리키며 말했다.

"일단 앉으시지요."

도추산이 고개를 설레설레 저었다.

"서 대협, 미안합니다. 늙으면 뼈마디가 차가운 기운을 이

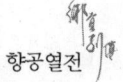
향공열전

기지 못하니 서서 듣는 것으로 하겠습니다."

 서문영이 천화각으로 들어가기를 거절했으니 도추산도 서문영의 호의를 받아들이지 않은 것이다. 상인으로 잔뼈가 굵은 도추산에게 천화각의 입실(入室)과 돌의자의 착석(着席)은 그런 의미를 갖는 것이었다.

 주변의 공기가 냉랭해졌다.

 가볍게 오가는 몇 마디 말속에서 서로의 입장을 확인했으니 당연한 결과인지도 모른다. 도추산과 서문영이 팽팽히 맞서고 있으니 도추산을 따르는 무리들에게 서문영은 적이나 다름없었던 것이다.

 "그럼 늦은 밤이니 간단하게 이야기를 하도록 하지요."

 도추산이 거절하니 서문영도 돌의자에 앉지 않았다. 혼자 앉기도 어색했지만, 무엇보다 대화 상대의 눈을 마주봐야 하기 때문이다.

 "올 한 해 있었던 금룡표국과의 거래장부를 내주십시오."

 "불가(不可)하오."

 도추산은 생각할 것도 없다는 듯 받아쳤다. 거래장부를 내달라니? 상인에게 거래장부는 무림인의 보검과도 같다. 그것을 어찌 일면식도 없는 서문영에게 내어 준단 말인가?

 '이 사람아! 관부(官府)에서 요구해도 줄까말까 한데…… 자네 같은 반쪽짜리 무림인에게 거래장부를 줄 것 같은가! 천하의 도추산이?'

도추산의 얼굴에 실소가 스치고 지나갔다.

솔직히 관부에서 요구해도 가짜로 만들어서 보내는 것이 거래장부다. 그런데 순진하게도 서문영은 자신에게 목숨과도 같은 그것을 원하고 있었다. 관인(官人)도 아니고 무림인도 아닌 일반인 서문영이 말이다.

그러거나 말거나 서문영이 주변을 휘 둘러보며 중얼거렸다.

"오래전에 스스로에게 다짐한 것이 있습니다. 들어 보시겠습니까?"

"……."

도추산은 속으로 '너의 소소한 다짐을 왜 내가 들어주어야 하느냐!'고 소리치고 싶었지만 참았다. 서문영이 사람들에게 대장군으로 떠받들어지지 않았다면, 강호에서 검공으로 이름을 떨치고 있지 않았다면, 마주할 일도 없을 것이라고 중얼거리면서 말이다.

"선(善)은 선으로, 악(惡)은 힘으로 대한다."

"허허! 우리 천하상단은 악이 아니니 어떤 선으로 대하시렵니까?"

"소싯적에, 관직에 뜻을 품고 법 공부를 한 적이 있습니다."

'흥! 소싯적이라니? 내 눈에는 지금도 어려 보인다, 이놈아.'

마음과 달리 도추산이 온화한 미소로 고개를 끄덕였다. 들어 줄 테니 계속 말해 보라는 의미다.

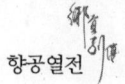
향공열전

"장물의 거래는 그 금액에 따라 벌의 경중(輕重)이 정해지지요. 성심표국의 물건 값을 생각하면…… 틀림없는 참수(斬首)입니다. 오래전의 공부라 기억이 좀 흐릿하지만, 아마 맞을 겁니다. 참수. 목이 날아가는 거지요. 혹시 목이 날아간 사람을 본 적이 있습니까?"

"……."

속으로 이를 갈던 도추산이 능청스러운 표정으로 되물었다.

"대륙을 종횡한 지 오십 년이 넘었습니다. 볼 것 못 볼 것 다 보았지요. 그런데, 서 대협과 같은 분은 처음 봅니다. 명성이 자자한 분께서 죄도 없는 천하상단에 찾아와서 참수 운운하시다니…… 정말 뜻밖입니다. 아마도 성심표국의 일방적인 주장을 듣고 그러시는 모양인데…… 성심표국에서 뭐라고 말을 했건 간에 우리 천하상단은 장물의 매매에 관여한 바가 없습니다. 더 하실 말씀이 없다면 오늘은 이만……."

도추산이 돌아서려고 할 때다.

"악은 힘으로 대한다는 저의 다짐을 벌써 잊으셨습니까?"

"이 늙은이는 검공과 같은 분이 아니라 평범한 소년도 당해 낼 힘이 없습니다. 다 죽어가는 이런 늙은이를 힘으로 상대하고 싶으십니까?"

"이런, 오해를 하셨군요. 제가 상대하려는 것은 인간 도추산 대인(大人)이 아닙니다. 저는 단지 악의 편에 서려고 하는 천하상단에 가르침을 내려 주려고 하는 것입니다. 물론 참수

와는 별도로 말이지요."

······.

주변이 조용해졌다.

모두가 거듭된 서문영의 참수 발언에 놀란 것이다. 말뿐이 아니라 서문영은 정말 참수를 염두에 두고 있는 것 같았다.

도추산은 그제야 서문영이 만만한 상대가 아니라는 것을 깨달았다. 배울 만큼 배운 사람에게 무력이 주어지면 다루기 힘들어진다. 그럴 경우에 답은 하나밖에 없다.

'순순히 인정하고 사죄하든지, 더 큰 힘으로 제압하든지······.'

적당히 받아주다가 피한다고 될 일이 아님을 알게 된 도추산이 정색을 하고 물었다.

"서 대협, 우리 천하상단이 장물을 거래했다는 증거가 있소?"

"······."

서문영이 도추산의 눈을 지그시 바라보았다.

당연히 아직 증거는 없다. 증거가 없으니 장부를 내놓으라는 것이 아닌가? 물론 자신의 요구가 과하다는 것은 알고 있다. 하지만 그것 외에는 방법이 없으니 별수 없지 않은가? 지금으로서는 금룡표국의 국주를 잡아 고문을 하든지, 천하상단의 장부를 보든지 해야 했다. 그렇다면 장부를 보는 게 상책이다. 심증만 가지고 금룡표국의 국주에게 고문을 가할 수는 없

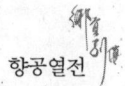
향공열전

기 때문이다.

서문영의 기세가 한풀 꺾였다고 생각한 도추산이 차분하게 말을 이었다.

"대협, 우리 천하상단은 절대로 장물의 거래에 관여하지 않소이다. 그랬다면 지금과 같은 성세를 유지할 수 있겠소? 우리는 매사에 법대로 살지는 못하지만, 넘어서는 안 되는 선을 넘은 적도 없소이다."

한마디로 지킬 건 지키고 살았다는 말이다.

도추산이 진심어린 눈빛으로 서문영을 바라보았다.

하지만 서문영은 그런 도추산의 걱정적인 눈빛을 액면 그대로 받아들이지 않았다. 만약 도추산의 말이 사실이라면 길게 이야기를 주고받지도 않았을 것이다. 금룡표국과 관련된 것을 보여줄 수 없으니 이런저런 말로 회피하는 것이 아니겠는가?

"그 선이 잘 지켜졌는지 아닌지는 장부를 보면 알 수 있겠지요? 상인이라면 잘 아시겠군요. 백 마디 말보다 계약서 한 장이 더 중요하다는 것을요."

"어허, 어찌 남의 집에 와서 중요한 보물을 내놓으라 마라 한다는 말씀이시오? 무림에서는 그런 막무가내가 통할지 모르나 이곳은 다르외다."

"도 대인, 쉽게 가십시다. 지금이라도 금룡표국과 거래한 장부를 내놓으면 천하상단의 장물 매매건은 덮어 두겠습니다. 그러나 끝내 거절한다면……."

"거절한다면 어쩌시겠소?"

도추산의 도발적인 물음에 서문영이 당연하다는 듯 답했다.

"사람마다 다르겠지만, 내가 무공을 익힌 것은 지금과 같은 말장난들이 싫어서였습니다. 분명히 말씀드리지요. 거절한다면 내 손으로 천하상단을 다 뒤져서라도 거래장부를 찾아낼 것입니다. 이 일로 나를 번거롭게 만든다면…… 천하상단의 모든 거래장부를 조사하여 불법적인 거래를 관부에 통보할 것입니다. 대인께서는 내가 하려는 일을 막을 수 있겠습니까?"

"그, 그런, 억지가 어디 있소이까! 어찌 야밤에 찾아와 남의 집을 조사한단 말이오? 서 대협이 강호에서 유명한 것은 사실이나, 그렇다고 천하상단을 조사할 권한은 없지 않소!"

"그래서 말하지 않았습니까? 선에는 선으로, 악에는 무력으로 답한다고. 금룡표국과의 거래장부와 모든 거래장부, 둘 중 한 가지를 택하십시오. 일각(一刻)의 시간을 드리겠습니다."

"그런 터무니없는……."

도추산은 부들부들 떨면서도 열심히 눈을 굴렸다. 일각 안에 가짜 장부를 만들어 낼 수는 없다. 검공 서문영을 무력으로 막을 자신은 더더욱 없었다.

문득 도추산의 시선이 한쪽에 서 있는 맏아들 도명선(道明先)에게로 향했다. 서문영이 날뛰기 전에 장부부터 감추어야 한다는 생각이 얼핏 들었던 것이다. 금룡표국은 물론 모든 거래장부를 다 감추어야 한다. 서문영은 분명 불법적인 거래를

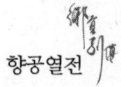
향공열전

모두 조사하겠다고 했으니까 말이다.

도명선이 슬쩍 뒤로 빠져 나가려는 순간이다.

서문영의 음성이 장내에 울려 퍼졌다.

"이곳에 계신 분은 아무도 자리를 떠날 수 없습니다."

…….

뜻밖의 말에 잠시 침묵하던 사람들은 이내 웅성거리기 시작했다.

"아니, 우리가 무슨 죄를 지었다고 가라마라 한답니까?"

"그러게 말입니다. 황제폐하께서도 이렇게는 하지 않으실 텐데…… 너무하군요."

"아무리 무림인들이 불법, 탈법적이라고 해도, 너무 심한 것 아닙니까?"

"제길! 우리 상단에는 호위무사가 하나도 없답니까? 왜 이런 일을 구경만 하는 거죠?"

모두가 구시렁거렸지만 아무도 움직이는 사람은 없었다. 검공 서문영의 무공에 대한 두려움이 생각보다 컸던 모양이다.

도추산이 인상을 찡그리며 도명선에게 눈을 부라렸다. '당장 가서 장부들을 숨기지 않고 뭐하는 것이냐?'는 힐책이다.

머뭇거리던 도명선이 다시 움직이려고 할 때다.

언제 그쪽으로 움직였는지 서문영이 도명선의 어깨를 지그시 누르며 말했다.

"여러분은 내가 점혈을 해야 말을 듣겠습니까?"

도명선이 저도 모르게 머리를 저었다.

"잘 생각하셨습니다."

서문영이 제자리로 돌아오자 참다못한 도추산이 버럭 소리를 내질렀다.

"무사들은 뭐하고 있는 건가! 불청객이 찾아와 식솔을 위협하고 있는데 구경만 할 셈인가!"

그제야 주변에 있던 무사들이 우르르 몰려들었다. 호위무사들도 들을 귀가 있는지라 서문영이 부담스러웠지만, 이 순간만큼은 서문영보다 도추산이 더 두려웠다. 서문영의 실력은 소문에 불과하지만, 도추산의 명을 거역했다가는 먹고살 길이 막막해지기 때문이다.

하지만 당장 서문영을 향해 검을 뽑아들 정도로 꽉 막힌 사람은 없었다.

무사들은 상인들과 서문영 사이를 막아선 뒤 도추산의 눈치를 살폈다.

…….

도추산도 관가(官家)에서조차 대장군이라 떠받드는 서문영을 힘으로 찍어 누를 생각은 없었다.

애써 흥분을 가라앉힌 도추산이 부드러운 음성으로 말했다.

"서 대협, 나라에 국법이 있듯 상단에는 상단의 법이 있소이다. 지금이라도 상단의 사정을 봐주신다면 따로 인사를 드리겠소이다."

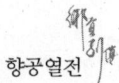
향공열전

서문영이 그런 도추산을 향해 담담한 음성으로 말했다.

"상단의 법 위에 국법이 있고, 국법 위에 인간의 도가 있습니다. 일각의 시간을 드렸으니 그때까지는 손을 쓰지 않겠습니다. 단, 아무도 이곳에서 벗어나지는 못합니다."

"……."

백번 양보를 해도 받아들이지 않자 화가 치밀어 오른 도추산이 버럭 소리를 내질렀다.

"흥! 누구 마음대로? 여기는 그대의 집이 아니라 나의 집이다. 내 집에서 내가 움직이는데 누구의 허락을 받아야 하는가! 덕망 높은 서가장의 아들이 뒤늦게 강호의 마두(魔頭)라도 될 생각인가? 국법 위에 있다는 인간의 도가 멀쩡한 상인들을 핍박하는 것인가!"

"어떻게든 협의(俠義)를 지키고자 하는 나의 작은 바람이 바로 인간의 도라고 할 수 있지요."

"국법을 무시하고 제멋대로 살면 그게 마두지!"

"국법을 어긴 것이 천하상단인지 저인지는 장부를 보면 알 일."

"그대는 정녕 천하상단과 끝장을 보려는 것인가!"

도추산이 이글거리는 눈으로 서문영을 노려보았다. 도추산의 긴 인생 경험으로 보면 금력이 가장 강한 힘이다. 지금까지 위로는 황제에서 아래로 노예에 이르기까지, 돈으로 좌우하지 못한 사람이 없었다. 그런데 지금 서문영이 금력에 정면으로

악(惡)은 힘으로 51

맞서려고 하는 것이다.

"나는 단지 금룡표국의 장부를 달라고 했을 뿐입니다. 그것을 천하상단의 일로 몰아간 것은 대인이지요. 시간이 거의 다 지나가고 있군요. 저도 협상이라는 게 뭔지 아는 사람입니다. 그래서 아직도 저의 제안은 유효합니다. 금룡표국의 장부와 천하상단의 장부, 둘 중 하나를 선택하십시오."

"……."

도추산이 어이없는 눈으로 서문영을 바라보았다. 협상이 어쩌고 하는 것을 보면 어느 정도의 불법적인 행동들은 이해하고 있다는 뜻이다. 그 정도의 세상경험이 있는 사람이 왜 이렇게까지 천하상단을 물고 늘어진단 말인가!

"허어…… 이미 말했듯이 상단에는 상단의 법이 있는 법이오. 더 이상은…… 할 말이 없구려."

이 순간 도추산의 심정은 복잡했다. 금룡표국과 천하상단을 선택하라면 당연히 천하상단이다. 하지만 서문영의 능력이 어느 정도인지 알 수 없는 지금, 불확실한 소문에 이끌려 금룡표국이라는 중요한 거래처를 잃어버릴 수는 없었다. 그뿐 아니다. 만약 여기서 자신이 금룡표국의 장부를 내준다면, 앞으로는 누구도 천하상단과는 거래를 하려고 하지 않을 것이다.

"……."

서문영이 이해한다는 표정으로 고개를 끄덕였다.

하지만 상대의 입장을 이해한다는 것과 그것이 옳은가는 전

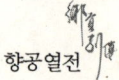
향공열전

적으로 다른 문제다.

"자아, 그럼 이제 본격적으로 천하상단의 장부를 조사해 봐야겠습니다."

서문영이 몇 걸음 내딛자 무사들이 주춤주춤 물러섰다.

아까부터 흥분으로 얼굴이 벌겋게 달아오른 석진무가 서문영의 곁에 바싹 다가섰다.

'정말 일을 벌이는 건가?'

서문영이 천하상단에 와서 이런 난동을 부릴 줄은 짐작도 못했다.

솔직히 처음에는 몇 마디 말을 하다가 돌아설 줄 알았다. 그런데 서문영은 대충 물러서지 않고 천하상단을 뒤집으려 하고 있었다.

'역시 젊음의 힘인가!'

그게 아니라면 이렇게 막나가는 서문영을 설명할 길이 없다. 천하를 떨쳐 울리는 협객들도 유명한 상단에 뛰어 들어가 이러지는 않는다. 그가 아무리 정의감에 불타는 협객이라도, 두발을 땅에 디디고 사는 한은 먹고 살아야 하기 때문이다.

이 순간 석진무는 "말리고 싶다"와 "끝까지 가보고 싶다"는 생각 사이에서 오락가락하고 있었다. "천하상단에 잘못 보이면 먹고살기가 빡빡해진다"는 현실의 인식과 "돈의 힘을 믿고 대충 무마하려는 도추산에게 본때를 보여 주고 싶다"는 호기는 숨결마저 가쁘게 만들고 있었다.

악(惡)은 힘으로 53

동행한 성심표국의 대표두 석진무도 이럴 진데, 갑자기 당해야 하는 도추산의 기막힘은 말할 것도 없다.

"이, 미친, 잡아라! 잡아! 저자를 잡아 관부에 넘길 것이야! 천둥벌거숭이 같은 자에게 세상살이의 어려움을 가르쳐 줘야지!"

"……."

명령이 떨어졌음에도 무사들은 머뭇거리기만 했다. 비록 반쪽짜리 무림인이지만 대장군이자 검공으로 알려진 서문영이 두려워서다.

"뭣들 하느냐! 당장 잡아 꿇리지 않고!"

도추산의 찢어지는 듯한 음성이 밤하늘로 울려 퍼지자 무사들도 병장기를 빼들었다. 도추산의 음성에 실린 살의와 분노를 읽은 탓이다.

호위무사들의 수장인 고무벽(高武壁)이 긴장한 음성으로 말했다.

"서 대협, 이제 고정하시고 물러서심이 어떻겠습니까? 대인께서 따로 인사를 드리겠다고 하셨으니…… 섭섭지 않게 해주실 겁니다."

"하하. 인사를 받고 싶었다면 서당을 차리고, 보답을 바랐다면 장사를 했을 겁니다. 이왕 칼을 뽑았으니 한번 어울려 보십시다."

순간 고무벽은 자존심이 크게 상했다.

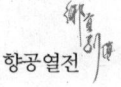
향공열전

"우리는 검공처럼 이름을 얻지 못했지만, 지금까지 강호에서 칼밥을 먹으며 살아왔소. 우리를 너무 무시하지 마시오!"

"이런! 도 대인의 야단은 당연히 받아들이면서, 나에게는 무시한다고 화를 내시는군요?"

"도 대인은 우리의 고용인이지만 당신은 불청객이니까!"

이미 기분이 상한 고무벽은 검공이니 대장군이니 생각하지 않고 막나갔다. 어차피 칼을 맞대야 하는 상황에서 상대의 신분이나 기분을 고려할 이유가 없지 않은가! 게다가 상대의 화를 북돋아 싸움을 유리하게 이끌어야 한다는 그럴듯한 핑계도 있다.

"쳐라!"

고무벽의 명이 떨어지자 삼십여 명의 무사들이 일사불란(一絲不亂)하게 움직였다. 조금 전까지의 망설임과는 사뭇 다른 모양이다. 그들도 이제는 천하상단을 보호하기 위해서라도 서문영을 제압해야 한다는 것을 깨달은 것이다.

천하상단의 호위무사들은 대부분이 강호의 낭인 출신이다. 그러나 실전의 감각으로 따지자면 십대문파 제자들보다 뛰어나다고 할 수 있었다.

삼십여 명의 무사들이 내뿜는 살기가 천화각의 앞마당을 가득 메웠다.

갑작스러운 전개에 놀란 성심표국의 대표두 석진무가 한팔 거들기 위해 검을 뽑으려고 할 때다.

서문영이 검을 뽑지 못하게 석진무의 손을 누르며 말했다.
"성심표국은 이번 일에 나서지 않으셔도 됩니다."
석진무가 못이기는 척 검에서 손을 뗐다.
호흡을 가라앉히고 생각해 보니 서문영의 판단이 옳았다. 성심표국이 표국의 일을 계속하려면 천하상단과 직접적으로 칼을 맞대는 일이 있어서는 안 된다.
물러서는 석진무의 표정은 복잡하기만 했다. 성심표국의 문제로 벌어진 싸움인데 서문영에게 덮어씌운 느낌이 들었던 것이다.
도추산이 그런 석진무를 향해 냉소를 날렸다.
"흥! 뻔뻔한 인간들 같으니……."
"…….."
석진무는 얼굴을 붉히며 정면의 싸움판으로 시선을 돌렸다. 돕고 싶은 순간에 돕지 못하는 것도 약자가 감내해야 하는 서러움인 것이다.

고무벽은 서문영이 맨손으로 나서자 울컥했지만, 한편으로는 안도감을 느꼈다. 피 튀기는 싸움에서는 과정보다 결과가 더 중요한 까닭이다. 강한 자가 살아남는 게 아니라 살아남는 자가 강한 것이다. 그런 관점에서 본다면 서문영은 처음부터 실수를 하고 있는 셈이다. 검술로 유명한 사람이 맨손으로 나서다니?

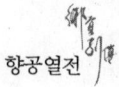
향공열전

그러나 상식적인 선에서 느낄 수 있는 안도감은 그리 오래 가지 못했다.

삼십여 개의 도검은 서문영의 옷깃조차 스치지 못하고 있었다.

시간이 흐를수록 불안해진 고무벽은 수하들을 독려했다.

"쳐라! 쳐! 피하지 못하게 뒤를 막으란 말이다!"

고무벽은 목이 터져라 소리를 질러댔다.

흥분한 고무벽이 목청을 높일수록 검법은 마구잡이로 변해갔다. 몸을 아끼지 않는 고무벽 덕분에 싸움은 난장판이 되어 갔다.

고무벽의 마구잡이식 공격에 서문영이 눈살을 찡그렸다.

대전 상대가 방어를 염두에 두지 않고 있으니 이는 둘 중 하나다. 자신이 살수를 쓰지 않는다는 것을 믿고 있거나, 함께 죽자는 무지막지한 생각이다. 물론 양쪽 모두 서문영에게는 불쾌한 것이었다.

"나를 무슨 부처님 가운데토막으로 알고 있는 것 같은데…… 착각하지 맙시다."

말하는 순간에도 고무벽의 검이 서문영의 가슴으로 날아왔다.

서문영이 바람처럼 가볍게 몇 걸음 물러났다.

고무벽의 투기에 전염된 다른 무사들이 "와아!" 소리를 지르며 미친 듯이 몰려들었다.

서문영은 무사들의 검을 이리저리 피하며 물러서기만 했다.
상인들이 보기에는 호위무사들이 서문영을 압박하고 있는 것처럼 보였다.
그것은 도추산의 경우도 다르지 않았다.
조마조마한 마음으로 지켜보던 도추산의 얼굴에 처음으로 여유가 떠오를 때다.
정원수 아래까지 물러난 서문영이 손바닥으로 곁에 있던 나무를 후려쳤다.
아직 낙엽이 질 때가 아니건만, "쿵!" 하는 소리와 함께 나뭇잎들이 우수수 떨어져 내렸다.
서문영의 손이 허공에서 나뭇잎을 몇 개 낚아챘다.
쉬이익.
대여섯 개의 나뭇잎이 무사들에게로 날아갔다.
가장 선두에 서 있던 무사 다섯이 어깨를 움켜쥐고 주저앉았다.
"으윽!"
"큭!"
서문영은 허공에서 낚아챈 나뭇잎의 숫자가 마음에 들지 않았던지, 이번에는 나뭇가지를 꺾어 손에 들었다.
무사들의 얼굴이 긴장으로 굳어갔다.
틱. 틱. 틱.
서문영의 손이 나뭇잎을 따기 시작했다.

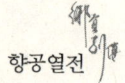
향공열전

"이 병신들아! 뭘 구경하고 있는 거냐! 쳐라!"

고무벽이 버럭 소리를 내지르며 달려들었다.

기가 약한 서너 명의 무사들이 엉겁결에 고무벽의 뒤를 따랐다.

쉬이익.

다시 바람 가르는 소리가 나며 고무벽을 비롯한 다섯 명의 무사들이 주저앉았다. 그들의 어깨에도 나뭇잎이 깊숙이 박혀 있었다.

고무벽이 고통을 참으며 소리쳤다.

"으윽! 서 대협! 이것이 당신이 말하는 협이요? 우리는 단지 장원을 지키는 호위무사들이오! 우리에게 무슨 죄가 있소!"

서문영이 회초리 같은 나뭇가지를 손에 들고 무사들에게 걸어갔다.

"죄의 문제가 아니지요. 당신들의 검 끝에 눈이 달려 있지 않은 것처럼 나의 나뭇잎도 그랬을 뿐입니다. 그럼 내 몸에 구멍이 났어야 한다는 말입니까?"

휘익. 휙.

서문영이 가볍게 나뭇가지를 휘두르며 말을 이었다.

"당신들은 지킬 것을 지키십시오. 나 역시 해야 할 일을 할 테니. 우리 사이에 무슨 말이 더 필요하겠습니까? 그렇지 않습니까?"

"……."

무림인도 평생에 한번 보기 어렵다는 적엽비화(摘葉飛花)의 수법을 목격한 뒤인지라, 사지가 멀쩡한 무사들은 주춤주춤 뒤로 물러났다. 서문영을 몰아붙이던 조금 전과는 반대의 형국이다.

도추산의 얼굴이 일그러졌다. 누가 봐도 사자가 양 떼를 몰아가는 모습이다. 단 두 번의 손놀림에 열 명의 무사가 쓰러졌다. 그것도 서문영은 검을 쓰지도 않은 상태에서 말이다. 더 내버려 두면 호위무사들의 치료비만 더 나갈 판이다.

모든 것을 포기한 도추산이 막 서문영을 부르려는 순간이다.

"멈추시오!"

어둠 속에서 오십여 명의 사람들이 쏟아져 나왔다.

가장 선두에 서 있는 사람의 얼굴을 확인한 도추산의 표정이 다시 밝아졌다. 총관과 함께 내보냈던 동생 도정산이 돌아온 것이다.

도정산은 급히 도추산에게로 달려갔다.

"형님, 이게 어떻게 된 일입니까?"

"서 대협이 거래장부를 직접 조사하겠다고 이 난리를 치고 있다. 그래, 갔던 일은 잘 되었느냐?"

"개방의 협객들께서 돕겠다고 나서서 모시고 왔습니다."

"그래……."

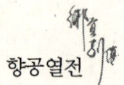
향공열전

도추산이 개방고수들에게 시선을 돌렸다.

개방의 무한 분타주 주귀(酒鬼) 공손찬(孔遜贊)이 읍(揖)을 해 보였다.

"대인, 무한 분타주 공모(孔某)외다."

"아! 공 대협, 오랜만입니다. 좋지 않은 일로 모셔 부끄럽습니다."

주귀 공손찬이 서문영을 힐끔거리며 답했다.

"아니외다. 천하상단이 어디 남이오?"

말은 그렇게 했지만 주귀 공손찬의 속은 타들어 가고 있었다. 천하상단으로부터 정기적으로 후원금을 받고 있는 처지인지라, 부르면 외면할 수가 없다. 하지만 상대가 상대인지라 마음은 편치 않았다. 아무 일도 없이 말로 잘 해결되면 좋겠는데, 분위기를 보니 한바탕 드잡이 질을 한 모양이다.

잠시 눈알을 굴리던 주귀 공손찬이 서문영에게 먼저 인사를 건넸다.

"허허, 서 대협, 노부는 개방의 무한 분타주 공손찬이라고 합니다. 강호의 친구들은 술귀신이라고 부르기도 하지요. 명성이 자자하신 서 대협을 뵈니 삼생(三生)의 영광입니다."

"서문영입니다."

가볍게 목례를 한 서문영이 안쪽으로 걸어갔다. 공언한 대로 전각을 뒤져 거래장부를 찾으려는 것이다.

다급해진 도추산이 공손찬에게 연신 손짓을 보냈다.

등이 떠밀린 주귀 공손찬이 마지못해 입을 열었다.

"서 대협, 싸움은 말리고 흥정은 붙이라고 했습니다. 천하상단에 바라는 것이 있습니까?"

서문영이 돌아서서 담담한 음성으로 말했다.

"금룡표국과의 거래장부를 달라고 하는데, 주지 않으시는군요."

도추산이 붉그락푸르락한 얼굴로 소리쳤다.

"아까부터 왜 남의 거래장부를 달라 마라하는 거요! 그건 누가 와도 내줄 수가 없는 것이라고 하지 않았소! 남의 것을 강제로 빼앗아 가면 그게 강도가 아니고 뭐요! 오늘 귀하 때문에 사람이 여럿 상했으니 가만히 있지 않을 것이외다!"

주귀 공손찬의 참여로 다시 힘을 얻은 도추산이 서문영을 노려보았다. 관부의 힘을 빌어서라도 그대로 넘어가지 않을 작정이었다.

주귀 공손찬이 어색한 표정으로 끼어들었다.

"서 대협, 우리 개방의 체면을 보아서라도 양보를 해 주실 수 없겠습니까? 성심표국의 일은 안 됐으나 그렇다고 강제로 이러는 것은 좀…… 대협의 명성에도 똥물을 끼얹는 일이 될 것입니다. 개방에서 책임지고 금룡표국과 성심표국의 싸움을 말려 볼 테니…… 왠만하면 오늘은……."

문득 생각났다는 듯 서문영이 물었다.

"그런데 십대문파는 봉문(蓬門)을 하지 않았습니까?"

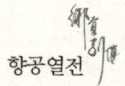
향공열전

"헐헐, 집도 절도 없는 거지가 닫을 문이라도 있겠습니까? 이리저리 대충대충 눈치껏 사는 거지요. 그런 점에서는 우리가 좀 자유로운 편입니다. 뭐, 명성만큼 대접을 못 받는 것도 사실이지만…… 대접 생각하면 거지질도 못해 먹지요."

"한마디로 거지들의 말은 믿지 마라, 이런 뜻이군요?"

"헛! 그게 아니라…… 그냥…… 요령껏……."

주귀 공손찬은 말을 얼버무렸다.

솔직히 금룡표국의 뒤에 천명회가 있다는 말만 듣지 않았어도 어떻게 해볼 용의가 있었다. 하지만 천명회는 검공 서문영보다 더 두려운 존재였다. 그러니 책임지고 싸움을 말리니 어쩌니 하는 말은 입에 발린 소리에 불과했다.

주귀 공손찬마저 움츠러들자 도추산이 짜증스러운 표정으로 중얼거렸다.

"천하의 개방이…… 반쪽짜리 무림인 하나를 어쩌지 못하고…… 쯧!"

"대인, 싸움은 말리고 흥정은 붙이라고……."

"허어! 공 대협, 지금 우리 호위무사들이 피를 보았고, 저 사람은 물러설 기미가 보이지 않는데, 말리고 자시고 할 게 뭐가 있소이까?"

'그야 당신이 검공의 무서움을 모르니 하는 말이지!'

주귀 공손찬은 입 밖으로 튀어 나오려는 말을 가까스로 집어삼켰다.

믿었던 개방도 한심한 모습을 보이자 도추산의 얼굴이 어두워졌다.
"공 대협, 정녕 개방의 힘으로도 저 사람을 끌어낼 수가 없는 것이오?"
주귀 공손찬이 씁쓰름한 표정으로 고개를 끄덕였다. 안 되는 것은 안 되는 것이다. 오죽하면 십대문파의 장문인들이 "검공의 일에는 일절 관여하지 말라"는 명을 내렸을까!
부들부들 떨던 도추산의 입에서 한숨이 길게 흘러나왔다.
"하아! 서 대협, 내가 졌소. 금룡표국과의 거래장부를 내어 드리리다."
서문영이 다시 돌아와 도추산의 앞에 섰다.
"현명한 판단이십니다. 금룡표국과 천하상단을 바꿀 수는 없는 게지요."
"오늘은 내가 서 대협에게 머리를 숙였소만…… 내일은…… 아마도 많이 다를 것이오."
"저도 달라진 세상에서 살고 싶습니다."
"……"

잠시 후 총관이 금룡표국의 장부를 가져오자 도추산을 펼쳐 보지도 않고 서문영에게 넘겨주었다.
장부를 받아든 서문영은 그 자리에서 석진무에게 건네주었다.

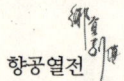
향공열전

장부를 읽던 석진무의 입에서 "이런 개자식들!"이라는 욕설이 튀어 나왔다. 두 달 전 금룡표국이 거래한 물건은 성심표국이 강탈당한 표물이었던 것이다.

씩씩거리던 석진무가 장부를 짚어가며 서문영에게 설명을 했다.

서문영이 알았다는 듯 묵묵히 고개를 끄덕였다. 이로써 해답은 얻었지만, 더 어려운 문제가 남아 있었다. 천명회를 상대해야 하는 것이다.

한쪽에서 석진무과 서문영을 지켜보던 도추산이 냉랭한 음성으로 물었다.

"두 분이 우리 힘없는 천하상단에 뛰어 들어온 것은 십분 이해가 가오. 그런데 금룡표국은 어떻게 할 생각이시오? 천명회를 상대할 묘안이라도 따로 있다면 모를까……."

서문영이 피식 웃으며 답했다.

"물론 묘안이라면 있지요."

"뭐요? 그 묘안이라는 것 들어나 봅시다."

도추산은 물론 주귀 공손찬과 석진무까지도 궁금한 얼굴로 서문영을 바라보았다.

"선은 선으로, 악은 힘으로."

"……."

모두가 꿀 먹은 벙어리처럼 할 말을 잃고 멍한 얼굴들이다. 묘안이라더니 이게 무슨 귀신 씨나락 까먹는 소리란 말인가?

더 이상 할 말이 없다는 듯 서문영이 몸을 돌려 걸어 나갔다.

서문영이 한 말의 진의를 생각하던 석진무가 황급히 그 뒤를 따라붙었다.

도추산이 공손찬에게 물었다.

"아까부터 계속 저 소린데, 저게 대체 무슨 말인지 아시오?"

지금 도추산은 서문영의 말을 무림의 은어로 생각하고 있었다. 결정적인 순간마다 저런 소리를 해대니 다른 의미가 있을 것이라고 믿은 것이다.

"저건…… 그러니까…… 개가 풀 뜯어 먹는 소리라고 할 수 있지요."

"헛! 그건 또 무슨?"

"어험! 여자의 배에서 나오고, 하루 세 끼를 처먹어야 하는 사람이라면, 저렇게 살 수 없는데…… 멋있으라고 저런 소리를 해대니…… 개소리가 아니고 뭐겠소?"

"그럼 서 대협의 말은 설마?"

"힘으로 해결하겠다 하지 않았소? 천명회를 상대로 힘자랑이라니…… 쯧! 인정에 휘둘려 정신줄을 놓은 것이라고 밖에는……"

공손찬이 고개를 설레설레 저었다.

십대문파를 봉문시킨 천명회다. 그런 천명회를 힘으로 누르

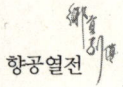

겠다니? 아무리 생각해도 죽겠다는 것과 다를 바 없는 소리였다.

　　　　　＊　　　＊　　　＊

거대한 제방도 아주 작은 구멍 하나로 무너질 수가 있다. 예컨대 하룻밤 새에 유명해진 성심표국과 금룡표국의 일이 그랬다. 녹림의 산채에서 우연히 획득한 표물을 비밀리에 처분한 사건은 분명히 별것 아닌 일일 수도 있다. 그러나 그 작은 일이 천명회의 천하경영을 아래에서부터 흔들고 있었다.

"씨버럴…… 뭐 하자는 거야 이거."
수라마도가 인상을 찡그리며 읽고 있던 편지를 내려놓았다.
무상전(無上殿) 전주인 천살도부(千殺導斧)가 내려 보낸 지휘 서신이다.
상관인 수라마도의 눈치를 살피던 추혼비마(追魂飛魔)가 조심스럽게 물었다.
"전주께서 뭐라고 합니까?"
"성심표국의 뒤에 검공이 있으니 나서지 말고 관망하라는구먼."
"헐! 설마 여기까지 와서 그냥 지켜보라는 겁니까?"
"네놈도 눈깔이 있으면 직접 봐라. 관망이라고 적혀 있지 않느냐!"

수라마도가 신경질적으로 편지를 내던졌다.

추혼비마가 급히 바닥에 떨어진 편지를 주워들었다.

한동안 이리저리 편지를 살피던 추혼비마가 히죽 웃으며 말했다.

"속하가 까막눈인 걸 아시지 않습니까."

"전혀 몰랐다 이 새끼야. 내가 네놈의 학력(學力)까지도 알고 있어야 하느냐?"

"아닙니다. 이제와 말씀드리지만 문자는 번거로워서 익히지 않았습니다. 세상은 넓고 할 일은 많은데…… 글자에 얽매여 세월을 낭비할 수는 없으니까요."

"자랑이다 이놈아. 너 같은 놈들 때문에 윗사람들이 번거로워지는 건 생각해 본 적이 없느냐?"

"그래도…… 속하는 다른 쪽으로 나름 만족을 드리지 않습니까……."

"다른 쪽 뭐?"

"입신의 경지에 다다른 추적술과 몰래 엿보는 것이 속하의 특기가 아닙니까."

"본좌는 아직 네놈의 도움을 받은 기억이 없다."

"언젠가 도움 될 날이 올 것입니다."

"천명회가 천하의 주인이 되었는데 숨어서 엿보고 자시고 할 게 뭐가 있다고? 헛소리 말고 가서 검공이나 만나고 와라."

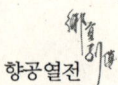

향공열전

"검공을요?"

"그래, 성심표국에서 손을 언제 뗄 것인지를 물어 보아라."

"아! 알겠습니다. 그런데, 만약 검공이 손을 떼지 않겠다면 어떻게 되는 겁니까?"

"어떻게 되긴? 무상전의 윗분들을 다 모셔와서라도 조져야지. 이런 일은 한번 봐주기 시작하면 끝도 없는 법! 초장에 작살을 내줘야 다른 놈들도 감히 끼어들 생각을 하지 못한다. 아무리 인맥(人脈)이 대단해도 천명회의 행사에 대놓고 반대를 하다니? 말도 안 되는 소리!"

"하지만 인맥도 인맥 나름 아닙니까? 요마가 검공의 뒤를 봐준다는 말이 있던데…… 괜찮겠습니까?"

"무상전의 뒤에는 천명회의 실질적인 주인이신 소면시마(笑面屍魔)님이 계시다. 본좌는 이참에 무상전에서 천명회의 반골(叛骨)들을 솎아냈으면 좋겠다."

"반골이라 하시면…… 설마?"

"그래, 요마와 혈불 같은 자들 말이다."

요마는 사대마인 전체가 싫어했고, 혈불은 소면시마에 적대시하는 인물인지라 무상전의 사람들에게 그 둘은 눈엣가시였다.

"하지만 탈명전과 복마전의 사람들이 가만히 있겠습니까?"

탈명전은 초혼요마, 복마전은 혈불을 따르는 자들이 모인 조직이었다.

"흥! 요마와 혈불이 사라지면 그것들도 알아서 새 주인을 찾아 나설 것이다."

"그야 그렇습니다만……."

추혼비마가 말끝을 흐렸다. 천하제일이라는 소면시마마저도 함부로 하지 못하는 요마와 혈불을 무슨 수로 없앤단 말인가?

"흐흐, 이미 십대문파도 봉문을 했으니…… 더 이상 천명회의 앞을 막아설 문파는 없다. 네놈은 소면시마님께서 내부의 적들을 언제까지 방치해 둘 거라고 생각하느냐? 그 두 연놈의 목숨이 끊어질 날도 멀지 않았을 게다. 알았으면 나가서 검공이나 만나보고 오너라."

"예!"

제3장

다툼 없는 삶 보다는
후회 없는 삶이 낫다

당장이라도 성심표국을 잡아먹을 것처럼 기세등등하던 금룡표국이 돌연 잠잠해졌다. 금룡표국을 돕겠다고 찾아온 수라마도 역시 이렇다 할 움직임을 보이지 않았다.

그러는 가운데 검공이 성심표국을 돕기 위해 나섰다는 소문이 널리 퍼져 나갔다.

천하상단에서 검공에게 금룡표국의 거래장부를 넘겨주었다는 믿어지지 않는 말들이 떠돌아다녔다.

뒤늦게 사람들은 이번 일이 단지 성심표국과 금룡표국의 문제가 아니라, 검공과 천명회의 대립으로까지 발전할 수 있는 것임을 알아차렸다.

다툼 없는 삶 보다는 후회 없는 삶이 낫다

점입가경(漸入佳境)이라는 말이 있다.

사람들은 성심표국와 금룡표국의 경우가 그에 해당된다고 생각했다.

표국 간의 분쟁이 예상치도 못한 곳으로 튀기 시작한 때문이다.

이번에는 천하상단과 경쟁 관계에 있던 상단들이 여러 경로를 통해 천하상단을 압박하기 시작했다.

그 결과 "검공에 의해 천하상단의 장물거래 장부가 드러났다"는 것과 "천하상단이 더 많은 불법적인 거래를 은폐하고 있을 것이다"라는 소문이 상계(商界)와 관계(官界)를 떠돌아다녔다.

뒤늦게 소문을 접한 천하상단의 주인인 도추산은 펄펄 뛰며 고관(高官)과 황실의 인사들을 찾아다녔다. 관부의 힘을 빌어서라도 금룡표국의 장부를 되찾아올 생각이었던 것이다. 천하상단의 존립과도 관계된 일인지라 손 놓고 있을 상황이 아니었다.

도추산이 금 백 냥을 싸들고 가장 먼저 찾아간 사람은 호북성의 감군사(監軍使; 군부를 감독하는 환관) 이수임(李受任)이었다. 서문영이 군 출신임을 감안해서 대상을 선정한 것이다.

하지만 이수임이라고 뾰족한 수가 있을 리가 없다. 이수임은 "서문영에게는 나의 힘이 미치지 못한다"는 사실을 털어놓았다. 크게 실망한 도추산에게 이수임은 감군원 원수(元首)인

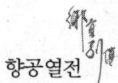
향공열전

천하관군용선위평사(天下觀軍容宣慰平使) 관억(寬抑)과의 만남을 주선해 주었다.

하지만 금 오백 냥을 상납하고 만난 관억은 더욱 기막힌 소리를 했다.

"서문영은 옛날부터 감군원의 별종이라 나도 어쩔 수가 없다. 정히 돌려받고 싶으면 보국왕 전하를 찾아가 보거라. 만약 보국왕 전하를 찾아가도 안 된다면 포기하는 게 정신건강에 좋을 것이다. 천하에 누구도 그것을 돌려받게 해 줄 수 없을 테니까."

"대, 대인, 서문영은 대인의 수하였지 않습니까? 사정을 좀 헤아려 주십시오."

"한 번도 내 명에 따른 적이 없는 수하였지."

"그렇다면 대인께서 엄벌로……."

"거기까지."

관억이 도추산의 말을 끊었다.

의아해 하는 도추산에게 관억이 피식 웃으며 물었다.

"그러는 너는 왜 목숨 같은 거래장부를 그에게 내주었느냐?"

"내준 것이 아니라…… 서문영이 강제로……."

"네가 군문(軍門)의 사람이 아니니 모르겠지만…… 서문영은 적국인 토번(土蕃)에서 사신(死神)으로 불리는 불패(不敗)의 장수다. 아직도 우리 군부(軍部)에서는 그를 일인군단(一人軍

團), 또는 전신(戰神)이라 부르고 있지. 내가 볼 때 세간에 떠도는 대장군의 칭호도 그에게는 한참 부족하다."

"……."

관억이 잠시 말을 멈추고 도추산을 바라보았다. 넋이 나간 얼굴을 보니 자신이 상대하고 있는 검공이 어떤 사람인지 모르고 있었던 모양이다.

"왜 명령에 따르지 않는 그를 내버려 두고…… 벌하지도 않느냐고? 백만의 황군(皇軍)으로 그의 혈족(血族)을 멸할 수는 있어도…… 정작 그를 죽일 수는 없다. 그게 바로 검공 서문영이라는 사람의 실체다. 너는 이제 알겠느냐?"

"……."

도추산은 벌어진 입을 다물지 못했다. 설마하니 군부 최고의 권력자라는 관억의 입에서 저런 말을 듣게 될 줄은 몰랐던 것이다.

한참 만에 정신을 수습한 도추산이 다시 물었다.

"하, 하오면, 보국왕 전하를 찾아가라는 말씀은……."

"평소 보국왕 전하가 서문영을 아끼는 것 같아서 하는 말이다. 자신을 아끼는 사람의 말이라면 혹시 아느냐…… 미친 척하고 들어 줄지도."

"하아! 하지만 보국왕 전하께서 소인의 청을 들어 주실지……."

"아마 들어 주지 않으실 게다. 그분이 가지지 못한 것이 없

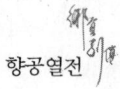
향공열전

는데, 황금 몇 푼에 그런 잡스러운 일을 떠맡으시겠느냐? 오히려 장물을 거래했다고 너의 목이나 베지 않으면 다행이지."

"헉! 소인들은 모르고 구매한 죄밖에 없사옵니다."

"허허, 감히 내 앞에서 시골노인 같은 소리를 하고 있구나."

"……."

도추산은 감히 더는 변명하지 못하고 고개를 떨구었다.

상대는 복마전이라 불리는 황궁에서 정상의 자리에 오른 관억이다. 그의 앞에서 어설픈 거짓말이 통할 리가 없다.

"너는 목을 걸고 보국왕 전하를 찾아가 보든지, 조용히 돌아가 풍파(風波)가 가라앉기를 기다리던지…… 빨리 결정해야 할 것이야. 내가 너라면 조용히 돌아가 장부 정리나 하고 있을 테지만. 내가 아는 서문영은 의외로 고지식한 면이 있어서…… 불법적인 일을 그냥 내버려 두는 법이 없거든."

…….

방 안에 침묵이 감돌았다.

한동안 넋 나간 표정으로 앉아 있던 도추산이 황망하게 일어섰다.

"대인의 말씀을 들으니 해야 할 일이 무엇인지 알겠습니다. 오늘의 은혜는 평생 잊지 않겠습니다."

말과 함께 도추산은 이마가 바닥에 닿도록 큰절을 올렸다.

비록 원하던 대답을 얻지는 못했지만, 자신이 해야 할 일이 무엇인지 알 수 있게 되었으니 손해나는 거래는 아니었다.

관억은 거만하게 손가락 끝을 까닥이는 것으로 도추산의 인사에 답했다.

그만 가라는 신호다.

도추산이 조심스럽게 뒷걸음질 쳐 물러났다.

관억이 멀어져 가는 도추산의 머리꼭지를 보며 중얼거렸다.

"쯧, 사람을 몰라도 저렇게 모를 수가 있나. 장사꾼들이란……."

그들은 자기가 가진 돈이나 인맥이면 뭐든지 다 뜻대로 되는 줄 안다.

물론 거의 다 그들이 바라는 대로 되는 것도 사실이다. 황금이 아니었다면 자신과 같은 황실의 고위관리가 장사꾼 따위를 만나줄 일은 없었을 테니까.

하지만 가끔은 서문영과 같은 별종이 있다는 것도 알아야 한다.

손익(損益)을 떠나서 제 가슴이 시키는 대로 움직이는 그런 인간 말이다.

자신은 그렇게 살 생각도 없고, 만약 그랬다면 지금까지 살아남지도 못했을 것이다.

"그나저나 서문영도 참 피곤한 인생을 사는군……."

군부와 무림은 물론 이제 상계에서도 얌전히 있지를 않는다. 말 그대로 가는 곳마다 좌충우돌(左衝右突)이다.

자신처럼 멀리서 지켜보는 사람은 재밌을지 몰라도, 그렇게

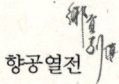
향공열전

살아가는 당사자의 심사는 상당히 복잡할 것이었다.

　　　　　＊　　　＊　　　＊

"괜찮겠느냐?"

서가장의 가주 서공망이 수심 가득한 눈으로 아들을 바라보았다.

그도 소문을 통해 천명회와 서문영의 긴장 관계에 대해 알게 된 것이다.

"예, 천명회도 생각 없는 사람들이 아니니 염려 마십시오."

서문영은 부친에게 염려를 끼쳐 드리고 싶지 않아 마음에도 없는 소리를 해야 했다. 머리를 먹거나 술을 마시는 용도로만 사용하는 사람들이 천명회였다.

'생각이라……'

서문영은 자신이 말을 하고도 어이가 없었던지 실소를 흘렸다.

서문영의 웃음을 자신감 내지는 천명회에 대한 신뢰로 받아들인 서공망이 고개를 주억거렸다.

"그래, 나도 그들이 십대문파만 냉대한다는 소리를 들은 것 같다. 세상일 참 알 수 없지. 언제는 십대문파를 최고로 치더니, 이제는 십대문파만 아니면 먹고사는데 지장이 없다고들 하니…… 허허!"

너털웃음을 터뜨리던 서공망이 다시 물었다.

"금룡표국은 여전히 감감무소식이냐?"

"예, 그들은 저와의 대화보다는 천명회에서 움직여 주기를 바라고 있는 것 같습니다."

"그렇겠지. 성심표국이나 금룡표국 둘 중 하나가 문을 닫아야 끝날 싸움이 되었으니…… 여하튼 싸움은 말리고 흥정은 붙이라고 했느니라."

"저도 가능하면 그렇게 하려고 노력 중인데…… 금룡표국이 저와는 대화를 피하고 있습니다."

사실 그동안 사람들을 보내 몇 번 의사를 타진한 적이 있다. 하지만 금룡표국은 응하지 않았다.

그들로서는 장부를 되찾는 것만이 살길이라고 믿고 있는 것 같았다. 천명회에 대한 굳은 믿음이 일체의 타협을 용납하지 않고 있는지도 몰랐다.

"고관대작들도 거의 매일 사람을 보내 그 일의 결과를 물어오고 있다. 이대로 흐지부지 끝났으면 좋으련만……."

"……"

서문영이 창밖으로 시선을 돌렸다.

원래의 계획은 거래 장부를 통해 진실을 규명할 생각이었다. 하지만 워낙 다양한 이해관계가 얽힌 사건인지라, 점점 걷잡을 수 없이 커져만 갔다.

이제는 천하상단의 경쟁자들이 무림과 관부까지 들쑤시고

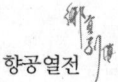

다닌다는 소리가 들려왔다. 성심표국의 억울함을 풀어주고자 시작한 일이 부지불식간(不知不識間)에 큰 태풍으로 발전해 버린 셈이다.

이 태풍의 끝에는 또 무슨 복잡한 일이 기다리고 있을까?

그게 뭐든 뒤로 물러설 생각은 없다.

주변의 반대를 무릅쓰고 무공에 입문한 것은, 지나간 시간들 속에 아쉬움을 남기고 싶지 않아서다.

성가장에서 다툼 없는 삶보다는 후회 없는 삶을 선택했다. 그러니 저 앞에 뭐가 기다리고 있든 뚜벅뚜벅 걸어가 줘야 하는 것이다.

"좋은 뜻으로 시작한 일이니 잘 될 겁니다."

"……"

서공망은 새삼스러운 눈으로 아들을 바라보았다.

대문만 나가도 사람들이 벌떼처럼 몰려와 묻고 또 묻는데 정작 본인은 천하태평이다.

배포가 큰 건지 아직 세상 경험이 부족한 건지 알다가도 모를 일이었다.

* * *

타의(他意)에 의해 태풍의 핵이 되어 버린 금룡표국의 국주 금인도(金人道)는 하루하루가 죽을 맛이었다. 열흘 만에 거래처의 절반이 떨어져 나갔다. 고양이에게 생선을 맡길 수가 없다는 이유에서다. 표국이 절도(竊盜)를 했으니 당연한 결과인지도 모른다.

금인도는 황급히 남아 있는 거래처들을 찾아다니며 호소했다.

"저잣거리에 떠돌아다니는 소문은 성심표국의 유언비어(流言蜚語)요. 조금만 기다리면 진실을 규명하겠소."

발이 붓도록 뛰어다닌 노력 덕분에 거래처의 이탈은 잠시 소강국면으로 접어들었다.

거래처를 찾아다니느라 바빴던 것이야말로 금인도가 서문영과 만날 수 없었던 이유 중 하나였다.

"형님, 이대로라면 우리는 성심표국에 잡아먹히고 맙니다."

동생 금선무(金鮮霧)의 말에 금인도가 인상을 찡그렸다. 그의 말 때문이 아니다.

금선무의 얼굴은 낮술에 취해 벌겋게 달아올라 있었다. 답답한 심정은 십분 이해하지만 대낮부터 술 냄새를 피우고 다니는 것은 사태를 더욱 악화시킬 뿐이다.

"좋은 소식이 있으니 너도 그만 술을 자제하도록 해라."

"죄송합니다. 일이 손에 안 잡혀서…… 그런데 천명회에서 드디어 움직인답니까?"

금인도가 고개를 가볍게 저었다.

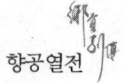
향공열전

"그럼…… 서문영이 그 빌어먹을 장부를 돌려주기라도 했답니까?"

"그럴 놈이라면 일을 벌이지도 않았겠지."

"이것도 아니고 저것도 아니면…… 뭐가 좋은 소식인데요?"

"천하상단에서 은밀하게 연락을 해왔다. 자금을 지원해 줄 테니 천명회의 손을 확실히 빌리라는구나."

"그래요? 얼마나 지원해 준답니까?"

"무려 황금 일만 냥이다."

"헉! 그렇게나 많이요?"

"그래, 천하상단도 발등에 불이 떨어졌으니…… 부랴부랴 자금을 끌어 모은 것 같다. 장부를 회수하든지, 정 힘들면 폐기만이라도 했으면 하는 눈치더라."

금선무의 얼굴이 환하게 밝아졌다.

"형님, 이제 다 끝난 거나 다름없습니다. 그 정도의 돈이면 무상전의 고수들이 전부 달려와 줄 겁니다. 아니, 어쩌면 더 많은 천명회의 고수들이 와줄지도 모르겠습니다. 휴우! 황금 일만 냥이라니!"

"문제는 무상전의 힘으로 검공을 상대할 수 있는가 하는 점이다. 그쪽에서 너무 검공의 눈치를 보는 것 같아서…… 신경이 좀 쓰인다."

"형님, 그들이 눈치를 보는 건 요마의 입김 때문입니다. 서문영 자체는 무상전의 상대가 되지 않아요. 한 손이 열 손 당해 내는 거 보셨습니까? 하물며 상대는 무상전이라고요. 천명회에서 가장 강한 조직이 무상전 아닙니까!"

"그래, 천명회에서는 가장 강하지."

금인도가 복잡한 눈빛으로 동생을 바라보았다. 문제는 상대가 검공 서문영이라는 점이다.

검공은 수라마도까지도 눈치를 살필 정도로 힘을 가진 사람이었다.

하지만 금인도의 고민도 오래 가지 않았다. 십대문파를 무너트린 천명회다. 그 천명회에서 가장 강한 무력단체가 무상전. 황금 일만 냥이면 소면시까지 올지도 모른다.

그에 비하면 상대는 달랑 서문영 하나. 성심표국에서 돕는다고 해봐야 표사 몇 사람 정도? 처음부터 상대가 되지 않는다.

"네가 나 대신 수라마도를 만나고 와야겠다."

"형님이 안 가시고요?"

"서문영이 사람을 두 번이나 보냈다. 장물의 거래장부를 관부에 넘기지도 않고, 성심표국을 앞세워 쳐들어오지도 않는 것을 보면…… 놈도 뒷거래를 원하는 것 같다."

"뒷거래요?"

"보나마나 이런저런 이유를 들어 손해배상을 하라고 하겠지."

"아니! 그놈은 우리와 무슨 원한이 있다고 그런답니까?"

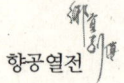
향공열전

"난들 알겠느냐? 하여튼 그동안 시간이 없다는 핑계로 피했는데, 내가 갑자기 수라마도를 만나면 무슨 짓을 벌일지 모른다. 놈에게는 대화의 가능성을 열어 둔 척하고, 일거에 쓸어버릴 계획이다. 그러려면 역시 나 대신 네가 가는 게 좋아."

"알겠습니다. 제가 가서 담판을 짓겠습니다."

"담판이라니…… 수라마도의 비위를 건드릴 생각은 하지도 말아라. 그들은 우리에게 유일한 구명줄이야. 그들이 돌아서면 우리는 문을 닫는 수밖에 없다."

"아이참! 형님, 저도 그 정도는 압니다. 그냥 그만큼 확실하게 지원을 얻어 오겠다는 뜻으로……."

"그래, 황금 일만 냥이면 그들도 머뭇거리지 않을 것이다."

* * *

금선무는 어두워질 무렵 수라마도가 묵고 있는 객점을 찾아갔다. 객점은 입구부터 사파인들로 가득해 일반인들은 출입을 꺼려했지만 금선무는 보무도 당당하게 안으로 들어갔다. 수라마도를 초대한 곳이 금룡표국인지라 아무래도 다른 사람들과는 입장이 달랐던 것이다.

"어이쿠! 금 대인(大人), 어서 오시오."

수라마도는 오랜만에 찾아온 금선무를 환대했다.

금룡표국의 사람들이 오갈 때마다 주머니가 두둑해졌으니 객지에서 그보다 반가운 손님도 없었다.
"하하, 대인이라니요. 과분한 말씀이십니다."
수라마도가 히죽 웃으며 말했다.
"보통 사람들이 도검(刀劍)을 찬 사람에게 대협이라고 하지 않소? 그처럼 우리 눈에는 거상(巨商)이 다 대인으로 보인다오."
"그러셨군요."
"자아, 앉으십시다."
수라마도가 평소와 달리 점잖게 자리를 권했다.
금선무는 수라마도의 맞은편에 엉덩이를 걸치고 앉았다.
아무래도 흉악한 마인과의 독대(獨對)인지라 조금은 불안한 눈치다. 세상이 요상하게 바뀌어서 그렇지 얼마 전까지만 해도 수라마도는 살인과 강도짓을 예사로 저지르던 마두(魔頭)였다. 자연히 표국의 입장에서 수라마도는 지옥의 야차(野次)보다 더 흉한 이름이었다.
"한잔 합시다."
마주보며 앉자마자 수라마도는 술을 권했다.
금선무는 내키지 않았지만 사양할 담력이 없었던지라 한잔을 급히 받아 마셨다. 그리고 수라마도가 술을 더 권하기 전에 급히 말문을 열었다.
"형님께서 언제쯤 성심표국에 가실지 알아 오라고 하셨습니

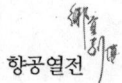
향공열전

다."

"흠! 실은 며칠 전에 상부로부터 지시가 내려왔소. 그렇지 않아도 그 이야기를 해야 하는데 잘 왔소."

"어떤 지시가 내려왔습니까?"

"알다시피 검공은 천명회에서 영입하려고 하는 고수외다. 위에서는 특별한 일이 없는 한 검공과 시비를 일으키지 말라고만 하더이다. 윗대가리들은 아랫사람들의 고충을 잘 몰라요……. 타지에 와서 입에 맞지도 않는 음식을 먹으며, 술도 참고, 계집도 참아가며…… 기약도 없이 기다린다는 게 얼마나 짜증나는 일인지……."

수라마도가 연신 술을 들이켰다.

사실 뒷구멍으로 시도한 서문영과의 대화에 진전이 없어 더 답답했다. "언제쯤 손을 뗄 거냐?"는 추혼비마의 물음에 서문영은 말없이 웃기만 했단다. 천명회나 무상전의 대단한 이름 앞에서도 놈은 전혀 주눅이 들지 않았던 것이다.

잔뜩 굳어 있던 금선무의 표정은 수라마도와는 반대로 서서히 밝아졌다.

수라마도의 말을 "특별한 일이 있으면 시비를 일으켜도 괜찮다"는 뜻으로 받아들인 탓이다. 황금 일만 냥이라면 특별하다고 할 수 있지 않은가!

"이번에 무상전의 협객들께서 검공의 일을 처리해 주신다면…… 금룡표국에서는 감사의 인사로 황금 일만 냥을 드릴 생각입니다."

"……."

수라마검이 술잔을 내려놓았다. 그리고 정색을 하고 물었다.

"지금 얼마라고 했소?"

"황금 일만 냥입니다."

"대인, 우리 무인(武人)에게 약속은 목숨만큼이나 중하오. 나중에 다른 소리를 했다가는…… 목숨을 내놓아야 할 것이오."

금선무가 얼굴을 가볍게 찡그렸다.

이런 게 바로 단심맹과 천명회의 차이다. 비슷한 상황에서 과거 단심맹의 고수들은 감사하다고 했는데, 수라마검은 목숨 운운하며 도리어 위협을 한다.

"예. 황금 일만 냥이라고 했습니다. 검공에게 빼앗긴 거래장부를 회수해 주신다면, 즉시 일만 냥을 드리겠습니다."

"알겠소. 며칠 기다려 보시오. 좋은 소식이 있을 것이오."

"대협, 이번에는 정말 좋은 결과가 있어야 합니다. 만약 천명회에서 그 장부를 회수하지 못한다면…… 우리는 그 돈으로 서문영에게 장부를 사오기라도 해야 하니까요."

말과 함께 금선무가 수라마도의 얼굴을 힐끔 살폈다.

서문영에게 돈을 줄 수도 있다는 것은 상대를 자극하기 위해 해본 소리다. 서문영이 돈으로 매수 될 인간 같았으면 천하

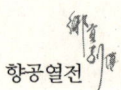

상단에서 천명회를 끌어들이라고 부탁할 리가 없지 않은가!
하지만 자신의 말에 수라마도는 크게 긴장한 얼굴이다. 그렇다면 소기의 목적을 달성한 셈이다.

"감히! 장부는 본좌가 찾아올 것이다."

수라마도가 거칠게 술잔을 내려놓았다. 금룡표국이 서문영에게 장부를 살지도 모른다고 생각하니 자존심이 상한 것이다.

"예, 예, 그럼 저는 이만……."

금선무가 굽실거리며 자리에서 일어섰다.

수라마도가 신경질적으로 술병을 움켜쥐며 말했다.

"꺼져라."

"예, 예……."

금선무는 하얗게 질린 얼굴로 수라마도의 방을 떠났다.

그런 금선무를 바라보던 수라마도의 입에서 욕설이 터져 나왔다.

"씨벌 놈들! 내가 천인혈(千人血) 수라마도(修羅魔刀)야! 천인혈 수마라도!"

부들부들 떨던 수라마도가 술병을 집어던졌다.

챙그렁!

방 안이 주향(酒香)으로 가득 찼다.

그러고도 분이 풀리지 않았던지 씩씩거리던 수라마도가 자리에서 벌떡 일어섰다.

"밖에 비마(飛魔) 있느냐!"

"예!"

"당장 들어오너라!"

"예!"

대답과 동시에 추혼비마가 유령처럼 나타났다. 천하제일의 경공을 가졌다더니 과연 움직임이 눈에 보이지도 않았다.

"지금 당장 소면시마님께 달려가 본좌의 말을 전해라. '금룡표국에서 서문영을 없애는 대가로 황금 일만 냥을 제시했다'고. 그리고 '만약 우리가 그 청부를 받아들이지 않는다면 놈들이 그 돈으로 서문영에게 장부를 사겠다고 하는데, 어떻게 해야 하느냐'고."

"헉! 황금 일만 냥이 확실합니까?"

"그렇다. 금룡표국 놈들이 제법 머리를 쓴 거지. 그 바람에 우리는 서문영을 없애고 황금 일만 냥을 받든지, 서문영에게 황금 일만 냥이 가는 것을 구경만 하든지 해야 하는 상황이 되었다. 너는 무슨 말인지 알아들었느냐?"

"예!"

"소면시마님께 직접 전해야 한다. 가라."

"존명(尊命)!"

추혼비마가 연기처럼 사라졌다.

수라마도가 창가로 뚜벅뚜벅 걸어가 문을 활짝 열어 젖혔다. 시원한 밤공기가 방 안으로 밀려 들어왔다.

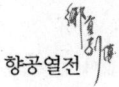

찬바람에 머리를 식히던 수라마도가 중얼거렸다.

"황금 일만 냥이라…… 미친놈들……."

금 몇 백 냥 날로 먹으려고 일을 벌인 놈들이, 이제는 그 과거를 덮기 위해 황금을 일만 냥이나 쓰겠단다. 눈먼 돈이 그렇게 많다는 건가? 돈 몇 푼 뺏기 위해 피칠갑을 하고 살았던 지난날들이 허무하게 느껴진다. 고작 거래장부 하나에 황금 일만 냥이라니!

*   *   *

뜨겁게 달아오른 관도(官途) 위를 일남삼녀가 걷고 있었다. 남자의 용모는 평범했지만, 그와 동행하고 있는 세 명의 여자는 사람들의 이목을 끌 정도로 아름다웠다.

모르는 사람이 보면 남자가 여자들을 호위하는 것으로 보일 정도로 말이다.

"제가 호위무사라도 된 기분입니다."

이주성이 설지를 향해 가볍게 농담을 던졌다.

비록 성유화 때문에 따라나선 여행이지만, 요즘 이주성이 마음 편하게 말을 할 수 있는 상대는 설지밖에 없었다. 호북성에 들어서면서부터 성유화에게는 괜히 눈치가 보였고, 요마는 무서웠으니 당연한 일인지도 모른다.

"서가장이 멀지 않았으니…… 고생도 곧 끝이 날 거예요."

설지가 담담하게 말을 받았다.
이주성이 성유화의 눈치를 힐끔 살피며 말했다.
"아무쪼록 좋은 결과가 있기를 바랍니다."
"……."
설지는 피식 웃기만 했다.
앞서 걷던 초혼요마가 뒤를 돌아보았다.
"이봐요. 설 소저가 과거라도 보러 가나요? 좋은 결과를 기다리게?"
이주성이 초혼요마의 눈을 피하며 중얼거렸다.
"저, 저는 별 의미 없이 한 말이었습니다."
초혼요마가 고개를 갸웃거리며 물었다.
"내가 처음부터 궁금했는데, 당신은 왜 서가장엘 가는 거죠? 서문영과 친분이 남다른가요?"
"서 대협과 몇 번 만난 적은 있지만…… 딱히 친한 건 아닙니다."
이주성이 얼굴을 붉혔다. 엄밀히 말해 서문영과 자신의 관계는 "모르는 사이보다 못한 관계"라고 할 수 있었다.
"친분도 없는 사람이 먼 길을 갈 때는 이유가 있겠죠?"
"특별한 이유는 없습니다."
말과 함께 이주성의 시선이 성유화에게로 향했다. 뭔가 하고 싶은 말이 많은 눈빛이다.
그런 이주성의 행동이 초혼요마의 눈에 보이지 않을 리가

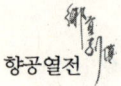

없다.

"아하! 이제 보니 당신들은 서로 다른 곳을 보고 있었군요. 당신은 성 소저를, 성 소저는……."

초혼요마는 말을 흐렸다.

성유화의 입장을 고려한 것이다.

하지만 정작 성유화는 다른 사람의 이야기를 듣고 있는 것처럼 아무렇지도 않은 표정이었다.

문득 설지가 말했다.

"우리도 저기서 간단하게 먹을까요?"

설지의 손이 가리키는 주막은 작고 허름했지만 손님으로 가득했다. 손맛이 있거나 근처에 음식점이 없다는 뜻이리라.

잠시 생각하던 초혼요마가 고개를 끄덕였다. 천명회를 떠나면서부터 모든 결정은 초혼요마의 몫이었다.

초혼요마가 승낙하자 설지와 성유화, 이주성은 주막으로 향했다.

주막 근처에 가자 향긋한 음식냄새가 진동을 했다.

하지만 빈자리가 보이지 않았다.

기다리자고 해야 하나 그냥 가자고 해야 하나 설지가 잠시 망설이고 있을 때다.

"어이! 아가씨들! 이리 와서 우리와 함께 먹지?"

굵직한 남자의 목소리가 들려왔다.

무심코 고개를 돌리던 설지의 얼굴이 찡그려졌다.

작은 탁자를 차지하고 있는 남자들 가운데 텁석부리 사내 하나가 손짓을 보내고 있었다.

텁석부리 사내는 물론 그 일행들도 흉악한 인상이다. 등과 허리에 매어져 있는 것은 대도(大刀)와 박도(朴刀), 보나마나 사파의 고수들이다.

"보아하니 강호의 여걸(女傑)들 같은데, 듣자하니 사해(四海)가 동포라던데. 아닌가?"

텁석부리의 눈이 옆자리의 일행에게로 향했다. 자신이 한 말이 맞는지를 묻는 듯했다.

"흐흐, 그래, 나도 그런 소리를 들은 적이 있다고. 사해가 동포라…… 물론 우리에게는 사해가 다 동서(同棲; 남녀의 동거)지만…… 크하핫!"

"크크크!"

맨질맨질한 대머리의 사내가 음흉한 눈으로 설지와 성유화, 요마를 바라보았다.

설지의 입에서 가벼운 한숨이 흘러나왔다.

세상에는 왜 이렇게 초혼요마의 손길을 필요로 하는 남자들이 많은지.

아니나 다를까? 뒤에 조금 처져 있던 초혼요마가 사내들 셋이 앉아 있는 탁자로 거침없이 걸어갔다.

"잘 생각했수. 이것도 인연이니……."

텁석부리의 말이 끝나기도 전이다.

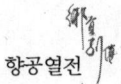

향공열전

초혼요마가 오연한 표정으로 세 명의 사내를 내려다보았다.
"함께 먹자고 했으니 왔다. 그런데 자리가 없는데 어쩔 테냐? 설마 우리가 너희들의 무릎에 앉기를 바란 건 아니겠지?"
대머리가 히죽히죽 웃으며 말을 받았다.
"정히 자리가 없으면 무릎에라도."
"그래? 감당할 수 있겠어?"
초혼요마가 생글생글 웃으며 물었다.
대머리가 횡재를 한 얼굴로 고개를 끄덕였다.
"다, 당연하지. 시험해 보라고!"
말과 함께 대머리가 자신의 무릎을 손으로 툭툭 쳤다.
"그럼 사양하지 않을게."
초혼요마가 대머리의 앞으로 다가갔다.
대머리의 목울대로 마른침이 꿀꺽하고 넘어갔다. 보기 드문 미모의 소녀가 무릎에 앉아 주겠다니 긴장한 것이다.
하지만 대머리의 기쁨은 거기까지였다.
초혼요마가 대뜸 대머리의 상체 여러 곳을 손끝으로 찔렀던 것이다.
대머리는 비명 한번 지르지 못하고 점혈을 당했다.
석상처럼 빳빳하게 굳은 대머리의 무릎 위에 초혼요마가 걸터앉았다.
"호호, 나는 사람의자도 좋아해. 하지만 저 언니들은 나무 의자를 좋아할 거야."

텁석부리와 얼굴에 칼자국이 새겨진 사내가 자리에서 벌떡 일어섰다. 두 사람의 손에는 어느새 병장기가 쥐어져 있었다.

 텁석부리가 소리를 버럭 내질렀다.

 "넌 누구냐! 우리는 천명회 무한 지부의 사람들이다! 감히 천명회 사람에게 손을 쓰다니, 죽고 싶으냐!"

 초혼요마가 여전히 웃는 얼굴로 답했다.

 "어머, 무섭게 왜 그래? 와서 앉으라고 했잖아. 나는 앉아준 것뿐이라고. 아! 혹시 두 사람이 자리를 양보한 거야? 그래, 언니들이 나무의자를 좋아한다니까 일어섰구나? 생긴 건 영 밥맛 떨어지게 생겼는데 제법 눈치가 빠르네!"

 "이제 보니 미친년이구나! 네년이 누군데 감히 천명회에……."

 텁석부리의 말은 이어지지 않았다.

 초혼요마의 눈에서 붉은 광채가 줄기줄기 뻗어 나왔기 때문이다.

 보통 사람의 눈에서 저 정도로 광채가 쏟아져 나올 수는 없다. 만약 그런 사람이 있다면, 무공의 종류를 떠나서, 그가 초절정의 고수라는 소리였다.

 초혼요마가 한 손으로 탁자 위를 쓸어냈다.

 와장창.

 음식그릇들이 땅바닥으로 쏟아져 내렸다.

 "그 입에서 나오는 소리를 들으니 사람이 아니었구나. 그럼

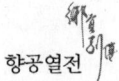
향공열전

바닥에서 먹어야지. 그렇지?"

초혼요마가 텁석부리와 칼자국을 향해 웃어 보였다.

텁석부리와 칼자국이 잠시 눈알을 굴렸다. 괴팍해 보이는 초절정 여고수의 말에 따라야 하나 말아야 하느냐를 두고 갈등하고 있는 것이다.

텁석부리가 칼자국에게 전음을 보냈다.

『씨벌, 곡 형(谷兄), 나는 죽어도 개처럼은 못 먹소. 합공(合攻)합시다.』

하지만 얼굴에 칼자국이 가득한 곡자명(谷自明)은 묵묵부답(默默不答)이었다.

속에서 치솟는 살심과 별개로 소녀의 전신에서 풍겨나는 기도가 범상치 않았다.

천명회가 천하를 장악한 뒤로 듣도 보도 못한 사마외도의 고수들이 쏟아져 나왔다. 눈앞에 있는 저 소녀도 그들 중 하나가 분명해 보였다.

상대의 문파나 성정(性情)을 모르는 상태에서 싸운다는 것은 아무래도 불안했다. 사지가 잘려 나갈 수도 있고, 목숨을 잃을 수도 있다는 생각에서다.

두 사내가 소녀와 땅바닥의 음식을 번갈아 보며 머뭇거리고 있을 때다.

이주성이 조심스럽게 끼어들었다.

"저, 요마님, 바닥도 더러운데 그냥 가심이……."

초혼요마가 냉소를 치며 답했다.

"흥! 당신도 함께 먹고 싶지 않으면 가만히 있어. 서문영의 친구가 아니라면서 뭘 믿고 내 일에 끼어들지? 말해봐."

스산한 초혼요마의 말에 이주성이 흠칫 놀란 얼굴로 물러섰다.

상대는 강호에서 가장 잔인하다고 소문난 초혼요마다. 지난 십여 일간의 여행으로 무디어져 있던 경계심이 대번에 살아났다.

"아, 아닙니다."

하얗게 질린 이주성이 초혼요마의 시선을 피했다.

철푸덕.

텁석부리와 곡자명이 제자리에서 무너지듯 주저앉았다.

아구아구. 쩝. 쩝.

두 사람은 바닥에 앉자마자 미친 듯이 떨어진 음식을 주워 먹었다. 뒤늦게 상대가 초혼요마라는 것을 깨달은 것이다.

잠시 후 탁자 아래에 떨어진 음식이 모두 사라졌다.

하지만 텁석부리와 곡자명은 멈추지 않고 흙과 뒤섞인 음식 부스러기까지도 일일이 주워 먹었다. 개똥밭을 굴러도 이승이 낫다고 하지 않던가!

땅바닥의 음식이 정리되자 초혼요마가 느긋하게 입을 열었다.

"청소를 잘하네. 줄로 묶어서 데리고 다녀도 되겠어."

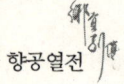
향공열전

끌고 다니겠다는 소리다.

대경실색(大驚失色)한 텁석부리가 탁자의 다리를 움켜잡고 절규했다.

"요, 요마님, 저에게는 오늘 내일 하시는 노모(老母)가 계십니다. 부디 마지막 가시는 모습이라도 볼 수 있도록 해 주십시오. 크흑!"

위기를 느낀 곡자명도 뒤따라 흐느꼈다.

"흑흑, 저도 부양할 가족이 열두 명이나 됩니다. 제발……."

통곡소리를 들으며 시원한 찻물을 마시던 초혼요마가 나직이 말했다.

"울면 진짜 잡아간다."

"……."

텁석부리와 칼자국이 급히 울음을 멈추었다.

두 사람이 탁자 아래에서 숨을 죽이자 초혼요마가 발끝을 까딱였다. 그만 꺼지라는 의미다.

텁석부리가 재빨리 일어나 슬슬 뒷걸음질 쳤다. 혹시라도 초혼요마가 암습을 할까봐 두려워하는 눈치다.

곡자명도 자리에서 일어났지만 텁석부리처럼 당장 달아나지는 않았다.

"뭐?"

초혼요마가 바라보자 곡자명이 굳어있는 대머리를 가리켰다.

"그, 그 천한 놈은 속하가 끌고 가겠습니다."

초혼요마는 천명회의 큰 어른이므로 곡자명은 스스로를 낮추고 있었다.

"이 의자를 가지고 간다고?"

"예, 예, 무한 지부에 없어서는 안 되는 놈, 아니, 의자입니다."

초혼요마가 자리에서 일어나 대머리의 혈도를 꾹꾹 눌렀다.

혈색이 돌아온 대머리가 흙바닥에 머리를 처박았다. 눈과 귀가 뚫려 있던 터라 자신이 추근대던 소녀가 초혼요마임을 안 것이다.

"사, 살려 주십시오!"

대머리의 이마가 찢어졌는지 피가 흥건했다.

"제법 의자노릇을 잘 했으니까 살려는 줄게. 하지만 나중에라도 여자를 괴롭혔다는 소문이 들리면…… 잘라 버릴 거야."

"절대! 목숨을 걸고 잘 하겠습니다!"

"나 마음 약한 여자야. 하지 못한 일이 있거나 신경에 거슬리는 게 있으면 잠을 못 자. 그러니까 찾아다니게 만들지 마. 알겠지?"

쿵.

대머리가 다시 한 번 땅에 머리를 처박았다.

"속하는 오늘 새롭게 태어났습니다! 절대! 그럴 일 없을 것입니다!"

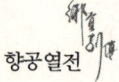

"호호! 그래도 괜찮아. 거길 자르는 것도 은근히 짜릿하거든."

"……."

대머리는 대답할 말이 떠오르지 않아 머리만 연신 박아댔다.

"그릇 들고 주방에 갔다 줘. 탁자도 한 번 더 닦고."

"존명(尊命)!"

대머리와 곡자명이 옷깃으로 탁자를 닦고, 그릇을 모아 주방으로 달려갔다.

그리고 다시는 돌아오지 않았다. 그길로 멀리 달아나 버린 것이다.

제4장
일에는 순서가 있다

흡족한 미소를 짓던 초혼요마가 빈 의자에 걸터앉았다.
"성 소저, 설 소저, 자리가 두 개 생겼으니까 어서 앉으세요."
"……"
성유화와 설지는 빈자리를 보며 잠시 머뭇거렸다. 의자는 두 개가 남았는데 서 있는 사람은 셋이다.
물론 초혼요마는 이주성에게 자리를 권하지 않았다. 하지만 그렇다고 두 사람까지 이주성의 처지를 모른 척할 수는 없었다.
그제야 초혼요마가 이주성에게 고개를 돌렸다.

일에는 순서가 있다 105

"당신은 서서 먹을 생각인가요?"

"그, 그럴 리가요."

이주성이 황급히 고개를 저었다. 자신도 일행인데 왜 홀로 서서 먹는다는 말인가?

"이제 보니 아무 생각이 없는 사람이었군요."

"헛! 무슨 말씀이신지요?"

"사람이 넷인데 의자가 셋이면 하나를 더 만들어 와야죠. 그렇게 우두커니 서 있으면…… 설마 다른 사람에게 그 일을 맡길 생각이었나요? 서문영과 친하지도 않은 당신이 지금껏 동행을 하고 있는 건, 그런 일을 맡아 주기 위해서가 아니었나요?"

"그, 그야 그렇습니다만……."

"이봐요. 서서 먹을 생각이 아니라면 당장 가서 당신의 의자를 구해와요. 내가 그런 것까지 가르쳐 줘야 하나요?"

"아! 예, 그렇게 하겠습니다."

이주성이 허둥지둥 돌아서서 주인 없는 의자를 찾기 시작했다. 하지만 작은 주막에서 길가에 내놓은 탁자는 달랑 세 개. 탁자마다 손님들로 가득한 것은 물론 서서 먹는 사람들까지 있었으니, 빈 의자를 구하기는 어려워 보였다.

그래도 이주성은 부지런히 돌아다녔다. 초혼요마의 곁에서 잔소리를 듣는 것보다는 빈 의자를 구할 때까지 떠도는 게 마음이 편했던 것이다.

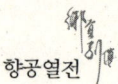
향공열전

음식이 탁자 위에 차려졌지만 이주성은 여전히 겉돌았다.
"먼저 먹어요."
초혼요마의 말에 성유화와 설지는 어쩔 수 없다는 표정으로 고개를 끄덕였다.
이주성은 차려지는 음식을 보고도 돌아오지 않았다. 초혼요마가 두려운 것일 수도 있고, 의자에 앉아서 먹겠다는 나름의 각오 때문인지도 모른다. 어느 쪽이든 그건 이주성의 선택이니 이래라 저래라 할 수는 없는 문제였다.
탁자 위의 음식이 절반쯤 사라졌을 때다. 이주성이 의자를 들고 돌아왔다.
이주성의 얼굴은 땀에 젖어 있었다. 감히 그늘에서 쉬지 못하고 의자 주변을 맴돌다 보니 더위라도 먹은 모양이다.
이주성이 앉기가 무섭게 초혼요마가 젓가락을 내려놓았다.
"감히 수작을 부리다니…… 죽여 달라 이거지? 그 소원 들어주마."
"헉! 제, 제가 무슨 잘못이라도?"
덜그럭.
이주성이 급하게 일어서자 의자가 뒤로 넘어갔다.
성유화와 설지가 놀란 얼굴로 이주성과 초혼요마를 번갈아 바라보았다.
갑자기 수작이라니? 이주성은 그럴 사람이 아니다. 하지만 초혼요마가 거짓말을 하고 있는 것 같지도 않았다.

초혼요마가 하얗게 질린 이주성을 지나쳐 갔다.

이주성의 입에서 안도의 한숨이 길게 흘러나왔다.

초혼요마가 멈춰선 곳은 주방(廚房)의 앞이었다.

"나올 테냐? 들어가랴?"

주방은 달그락거리는 소리도 없이 조용했다.

그제야 이상하게 생각된 성유화가 자리에서 일어나 초혼요마의 곁으로 다가갔다.

"무슨 일이지요?"

성유화의 물음에 초혼요마가 짧게 답했다.

"우리는 모두 산공독(散功毒; 공력을 흩어놓는 독)에 당했어요."

"으음, 산공독요?"

성유화가 재빨리 공력을 운기했다. 과연! 초혼요마의 말대로 내력이 모이질 않았다. 단전은 텅 빈 항아리와 같이 변해 있었다.

초혼요마가 스산한 눈으로 주변을 둘러보았다.

……

초혼요마의 눈길에 질린 손님들이 하나둘씩 자리에서 일어나 관도로 달아났다.

조금 전까지 사람들로 바글거리던 주막에 기괴한 적막이 맴돌았다.

당장 주방으로 뛰어들 것 같던 초혼요마가 미련 없이 돌아섰다.

"왜?"

성유화가 굳게 닫힌 주방문과 초혼요마를 번갈아 바라보았다.

초혼요마는 대답 대신 주막의 지붕 위로 훌쩍 날아올랐다.

성유화는 산공독에 당하고도 멀쩡해 보이는 초혼요마의 공력에 감탄을 금치 못했다.

설지와 이주성이 급히 달려왔다.

다행히 음식을 입에 댈 틈이 없어서 멀쩡한 이주성이 조심스럽게 주방의 문을 열었다.

호기심으로 주방 안을 들여다보던 성유화와 설지의 안색이 굳어졌다.

주방 바닥에 중년 남녀의 시체가 보였던 것이다. 죽은 지 얼마 되지 않은 듯, 서로를 부둥켜안은 채 죽은 두 사람의 입가로 검은 핏물이 꾸역꾸역 흘러넘치고 있었다.

초혼요마가 지붕에서 내려왔다. 초혼요마의 표정은 어두웠다.

그런 초혼요마의 눈치를 살피던 이주성이 조심스럽게 입을 뗐다.

"그, 그래도, 산공독인 게 천만 다행입니다."

설지와 성유화도 공감한다는 얼굴로 고개를 끄덕였다. 만약 상대가 극독(劇毒)을 풀었다면 자신들도 이미 죽었을 거라는 생각에서다.

하지만 초혼요마의 표정은 변함이 없었다.

"속편한 소리 하지 말아라. 내가 누구인지 알고 독을 쓴 자다. 무형지독(無形之毒)이 아니라면 내게 발각된다는 것을 알고…… 산공독을 푼 것이다."

성유화가 언뜻 이해가 가지 않는다는 얼굴로 중얼거렸다.

"하필 왜 산공독을?"

산공독은 상대를 직접 해치는 독이 아니다. 그저 공력의 운기를 방해해서 힘을 쓰지 못하게 할 뿐이다.

하지만 그마저도 초혼요마와 같은 경지의 사람들에게는 크게 영향을 미치지 못한다. 그런데 초혼요마인 줄을 알고도 산공독을 쓰다니?

"산공독으로 인사를 한 거죠."

"산공독으로 인사를요?"

성유화가 의아한 눈으로 초혼요마를 바라보았다. 그러고 보니 상대는, 주방에서 일하던 사람들은 독살(毒殺)한 반면 자신들에겐 고작 산공독을 썼다.

초혼요마가 인사라고 한 것은 아마 그런 이유에서일 것이다. 보란 듯이 산공독을 쓴 자도 그렇지만, 그걸 인사라고 해석한 초혼요마의 정신세계도 이해하기 어려웠다.

"강호에 산공독으로 살인 예고를 하고 독을 쓰는 인간이 딱 하나 있어요."

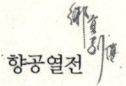
향공열전

"헉! 독마(毒魔)?"

이주성의 입에서 신음 같은 탄성이 흘러나왔다. 칠대마인 중에서 상대하기가 가장 어렵다는 고독신마(蠱毒神魔)가 십대문파의 장로들을 상대할 때 그렇게 했다는 소문이 있었다. 하지만 초혼요마도 같은 칠대마인의 일인인데 왜 독을 쓴다는 말인가?

"요마님, 칠대마인들은 같은 천명회의 태상들인데…… 왜?"

이주성의 말에 초혼요마가 피식 웃으며 말했다.

"당신은 정말 어리석군요. 칠대마인은 필요에 의해 함께 모인 사람들이지 친구가 아니에요. 옥면수라가 내 손에 죽은 것을 잊었나요?"

"……"

이주성의 입에서 한숨이 흘러나왔다. 정말 독마가 노리고 있다면 마음 편히 살긴 틀렸다는 생각에서다.

"상대가 독마인지 아닌지는 곧 알게 되겠죠."

말과는 달리 초혼요마는 상대가 독마라는 것을 확신하고 있었다. 자신의 앞에서 독공을 펼치고 사라질 수 있는 사람은 흔치 않았다.

"그럼 이제 어떻게 하죠?"

설지가 자신 없는 음성으로 물었다.

독마를 뒤에 달고 서가장으로 간다는 게 영 내키지 않았던 것이다.

초혼요마가 당연하다는 듯 답했다.

"죽기 전에 서문영이라도 만나 보는 게 좋지 않겠어요?"

"그건 그렇군요. 하지만……."

설지가 말을 흐렸다. 자신들 때문에 서가장에 피해가 간다면 그것도 못할 짓이었다.

"생사신의(生死神醫)라면 독마의 독을 상대할 수 있을 테니 너무 신경 쓰지 마세요."

"헉! 생사광의(生死狂醫)요?"

이주성의 입이 쩍 벌어졌다.

생사광의. 의술은 하늘에 닿았으나 괴팍하기 그지없어서 "하나가 죽어야 하나를 살린다"는 미친 의원이다. "살아 있는 사람을 가지고 실험하기를 즐겨해 몸에서 혈향(血香)이 가실 날이 없다"는 소문도 광의의 이름 뒤에 늘 따라다녔다.

칠대마인이 무림인들에게 공포였다면 생사광의는 평범한 사람들까지 꺼려하는 끔찍한 이름이었다. 물론 건강한 사람들에게 그렇다는 말이다. 흉흉한 소문과는 반대로 병든 사람들의 마지막 소원은 죽기 전에 생사광의에게 치료를 받아 보는 것이기도 했다.

생사광의라는 말에 초혼요마의 눈에서 한광이 쏟아져 나왔다.

"감히 그에게 광의라고 하다니…… 당신이 그에게 치료를 구걸하는 날에도 그런 말을 할 수 있는지 기대가 되는군요."

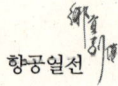

"……."

이주성은 대번에 풀이 죽어 고개를 떨구었다.

성유화의 입에서 한숨이 흘러나왔다. 고향에 있을 때는 잘 몰랐는데, 요즘의 이주성은 어딘지 모르게 얼이 빠져 보였다. 독마의 살인 예고 앞에서 생사광의면 어떻고 생사신의면 어떻단 말인가! 그걸 굳이 생사광의라고 고쳐 부르다가 깨지는 이주성을 보고 있자니 가슴이 답답했다.

"그런데 신의(神醫)께서는 행적이 표홀해서 만나기가 어렵다고 하는 소문을 들었습니다만."

신의라고 불러주는 성유화의 말에 초혼요마의 표정이 조금 풀어졌다.

"그가 어디 있는지는 내가 알고 있어요."

가만히 듣고 있던 설지가 희미하게 웃으며 물었다.

"신의를 만나기도 어렵지만, 초대하기도 어렵다고 하던데…… 신의께서 우리를 도와줄까요?"

초혼요마가 신의라는 말을 좋아하는 듯하자 몇 번이고 그 이름으로 불러주는 설지였다.

그제야 초혼요마의 얼굴에 화사한 미소가 떠올랐다. 자신의 기분을 풀어주기 위해 애쓰는 설지의 마음을 짐작한 것이다.

"서문영이 성가장의 이야기를 자주 하던 이유가 있었군요."

설지가 얼굴을 붉혔다.

"서문영과 내가 있다는 것을 알면 신의는 두말 않고 달려올 거예요."

"어머! 서 대협과도 잘 아는 사이인가 봐요?"

설지의 눈이 휘둥그렇게 떠졌다. 생사신의와 같은 기인과 서문영이 언제 알게 됐는지 궁금했던 것이다.

"서문영을 치료해 준 사람이 신의였답니다."

"아!"

"그랬군요."

성유화와 설지의 입에서 탄성이 흘러나왔다. 초혼요마가 이주성에게 화를 낸 이유를 알 것도 같았다.

초혼요마가 담담한 음성으로 말했다.

"신의가 서가장에 온다면 독마가 열 명이 와도 신경 쓸 것 없답니다. 이제 서가장으로 갈 마음이 드나요?"

초혼요마가 설지를 바라보았다.

설지가 배시시 웃으며 고개를 끄덕였다.

침울하게 서 있던 이주성이 초혼요마의 눈치를 슬슬 살피며 말문을 열었다.

"요마님, 저의 실언을 사과드립니다. 그런데, 독마가 왜 우리를 죽이려고 하는지 혹시 아십니까? 우리는 독을 쓰는 고수와 아직 은원을 맺은 적이 없어서요."

"흥! 내가 독마가 아닌데 그 속을 어떻게 알겠어요? 나중에 당신이 직접 독마를 잡아 물어 보세요. 왜 우리를 죽이려고 했는지 말이에요."

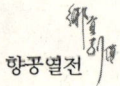
향풍열전

쌀쌀맞은 초혼요마의 대답에 이주성이 땅이 꺼져라 한숨을 흘렸다. 자신에게 무슨 재주가 있다고 칠대마인의 하나인 독마를 잡는단 말인가?

'죽지나 않으면 다행이지……'

초혼요마가 냉기를 풀풀 날리며 돌아섰다.

성유화와 설지가 답답하다는 표정으로 이주성을 바라보았다.

"왜요? 제가 또 무슨 실수라도?"

"……."

성유화가 머리를 설레설레 흔들었다.

독마 정도의 절대고수가 노리는 사람은 당연히 초혼요마다. 초혼요마를 노린 게 아니라면 고작 산공독으로 끝냈을 리가 없지 않은가!

설지가 나직이 말했다.

"이 가주님, 독마가 우리에게 예고를 할 정도로 우리가 고수라고 생각하세요?"

"아!"

이주성이 그제야 알았다는 듯 나지막이 탄성을 흘렸다.

아무것도 아닌 일에 초혼요마가 발끈한 것도 그런 이유에서였던 것 같다.

어쩐지 생사광의를 부르겠다고 설레발을 치더라니!

이주성이 저만치 앞서가는 초혼요마의 뒷모습을 원망 가듯

한 눈으로 쏘아보았다.

'이런 젠장! 그럼 당신이 우리와 헤어지면 되는 거잖아! 어디 다른 데로 가서 독마와 사생결단을 내! 왜 우리까지 위험에 빠뜨리는 거야!'

순간 초혼요마가 걸음을 멈추고 뒤를 돌아보았다.

이주성은 저도 모르게 입을 손으로 덮었다. 혹시라도 무심결에 말이 새어 나갔나 싶어서다.

초혼요마가 그런 이주성을 향해 한마디 툭 던졌다.

"그건 또 무슨 어줍잖은 재롱인가요?"

"……."

이주성이 뭐라고 변명하기도 전에 초혼요마가 성유화와 설지에게 말했다.

"이제부터는 아무것도 먹지 마세요."

성유화와 설지가 고개를 끄덕였다.

"서가장까지 하루면 가니까, 참아 보자고요."

"네."

"그래요."

* * *

"잘됐군."

소면시마가 아무렇지도 않은 표정으로 고개를 끄덕였다.

"그럼, 저희들은 어떻게 해야 합니까?"

추혼비마의 물음에 소면시마가 잠시 뜸을 들이다가 중얼거렸다.

"모든 일에는 선후(先後)가 있는 법이다. 요마가 먼저고 서문영은 나중이다."

"혹시…… 요마를……."

추혼비마는 "요마를 죽일 생각이십니까?"라고 묻고 싶었지만, 감히 그렇게 하지 못했다. 칠대마인의 관계는 알다가도 모를 일이어서, 조심해야 했던 것이다.

"그래, 그렇지 않아도 벌써 손을 썼다."

소면시마는 구체적으로 어떻게 손을 썼는지는 말해주지 않았다. 칠대마인들의 일을 아랫것들이 알면 좋을 게 없다는 생각에서다.

칠대마인의 문제만큼은 칠대마인이 해결해야 한다는 게 평소 소면시마의 생각이었다. 하극상(下剋上)은 어떤 이유로건 좋지 않았다. 배신을 밥 먹듯이 하는 마인들에게 있어서는 더욱 그랬다.

"요마의 문제는 길어도 한 달을 넘기지 않을 것이다. 돌아가 금룡표국이 다른 마음을 먹지 않도록 감시나 잘 하라고 해라."

"존명!"

추혼비마가 허리를 조아려 보인 후 꺼지듯 사라졌다.

빈자리를 바라보던 소면시마가 중얼거렸다.
"역시 요마의 때가 끝난 게야."
그게 아니라면 고독신마를 끌어들이자마자 이런 일이 생길 리가 없지 않은가!
천하제패가 끝났으니 이제는 내부를 단속할 일만 남았다고 생각해 고독신마와 잔혈검귀에게 공을 들였다. 고독신마에게는 천독문(天毒門)의 재건을, 잔혈검귀에게는 화산파의 검보(劍譜)를 약속했다.
다행히 두 사람은 요마와 혈불의 제거를 담담하게 받아들였다. 평소 요마와 혈불이 칠대마인들을 안중에 두지 않고 행동한 탓이리라.
고독신마가 요마를 죽이면 혈불은 자신의 손으로 끝낼 생각이었다.
평소 자신의 일에 딴지를 걸던 혈불을 생각하면 자다가도 이가 갈린다.
쓸데없이 길었던 악연의 끈을 끊는다고 생각하니 시원섭섭했다. 하지만 그러려면 우선 요마를 없애야 한다. 이유를 콕 찍어 설명할 수 없지만, 왠지 그래야 할 것 같았다.
"사갈(蛇蝎) 같은 년."
처참하게 죽은 옥면수라를 생각하면 지금도 가슴이 섬뜩해진다.
같은 편을, 그것도 생사대전(生死大戰)을 앞두고 때려죽이다니? 그런 미친년이 세상에 또 있을까? 아마도 없을 것이다.
"잘됐군. 그렇지 않아도 돈 들어갈 일이 생겼는데……."
금룡표국에서 제시한 돈이면 독마와의 약속을 지키는 것도 무리는 아니다.
과연 하늘은 스스로 돕는 자를 돕는다더니!
터무니없이 강한 무공과 잔혹한 심성의 요마를 제거한다는 것은, 독마가 살아 돌아오지 않았다면 시도도 못해볼 일이었다.
'사람과 돈이 적당한 때에 굴러 들어왔다'고 생각하니 '앞으로의 일들도 순조롭게 풀릴 것 같다'는 예감이 든다.

* * *

다소 오만한 표정으로 천명회의 정문을 나서던 추혼비마의 걸음이 멈칫거렸다. 마주오고 있는 늙은이의 얼굴이 왠지 낯익다는 생각에서다.
'누구지?'
똥개도 자기 집에서는 어깨에 힘을 준다던가? 천명회의 문 앞에서, 천명회의 제일 무력집단이라는 무상전의 고수가, 궁금한 것을 그냥 넘어갈 수는 없다.
추혼비마가 환갑이 가까워 보이는 늙은이의 앞을 막아섰다. 아니, 막아서려고 했다.

하지만 추혼비마는 그렇게 하지 않았다.

늙은이와 가볍게 시선이 얽혔을 때, 늙은이의 눈알에서 느껴지는 사악함은, 칠대마인의 그것이 우아하게 느껴질 정도로 끔찍했다.

추혼비마는 급히 걸음을 옮겨 늙은이의 시선에서 벗어났다.

늙은이의 얼굴에 기이한 미소가 떠오르는 것을 확인한 추혼비마는 자신도 모르게 안도의 한숨을 내쉬었다.

'저 늙은이는 누굴까?'

단지 스쳐 지났을 뿐인데 손바닥이 축축하게 젖을 정도의 긴장이 밀려왔다.

정문을 지키던 경비무사들이 늙은이의 앞을 막았다.

추혼비마는 늙은이의 정체가 궁금해서 최대한 천천히 걸었다.

역시 늙은이의 악마적인 기운에 질린 것일까? 사파의 고수가 분명한 경비무사들이, 중병을 앓다가 막 일어난 환자처럼, 힘없는 음성으로 물었다.

"어, 어떻게…… 오셨습니까?"

'미친놈들, 누구냐고 물어도 시원치 않은데 어떻게 오셨냐라니?'

추혼비마가 귀를 쫑긋 세웠다.

늙은이의 끈적끈적한 음성이 들려왔다.

"흐흐, 노부는 중산(重山)이라고 한다."

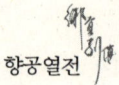
향공열전

"……."

 추혼비마는 등골이 오싹해 졌다. 늙은이의 눈이 자신에게 달라붙는 것 같았다. 늙은이의 혼탁한 눈알이 선명하게 떠올랐다.

 '나를 보고 있다?'

 분명 중산이라는 늙은이는 자신을 의식하고 있었다. 어쩌면 조금 전의 부자연스러운 행동이 늙은이의 신경을 건드렸는지도 모를 일이다.

 '더 있어 봐야 좋을 일 없다.'

 추혼비마의 신형이 연기처럼 사라졌다.

 순간 중산의 입 꼬리가 위로 말려 올라갔다.

 "쥐새끼 같은 놈……."

 본능적으로 위험을 피해 달아나는 마두를 보고 있자니 괜히 웃음이 나온다. 과거의 자신이었으면 지금과는 반대의 일이 벌어졌을 것이었다.

 "그, 그런데…… 누구를 찾아 오셨습니까?"

 경비무사가 땀을 뻘뻘 흘리며 물었다.

 "지금 천명회의 주인이 누구냐?"

 중산의 물음에 경비무사가 곤혹스러운 표정을 지어 보였다. 묻는 말에 대답은 하지 않고 주인이 누구냐니? 게다가 질문 자체도 상당히 민감한 것이었다.

 물론 표면적으로는 다섯 명의 마인이 주인이지만, 그중 실세는 소면시마였다. 하지만 어디서 누가 지켜보고 있을지 모르니 순진하게 대답해 줄 수는 없다.

"널리 알려진 대로 다섯 분의 태상들께서 공동으로……."

가만히 듣고 있던 중산이 경비무사에게 손바닥을 펼쳐보였다.

"어어?"

경비무사의 몸이 날아가 중산의 손바닥에 찰싹 달아 붙었다.

"끄윽!"

우드드득.

경비무사의 몸이 쪼그라들더니 이내 말라 비틀어졌다.

중산이 손을 가볍게 털었다.

다른 두 명의 무사가 미친 듯이 뒷걸음질 쳤다. 너무 비현실적인 상황인지라 '비상종을 쳐야 한다'는 것도 잊을 정도였다.

중산이 그중 하나에게 다시 물었다.

"천명회의 주인이 누구냐?"

"이, 일단은…… 다섯 분의 태상이 계시지만…… 소면시마 님께서 대부분의 지시를 내리고 계십니다."

"결국 소면시마가 주인이 되었구나?"

"그, 그게…… 예, 그렇게도 볼 수가 있습니다."

"소면시마에게 진짜 주인이 왔으니 냉큼 나와 맞으라고 전

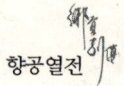
향공열전

하거라."

"예? 예, 예."

경비무사 둘이 미친 듯이 안으로 뛰어 들어갔다.

땡. 땡. 땡. 땡. 땡.

적의 침입을 알리는 종소리가 요란하게 울려 퍼졌다.

'응?'

깨질 듯한 종소리가 왠지 낯설지가 않다. 곰곰 생각해 보니 마제 화운비가 침입했을 때 울렸던 바로 그 종소리다.

중산이 피식 웃었다.

화운비가 단심맹에서 벌인 일이 떠올랐던 것이다.

'터가 좋지 않았던가?'

지금부터 자신이 하려고 하는 일을 생각해 보면, 확실히 단심맹이나 천명회가 자리 잡은 터가 좋지 않은 게 분명했다.

*   *   *

검각(劍閣)에 나와 있던 잔혈검귀(殘血劍鬼)는 급박한 타종(打鐘) 소리를 듣고 고개를 갸웃거렸다.

십대문파가 봉문한 뒤로 천명회의 주변에는 변변한 세력이 남아나질 않았다. 세력은 둘째 치고 여럿이 떼를 지어 다니는 모습도 보기 어려웠다.

수하들의 배신을 두려워한 소면시마가 문파들 간의 각종 대회를 금지시킨 까닭이다. 천명회의 그런 정책은 우습게도 황실의 적극적인 지지를 받아 이제는 정착 단계에 접어들었다. 그 바람에 무림에서 일상다반사로 열리던 논검대회도 자취를 감춘 지 오래였다.

'그런데 침입자라니?'

만약 천명회 인근에 무림인들이 떼를 지어 나타났다면, 타종보다 해산 절차에 들어갔을 것이었다.

궁금해진 잔혈검귀는 소면시마를 찾아가기로 했다.

무상각의 앞에서 잔혈검귀는 혈불을 만났다. 혈불 역시 급박한 타종소리에 소면시마를 찾아 나선 것 같았다.

"흐흐, 오랜만에 타종 소리를 들으니 감회가 새롭구먼."

잔혈검귀는 애써 대범한 척 미소를 지어 보였다.

혈불은 대놓고 인상을 찡그렸다.

"처음에 들렸던 타종은 경계지만, 조금 전의 두 번째는 비상이었소. 감회 어쩌고 할 단계는 아닌 것 같은데……."

"너무 예민하지 맙시다. 무림인들의 집단행동이 있다는 보고가 없지 않소? 보나마나 어느 놈이 혼자 들어와 설치고 다니는 중일 게요."

그러는 동안 무상각의 문이 열리며 소면시마가 걸어 나왔다.

"조금 전에 보고가 들어왔소. 웬 늙은이 하나가 와서 나를 찾는다고 하더이다."

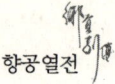
향공열전

소면시마의 말에 잔혈검귀가 너털웃음을 터뜨렸다.

"허허! 도마(刀魔)를 찾는다고 저렇게 호들갑이라니! 평소 수하들을 쥐 잡듯 하더니…… 손님이 찾아와도 저렇게 오두방정을 떠는구려."

혈불이 못마땅한 표정으로 고개를 저었다. 손님이 왔다고 비상종을 치는 경우는 없다. 잔혈검귀는 지나치게 소면시마의 비위를 맞춰주고 있었다.

하지만 속이 뻔한 잡담은 이내 끝이 났다.

피투성이가 된 천살도부(千殺導斧)가 세 사람의 앞으로 뛰어들어왔던 것이다.

"크, 큰일 났습니다! 외성(外城) 경비대가 전멸 당했습니다!"

"전멸이라니? 그게 무슨 소리냐?"

소면시마가 어이없다는 표정으로 천살도부를 바라보았다.

외성의 경비대는 자그마치 백 명이 넘는다. 십대문파도 봉문한 지금 백 명의 고수를 누가 죽일 수 있단 말인가?

"태상(太上)을 찾던 그 늙은이가…… 모두 죽이고 있습니다. 속하는 무상전의 수하들 중 태반이 죽는 것을 보고 급히 달려온 것입니다."

"그 미친 늙은이가 누군데!"

분노한 소면시마가 소리를 버럭 내질렀다. 하필이면 이런 때에 무상전의 수하가 절반이 죽었다고 하니 속이 뒤집힌 것이다.

일에는 순서가 있다 125

"염라전의 혼세삼악(混世三惡)이 그를 알아보는 것 같았습니다만…… 믿어지지가 않아서……."

염라전이라는 말에 잔혈검귀가 급히 물었다.

"그곳에 염라전도 투입이 되었느냐?"

염라전은 특별히 자신을 따르는 마인들이 모여 조직한 것이다.

천명회 내에서의 입지를 위해서라도 염라전의 안위는 중요했다.

천살도부가 뭐라고 답하려는 순간이다. 소면시마의 입에서 욕설이 튀어 나왔다.

"씨벌 놈아! 귓구멍이 쳐 막혔느냐! 그 늙은이가 누군지나 말하라니까!"

화들짝 놀란 천살도부가 급히 답했다.

"아! 예! 혼세삼악은 그자가 과거 단심맹의 총관인 담운이라고 했습니다!"

소면시마가 멍한 표정으로 되물었다.

"무당파의 장로라는 그 담운 말이냐?"

"예, 그 담운이랍니다."

"마검 적혈비를 가지고 달아나 하루아침에 무림의 공적이 됐다는 그놈?"

"그렇습니다."

"하오문의 독으로 대림사의 중들을 독살(毒殺)했다는 그 병신?"

"예."

"그런 덜떨어진 놈 하나에게 외성의 경비대가 몰살당하고, 무상전의 절반이 죽었다고?"

"그래서 속하도 믿어지지 않는다고 말씀드린 것입니다."

"……"

소면시마가 멍한 표정으로 천살도부를 바라보았다.

별 볼일 없는 놈의 무공이 대단하다는 것도 이해가 안 가지만, 이제는 단심맹이나 천명회와 관계도 없게 된 놈이 왜 돌아와 난장을 피운단 말인가?

잠깐의 틈을 이용해 잔혈검귀가 천살도부에게 눈알을 부라렸다.

"이놈아, 염라전도 동원되었느냐니까!"

"검마님, 엄밀하게 말해서 염라전이 동원된 것은 아닙니다. 그자가 염라전의 근처로 움직이는 바람에 휘말리게 된 것이니까요."

사실 얼떨결에 생각 없이 지원을 나가게 된 것은 무상전이다. 경비대에서 무상전으로 사람을 보내지만 않았다면, 무상전은 싸움에 끼지도 않았을 것이다. "소면시마를 찾아온 고수가 있다"는 말에 무상전이 움직인 게 실수라면 실수다. 그 한마디 말 때문에, 본격적인 싸움이 시작되기도 전에, 무상전은 절반을 넘게 잃었으니 말이다.

"가자! 그 찢어죽일 놈의 면상을 확인해 봐야겠다!"

소면시마가 막 움직이려는 순간이다.

"애써 마중 나갈 필요 없다. 그 빌어먹을 분 이미 오셨다."

담담한 음성과 함께 한 늙은이가 월동문(月洞門)을 지나 안으로 들어왔다.

……

소면시마의 얼굴이 긴장으로 굳어갔다.

몸 어디에도 격전을 치른 흔적이 없는 늙은이가 홀로 들어왔다. 늙은이의 뒤로는 인기척도 없었다. 경비대, 무상전, 염라전의 고수들이 모두 죽었거나 제압당했다는 뜻이다. 그건 칠대마인이라고 해도 불가능한 일이었다. 그 세 개의 조직은 세 개 문파와 맞먹는 무력을 가졌기 때문이다.

소면시마가 억지 미소를 지으며 정중하게 입을 열었다.

"노부는 소면시마요. 그런데 귀하께서는…… 정말 단심맹의 담운이시오?"

"전에는 그런 이름으로 불린 적도 있지만, 지금의 나는 혈사문(血師門)의 문주인 중산님이시다."

"혈사문!"

듣고 있던 사람들의 입에서 탄성이 흘러나왔다. 혈마와 마제 화운비가 이끌던, 죽음을 몰고 다니던 문파가 혈사문이 아니던가!

"귀하는…… 마제 화운비와 어떤 관계이시오?"

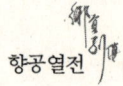

소면시마의 음성은 가늘게 떨리고 있었다. 지난해 단심맹을 박살냈다는 화운비가 눈앞에 서 있는 중산일지도 모른다는 착각에서다.

"화운비는 화운비, 나는 나다."

"으으, 그런……."

중산과 화운비가 다른 사람이라는 것을 알았지만 소면시마는 감히 발작하지 않았다. 지금은 오히려 상대에게 밀려오는 혈기(血氣)로부터 평정을 유지하기 위해 애써야 했다.

내력으로 기이한 외기(外氣)를 밀어내려고 애쓰는 것은 소면시마뿐이 아니다.

천하를 내려다보던 잔혈검귀와 혈불도 이를 악물고 버티는 중이었다. 잔혈검귀와 혈불의 얼굴로 검붉은 핏줄이 툭툭 튀어 나왔다.

이미 중산의 혈기에 당한 천살도부만 넋 나간 얼굴로 입을 헤 벌리고 있었다. 천살도부의 입에서 흘러내린 침이 바닥을 적셨다.

중산의 몸에서 흘러나온 아지랑이는 저녁노을처럼 무상전의 앞마당을 붉게 물들였다.

세 명의 마인들은 중산이 내뿜는 불길한 기운으로부터 몸을 보호하기 위해 호신강기를 끌어 올려야 했다.

흩어지려는 정신을 온전히 유지하며 호신강기를 펼치기란 쉬운 일이 아니다.

세 명의 마인과 중산이 내력으로 싸우고 있을 때다.

타종소리에 외성으로 달려가던 내성(內城)의 경비대 오십여 명이 방향을 틀어 몰려왔다.

경비대의 무사 오십여 명이 다가오자 잔혈검귀가 돌연 기합과 함께 중산에게 날아갔다.

"놈! 본좌가 검마시다!"

어느새 뽑았는지 잔혈검귀의 손에는 고검(古劍)이 들려 있었다.

곧이어 잔혈검귀의 몸과 검이 파르스름한 빛에 휩싸였다. 검신합일(劍身合一)의 수법이 펼쳐진 것이다.

중산의 시선이 잠깐 잔혈검귀에게로 향했다.

그 짧은 순간, 혈불의 두 손바닥이 크게 부풀어 올랐다.

중산의 얼굴에 짙은 미소가 떠올랐다. 칠대마인의 하나인 검마의 실력이 소문만 못하다는 생각에서다. 어쩌면 자신이 그만큼 강해진 까닭인지도 모른다. 이유야 어쨌건 지금 검마의 공격은 자신에게 위협적이지 못했다.

중산은 어깨를 비틀어 잔혈검귀의 검 끝을 흘려보냈다.

거의 동시에 옆에서 거대한 기의 흐름이 느껴졌다.

고개를 돌리니 두 개의 거대한 손바닥이 해일처럼 밀려오고 있었다.

중산은 저도 모르게 소리쳤다.

"밀종대수인(密宗大手印)?"

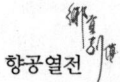

항공열전

무당파 출신인 중산은 밀종대수인에 대한 전설을 잘 알고 있었다. 그것은 천축에서 유래된 서장 소뢰음사 최고의 기공술이다. 고작 소림사의 불목하니 출신이라는 혈불이 어떻게 밀종대수인을 대성한 것인지 의문이지만 지금은 그게 문제가 아니다.

중산은 양손을 앞으로 뻗어 밀종대수인의 손바닥과 마주쳐 갔다.

꽈릉.

지축을 흔드는 굉음과 함께 혈불의 몸이 술 취한 사람처럼 뒤로 비칠비칠 물러났다.

혈불이 입가로 피를 게워내며 중얼거렸다.

"크흑! 태청산수(太淸散手) 따위가 어찌 이런 위력을……."

혈불은 무당파의 장로들이 익힌다는 태청산수에 전설의 밀종대수인이 패했다는 게 믿어지지 않는 표정이었다.

대답 대신 중산은 빙그르르 돌아서며 검을 휘둘렀다.

기척 없이 파고들던 검마의 검과 중산의 검이 허공에서 얽혔다.

쩡.

기괴한 소리와 함께 검마의 검이 뚝 부러졌다.

잘린 검편이 바닥에 닿기도 전에 잔혈검귀가 미친 듯이 물러섰다.

중산의 검에서 붉은 구름 같은 기운이 일어나 자신에게 밀려왔기 때문이다.

잔혈검귀는 반검을 미친 듯이 휘둘러 붉은 구름을 베었다.

카캉. 캉.

구름과 닿을 때마다 반검에서 불꽃이 튀었다.

잔혈검귀는 온몸의 기력을 다 짜내 구름을 갉아냈다.

그렇게 반검이 다시 반으로 줄어들었을 때다.

휘이잉.

자욱하던 붉은 구름이 한줄기 바람에 휘말려 사라져 버렸다.

"쿨럭!"

힘겹게 버티고 있던 잔혈검귀가 피를 토하며 주저앉았다.

내성의 경비대는 하얗게 질린 눈으로 네 명의 마인과 침입자를 바라보았다.

정체불명의 침입자를 어떻게 해보겠다는 생각은 머리에서 사라진 지 오래다. 무시무시한 마두인 천살도부는 얼빠진 표정으로 침을 흘리고 있고, 살아있는 전설이라고 할 수 있는 칠대마인 둘이 눈앞에서 박살이 났다. 그런 천외천(天外天)의 고수를 자신들이 무슨 수로 막는단 말인가?

그건 소면시마 역시 다르지 않았다.

'무슨 일이 있었는지 몰라도…… 저놈을 당해 낼 수 없다.'

굳이 손을 섞지 않아도 알 수 있다. 눈앞의 저 빌어먹을 늙은이는 칠대마인보다 강하다. 셋이 덤벼도 그를 감당하지 못

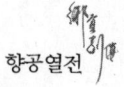

할 것이다. 그렇다면 대화로 풀어야 한다.

중산의 눈이 소면시마에게로 향했다.

조금 전의 혈기가 이번에는 소면시마 한 사람에게 집중되기 시작했다.

그제야 소면시마는 상대가 칠대마인들을 죽이기 위해 찾아온 것이 아님을 깨달았다. 그에게 패한 검마와 혈불이 아직 살아 있기 때문이다.

혈기에 저항하던 소면시마가 덜덜 떨며 힘겹게 입을 열었다.

"우, 우리에게, 원하는 것이…… 무엇이오!"

순간 중산의 몸에서 쏟아져 나오던 기운이 흔적도 없이 사라졌다.

"헉헉!"

소면시마가 가쁘게 숨을 들이켰다. 마치 물속에 처박혀 있다가 물 밖으로 나오게 된 사람 같았다.

중산은 소면시마가 어느 정도 안정을 되찾자 조용히 말했다.

"모두 꿇어라."

……

마인들의 눈에서 살기가 줄기줄기 뻗어 나왔다.

하지만 중산은 아니꼽다는 표정으로 마인들을 내려다볼 뿐이었다.

"우리 칠대마인은 아직까지……."

노기(怒氣)가 실린 소면시마의 말은 길게 이어지지 못했다.

"그럼 죽든지."

"……."

메마르다 못해 푸석푸석하기까지 한 중산의 음성에 마인들은 흠칫 몸을 떨었다.

확실히 과거에 담운이라 불리던 저놈은 하오문보다 못한 놈이다. 하지만 칠대마인을 죽일 수 있는 초인(超人)이 되어 다시 나타난 것도 사실이었다.

털썩.

천살도부가 무릎을 꿇었다.

단지 그뿐이 아니다. 천살도부는 이마를 땅에 처박으며 미친놈처럼 소리쳤다.

"혈사천하(血師天下) 영세무궁(永世無窮)!"

그것은 과거 혈사문도들이 입에 달고 다녔다는 구호(口號)였다. 정신줄을 놓고 침까지 질질 흘리던 천살도부는 충실한 혈사문도가 되기로 작정한 것 같았다.

소면시마가 빠드득하고 어금니를 갈았다.

사마외도는 십대문파처럼 자신이 속한 집단에 대한 충성심이 강하지 못하다. 강한 놈이 모든 것을 가졌고, 그것을 당연시 여겼다.

그 덕분에 사마외도는 빨리 세력을 키우기도 하지만, 빨리 망하기도 한다. 그러니 욱일승천(旭日昇天)의 기세로 떠올랐던 천명회가 곧 망한다 해도, 복수하겠다고 입에 거품을 물고 설칠 놈은 없을 것이었다.

'아무리 그래도 그렇지. 저놈은 너무 빠르게 말을 갈아타는군.'

소면시마가 이글거리는 눈으로 천살도부의 뒤통수를 노려보았다. 자신에게 충성을 맹세했던 놈이, 자신의 앞에서, 새로운 주군에게 아부를 떠는 모습이라니!

가능하다면 이 자리에서 뻔뻔한 저 머리통을 박살내 버리고 싶었다.

"지금 죽을 테냐?"

중산의 끈적끈적한 음성에 소면시마는 현실로 돌아왔다.

"……"

눈앞에서 검마와 혈불이 당했다.

이제와 혼자 칼을 뽑는다고 뭐가 달라질까?

하지만 자신은 단심맹을 해체하고 천하를 제패한 칠대마인이다. 무림사에 길이 남을 자신이 고작 담운처럼 천박한 놈에게 무릎을 꿇어야 하는가!

하지만, 역시, 살아남는 것이 먼저였다.

털썩.

"혈사천하……."

어느새 다가온 잔혈검귀와 혈불도 무릎을 꿇었다.

"혈사천하…… 영세무궁……."

중산이 그런 마인들을 내려다보며 미친 듯 웃었다.

"푸하하핫! 크큭! 크하하하!"

한참동안 웃어 재끼던 중산이 돌연 웃음을 뚝 끊었다.

"……."

네 명의 마인이 조심스럽게 고개를 들어 중산을 바라보았다.

"당장 간판을 갈아라. 너희는 지금부터 혈사문이다."

일찌감치 마음을 정한 천살도부가 목청이 터지도록 소리쳤다.

"존명!"

제5장
떠나지 못하는 남자

추혼비마는 노숙(露宿)을 밥 먹듯 하며 무한으로 돌아갔다. 큰돈이 걸린 일인지라 괜히 중간에서 책임질 일을 만들고 싶지 않아서다. 하지만 힘들게 귀환하자마자 수라마도는 뜻밖의 말을 했다. 그건 추혼비마가 상상하지도 못했던 황당한 이야기였다.

"예? 천명회가 사라졌다니요?"

"이놈아! 너는 어디를 갔다 온 게냐? 천명회까지 갔다 왔다는 놈이 어떻게 객점에 가만히 앉아 있는 나보다 몰라?"

"정말 속하가 갔을 때만 해도 아무 일 없었습니다."

"허! 거참! 무상전의 고수가 와서 천명회의 총단이 혈사문으로 개명을 했다고 알려 왔다."
"혈사문이라면 마제 화운비의 그 혈사문입니까?"
"그렇다."
"태상들께서 그렇게 하신 겁니까?"
"혈사문에 태상은 없다고 한다."
"헉! 그럼 칠대마인들은 어떻게 되는 겁니까?"
"혈사문의 장로가 되었다고 하더라."
"자, 장로요?"
추혼비마가 믿어지지 않는다는 눈으로 수라마도를 바라보았다. 하나하나가 문주와도 같은 칠대마인들이 왜 장로가 된다는 말인가?
"그래, 장로다. 문주가 그렇게 결정했다니 따를 수밖에."
"그럼, 문주는 누구입니까?"
추혼비마는 자신이 물으면서도 어색한지 수라마도를 똑바로 쳐다보지 못했다.
"중산이란다."
수라마도는 남의 말 하듯 했다. 사실 천명회에서 자란 게 아닌 이상 문파가 바뀌던 문주가 바뀌던 별 상관이 없었던 것이다.
"그러니까 중산이라는 은거기인이 천명회를 접수한 겁니까?"
"은거기인은 아니고, 담운이라고 기억나느냐?"

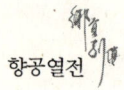
향공열전

"단심맹의 총관으로 있다가 무림공적이 된 놈 말입니까?"
"그래, 바로 그 담운의 본래 이름이 중산이라고 하더라."
"……."
멍하니 앉아 있던 추혼비마가 눈을 끔뻑였다.
"그런 놈…… 아니 그분이 어떻게 문주가 될 수 있었답니까?"
자신이 아는 한 담운은 무당파의 그저그런 장로에 불과하다. 결과를 보자면 칠대마인이 무당파의 장로에게 머리를 숙였다는 말인데, 그건 황제가 걸인에게 머리를 숙이는 것보다 어려운 일이었다.
무당파의 장로 따위에게 패할 칠대마인이 아니지 않은가! 만약 칠대마인의 무공이 그 정도밖에 안됐다면, 처음부터 천명회는 만들어지지도 않았을 것이다.
"은밀히 떠도는 소문에 의하면…… 담운이 무당파에서 파문 당한 뒤에 기연을 만난 듯하다."
"아니 시팔! 대체 어떤 기연이 일 년 만에 칠대마인보다 강해질 수 있는 겁니까?"
"왜 네놈이 흥분을 하는데?"
"아니 그렇지 않습니까? 담운이는 하오문에게도 무시를 당하는 놈인데…… 그런 놈이…… 아니 그분이 우리의 문주님이 되셨다니까…… 놀랐는지 가슴이 갑자기 벌렁거리네요. 나중에 하오문이 뒤에서 비웃을 걸 생각하니…… 에이, 씨."

"그러니까 네놈이 바닥을 기어 다니는 게야."

"예? 그게 무슨 섭섭한 말씀이십니까?"

"이 바닥에서 잔뼈가 굵은 놈이 아직도 출신성분 타령을 하고 있으니 하는 말이 아니냐? 도둑이건 강도건 색마건…… 강한 놈이 왕 먹는 게 이 바닥이 아니냐? 그자가 칠대마인을 꺾었다니 태상이 되든, 문주가 되든 꼴리는 대로 하는 거지. 능력도 없는 새끼가 왜 지랄이야."

"그, 그야 그렇습니다. 그래도…… 체면이 있지……."

"그래도는 무슨 그래도야. 체면이고 나발이고 그런 건 봉문한 십대문파에게 가서 찾으라고 그래. 그런데 너 이 새끼! 생각해 보니 진짜 인생에 도움이 안 되는 새끼구나!"

"가, 갑자기 왜 그러십니까?"

"난 또 네놈이 총단에 갔다 왔으니 뭘 좀 알겠지 싶었는데, 오히려 내가 다 가르쳐 주고 있지 않느냐? 그러고도 밥이 목구멍으로 넘어 가느냐? 에이! 밥버러지 같은 새끼."

"……."

수라마도의 말이 사실인지라 추혼비마는 변명도 하지 못했다.

추혼비마는 시선을 내리깔고 수라마도의 눈치를 슬슬 살폈다. 그러다가 마침내 수라마도의 호흡이 가라앉자 조심조심 입을 열었다.

"그런데…… 금룡표국의 건은 따로 지침이 내려왔습니까?"

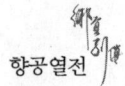

"끙! 실은 그게 문제다."

믿을 수 없게도 수라마도의 입에서 앓는 소리가 나왔다.

"문제라니요?"

"서문영의 머리를 썩지 않게 소금에 잘 절여서 올려 보내란다. 당장."

"예? 그 무슨 되지도 않는 농담을······."

"이런 씨벌 놈! 내가, 너 같은 놈 붙잡고 농담이나 할 사람으로 보이더냐?"

"헐! 서문영의 일이라면 거품을 물고 달려드는 요마는 어쩌고요? 속하는 분명히 태상에게서 '요마가 먼저고 서문영은 나중이다' 라는 말을 들었습니다."

"하! 이 새끼, 붕어 대가리도 아니고······ 글자도 모르는 새끼가 뭘 믿고 기억력까지 나빠? 혈사문에 태상이 없다고 하지 않든!"

"아, 그, 그랬지요. 그럼 진짜 서문영의 목이 먼저입니까?"

"그래 서문영의 대가리만이 우리가 살길이다."

"요마는 어떻게 하고요?"

"요마는······ 모른다. 위에서 알아서 하겠지."

"그게 그렇게 간단한 일이 아닙니다. 서문영의 목을 베면 요마가 우리를 죽이려 들지도 모르지 않습니까?"

"야! 이 새끼야! 위에서 서문영의 머리를 보내라면 보내면 되는 거야. 네놈도 머리가 있다면 생각을 좀 해봐라. 나중에

요마가 우리에게 따지러 오겠냐? 아니면 머리를 찾으러 혈사문으로 가겠냐? 혈사문으로 갈 거 아냐? 그럼 거기서 지들끼리 알아서 지지고 볶고 하겠지."

"그야 그렇습니다만. 그래도 목을 직접 벤 사람은 한동안 요마의 눈치를 봐야 할 것 아닙니까?"

"너더러 베어 오라고 하지 않을 테니 신경 쓰지 마라."

"……."

그제야 추혼비마의 얼굴에 어색한 미소가 떠올랐다.

솔직히 서문영의 목을 베는 것이나, 요마를 감당하는 것은 모두 능력 밖의 일이다. 당연히 이런 일에서는 빠지는 게 상책이었다.

수라마도가 경멸의 눈으로 추혼비마를 바라보았다.

"흥! 서문영에게 보내지 않는다니까 대놓고 좋아하네. 네놈이 그러고도 사내냐?"

"헤헤, 소 잡는데 닭 잡는 칼이 나설 수는 없지 않습니까?"

"네놈이 닭 잡는 칼이라 이 말이냐?"

"그냥 말이 그렇다는……."

"흐흐, 미리 좋아할 것 없다. 아무리 병신 같은 놈이라고 해도 소의 기운 정도는 뺄 수 있을 것이니…… 이번 일에 열외(列外)는 없다."

"기, 기운이라면……."

"내일 새벽에 서가장을 칠 것이다. 그러니 오늘 하루 아랫

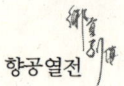
향공열전

것들을 잘 단속하도록 해라. 만약 정보가 새어 나가 서문영이 달아나기라도 한다면…… 네놈부터 죽이겠다."

"존명!"

　　　　　　　＊　　　＊　　　＊

와장창. 덜컹.

"크윽……."

"우욱! 사, 사람 살려……."

남자 둘이 목을 부여잡고 나뒹굴었다. 남자들의 입가로 검붉은 피가 흘러나왔다.

초혼요마가 인상을 찡그렸다.

대경실색(大驚失色)한 성유화와 설지, 그리고 이주성이 급히 객점 밖으로 뛰쳐나갔다.

독살당한 손님들을 유심히 살피던 초혼요마가 마지막으로 객점을 빠져나갔다.

성유화가 주변을 경계하며 물었다.

"어떻게 우리가 여기에 들릴 것을 알았을까요?"

단 한 끼의 제대로 된 식사를 위해 길을 크게 우회했다. 그동안 그냥 지나친 객점만 다섯 개다. 지금의 객점은 진행 방향에서 상당히 벗어난 지점에 있었다.

이 정도라면 독마가 예측할 수 없을 것이었다. 그런데 객점에 들어가자마자, 기다렸다는 듯 사람들이 쓰러졌다.

초혼요마가 혀를 차며 말했다.

"쯧! 그래서 '독마는 숨어있을 때가 가장 상대하기 어렵다'고 한답니다."

"그런 건 비겁해요."

성유화가 입술을 깨물었다.

"독공이 좀 더럽고 조잡하죠. 어쩌겠어요? 본래 그런 늙은이인 걸요."

'저 미친년이 지금 뭐라고 씨부리는 거야!'

멀찍이 숨어서 지켜보고 있던 고독신마(蠱毒神魔)의 얼굴이 붉으락푸르락 변했다.

더럽고 조잡해? 독물의 냄새가 신경 쓰여서 하루에 한 번씩 몸을 씻고 옷을 갈아입는다. 오악검파에게 쫓길 때도 강물에 들어가서라도 목욕을 했다. 청결유지가 신조인 자신에게 더럽다니?

'더러운 건 네년이지!'

초혼요마야말로 가끔씩 몸에서 쉰내가 날 정도였다.

"고독신마를 잘 아세요?"

"독물들을 가까이 해서 평소에도 구질구질하고 더러운 늙은이예요. 게다가 일자무식(一字無識)이라서 가지고 다니는 독물

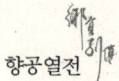
향공열전

주머니에도 이름 대신 그림을 그려 넣지요."
"그렇게 무식해요?"

'저, 저런 쳐 죽일 년! 일자무식이라니!'
자신이 익힌 천독비해(天毒秘解)를 이해하려면 최소한 의서(醫書) 백 권 이상을 읽어야 한다.
사람들이 몰라서 그렇지 독공의 고수치고 의술에 어두운 사람이 없다. 그런데 글자를 몰라서 독물주머니에 그림을 그린다고?

"네, 무식한데 체력까지 약해요. 얻어맞지 않기 위해서 독공을 익힌 거예요."
"아! 칠대마인이라 대단한 줄 알았는데……."

고독신마가 벌린 입을 다물지 못했다. 지금도 나이에 맞지 않는 복근(腹筋)을 자랑하기 위해 여름이면 물가에서 벗고 살다시피 하거늘!

"알고 보면 불쌍한 늙은이예요. 여색(女色)은 엄청 밝히는데, 밤일이 거의 토끼 수준이라…… 독물을, 보통 사람은 죽을 만큼 처먹어야, 겨우 사내구실을 할 수 있다고 해요."
"어머……."

참다못해 이주성까지 중얼거렸다.
"정말 한심한 늙은이군. 독공만 빼면……."

"저런 씨벌 놈! 주제에 감히 누구에게 한심하다고!"
 고독신마는 병신같이 여자들 뒤치다꺼리나 하고 다니던 남자 놈의 비웃음에 폭발하고 말았다.
 자리에서 벌떡 일어난 고독신마가 열손가락을 팅겼다.
 쉬이익.
 바람에 풀잎이 흔들리는 기이한 소리와 함께 황사(黃砂)가 일어났다.
 황사는 일 장(一丈)의 높이로 치솟는가 싶더니 이내 이주성과 여자들을 향해 밀려갔다.
 콰콰콰.
 황사는 눈 깜짝할 사이에 태풍으로 변해 있었다.
 순간 초혼요마가 냉소를 치며 손을 휘둘렀다.
 "흥! 늙은 쥐야! 죽고 싶어서 튀어 나왔느냐!"
 휘이잉.
 이번에는 초혼요마의 손끝에서 일어난 돌풍이 황사를 때렸다.
 퍼펑.
 해일처럼 밀려가던 황사에 구멍이 뚫렸다.
 초혼요마가 번개처럼 구멍을 뚫고 나갔다.

향공열전

"헛!"

뒤늦게 자신이 초혼요마의 격장지계(激獎之計)에 넘어갔다는 것을 깨달은 고독신마가 황급히 나무 위로 날아올랐다.

"어딜 달아나려고?"

고독신마는 흠칫 몸을 떨었다. 아래에서 초혼요마의 날카로운 음성이 들렸던 것이다.

저 무지막지한 초혼요마와 정면으로 싸운다는 것은 자살행위나 다름없다.

숨을 크게 들이마신 고독신마는 뒤도 돌아보지 않고 달리기 시작했다.

고독신마가 지나간 자리로 노란 가루가 흩날렸다. 정신없이 달아나는 와중에도 독을 뿌리고 있는 것이다.

높게 치솟은 나무 위로 노란색의 구름이 뭉게뭉게 피어올랐다.

초혼요마는 갑자기 눈앞으로 노란 구름이 밀려오자 숨을 멈추었다. 보나마나 독무(毒霧)다.

멈칫한 순간 고독신마와의 거리는 조금 더 벌어졌다.

초혼요마의 고운 아미가 찡그려졌다.

여기서 고독신마를 놓치면 죄 없는 서가장까지 휘말려 들게 된다.

'그 전에 죽인다!'

초혼요마는 지체 없이 머리에 꽂혀 있던 옥잠(玉簪)을 뽑아 들었다.

다음 순간 옥잠이 고독신마의 등을 향해 일직선으로 날아갔다.

쐐애액.

옥잠이 노란 독무 속으로 사라졌다.

날카로운 소리에 놀란 고독신마가 방향을 틀었다.

초혼요마도 급히 옥잠의 방향을 바꾸었다.

"푸흡!"

초혼요마의 호흡이 잠깐 흩어졌다.

"크악!"

멀리서 고독신마의 비명이 터져 나왔다.

그제야 초혼요마는 천근추(千斤錘)의 신법으로 떨어져 내렸다. 나무 위에 가득한 노란 독무를 피하기 위해서다.

성유화와 설지에 이어 마지막으로 이주성이 달려왔다.

초혼요마가 살짝 아쉬운 표정으로 말했다.

"죽이지는 못했어요. 그래도 옥잠에 맞았으니 당분간은 나타나지 않을 거예요."

     * * *

아직 동이트기 전, 사방이 어두컴컴한 새벽에 한 무리의 사람들이 은밀하게 움직이고 있었다. 금룡표국의 초대로 객점에 머무르고 있던 무상전의 고수들이다. 아홉 명의 고수들은 서가장의 대문 앞에 이르자 약속한 듯 멈춰 섰다. 모두가 아무렇지도 않은 척했지만 막상 검공의 본가(本家)에 도착하자 순간의 망설임이 찾아온 것이다.

후미에서 따라가던 수라마도가 못마땅한 눈으로 추혼비마를 쏘아보았다. 왜 담을 넘지 않고 서 있냐고 추궁하는 눈빛이다.

"조금 더 동원하는 게 좋지 않을까 하는……."

추혼비마가 기어들어가는 소리로 중얼거렸다.

검공이 십팔나한을 제압했다는 소문이 있지만, 그걸 곧이곧대로 믿는 사람은 없다. 하지만 '십팔나한에 필적하는 고수가 아닐까?' 하는 불안은 마음 한구석에 있었다.

말도 안 되는 소리라는 것은 알고 있지만 만에 하나라는 것이 있지 않은가.

"아직도 모르겠느냐? 전주(殿主; 천살도부)께서 인원을 더 보내주지 않은 것은 우리로 충분하다는 뜻이다. 게다가…… 아니, 더 밝아지기 전에 끝을 봐야 할 것이야."

수라마도는 말을 얼버무렸다. 사람이 늘어나면, 챙길 수 있는 금자의 양도 적어진다. 다소의 위험이 따르더라도 참가자는 적은 편이 좋았다.

"앞장서라."

수라마도의 명령에 추혼비마가 결연한 눈빛으로 돌아섰다.

추혼비마가 막 담장으로 뛰어 오르려는 순간이다.

덜그럭. 끼이익.

서가장의 육중한 나무문이 들어오라는 듯 활짝 열렸다.

추혼비마는 저도 모르게 주춤주춤 뒤로 물러섰다.

곧이어 한 사람이 터덜터덜 걸어 나왔다.

수라마도가 떨떠름한 표정으로 한 걸음 나섰다.

"본인은 천…… 아니, 혈사문의 수라마도다. 당신이 검공 서문영인가?"

자다가 나온 듯 머리가 부스스한 청년이 하품을 길게 내뱉었다.

"하암! 내가 서문영이 맞는데, 이 새벽에 무슨 일입니까?"

수라마도가 스산한 음성으로 말했다.

"그럼, 조용히 죽어 줘야겠다. 만약 우리에게 저항한다면…… 서가장도 없애 버릴 것이다."

서문영이 수라마도와 여덟 명을 손가락으로 가리키며 물었다.

"지금 이 숫자로?"

"흐흐, 꽤나 자신만만한 얼굴이로구나. 너의 머리통을 가져오라시니 부디 그 얼굴로 죽어라. 그래야 그분께서도 즐거워하실 테니까."

수라마도가 손을 까닥였다.

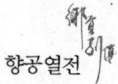
향공열전

여덟 명의 고수들이 서문영의 좌우로 흩어졌다.

"내 얼굴에 관심이 많은 그분이 누군지 알려 준다면…… 죽이지는 않겠소."

"……."

수라마도가 잠깐 망설였다.

소문은 무성했지만 검공 서문영의 정확한 무위(武威)는 모른다. 하지만 눈으로 봐서는 대단하다는 생각이 들지 않았다. 하지만 평범해 보이는 서문영이 너무 태연자약(泰然自若)하게 나오니 은근히 부담이 되는 것도 사실이었다.

그렇다고 상대의 요구를 들어줄 수도 없다. 실패할 때를 대비해 목숨을 구걸하는 것으로 보여질 수도 있는 까닭이다.

"네놈에게 알려줄 것 같으……."

"혈사문의 문주이신 그분의 존성대명은 중산님이시다!"

수라마도와 추혼비마의 입에서 거의 동시에 나온 말이었다.

마두들과 서문영은 잠시 아무런 말도 하지 않았다.

마두들은 수라마도와 서문영의 눈치를 살피는 중이었고, 서문영은 뜬금없이 튀어나온 중산의 이름에 멍한 상태였다.

잠시 후 수라마도가 대도(大刀)를 뽑으며 소리쳤다.

"쳐라!"

수라마도는 의도적으로 입에 붙은 "죽여라" 대신, "쳐라"라는 말을 사용했다.

"쳐라"는 말은 상당히 의미심장한 표현이다. 피차 원한이 있으면 "죽여라"는 뜻도 있겠지만, 그렇지 않은 상태에서는 "한번 싸워보자"는 것일 수도 있다. 추혼비마 못지않게 수라마도도 마지막에 잔머리를 굴린 셈이다.

"쳐라"라는 수라마도의 외침과 동시에 "꽝" 하고 정문이 닫혔다.

뜻밖의 움직임에 수라마도와 마두들이 잠시 멈칫했다. 뒤에 사람이 없었으니 말로만 듣던 허공섭물(虛空攝物)의 수법이다. 서문영은 조금도 움직이지 않고 의지만으로 저 거대한 대문을 닫았다. 그건 칠대마인이나 가능한 수법이었다.

서문영이 대림사에서 받은 금강검을 들어 수라마도를 가리켰다.

"뭘 보고만 있느냐! 공격하라니까!"

여덟 명의 마두가 각자의 독문병기를 뽑아들고 서문영에게 달려들었다.

서문영의 시선이 마두들에게로 향하자, 수라마도는 그 틈을 놓치지 않고 대도를 휘둘렀다.

순간 서문영의 몸이 술 취한 사람처럼 비틀거렸다.

아주 잠깐 수라마도의 얼굴에 득의의 미소가 떠올랐다. 서문영이 허둥대느라 보법이 흐트러진 것이라 생각한 것이다.

그러나 그것도 잠깐, 이내 수라마도의 얼굴이 공포로 굳어갔다.

믿어지지 않게 사방이 서문영으로 가득 차 있었던 것이다.

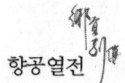
향공열전

무수히 많은 서문영이 금강검으로 수하들을 푹푹 찔렀다. 마치 토우(土偶; 흙인형)에게 손을 쓰듯이, 사람을 찌르는데 일체의 망설임이 없었다.

"헉!"

너무도 비현실적인 모습에 잠시 한눈을 팔던 수라마도의 입에서 비명이 터져 나왔다.

어느새 대도를 들고 있던 오른쪽 어깨에 거대한 금강검이 박혀 있었다.

수라마도의 시선이 금강검의 검신을 따라 올라갔다. 담담한 눈빛의 서문영이 보인다. 아홉 명을 찌른 사람의 눈빛같지가 않다.

스윽.

수라마도가 눈을 질끈 감았다. 자기 몸에서 금강검이 빠지는 소리에 소름이 돋았다.

눈을 감고 있는 수라마도의 귀로 서문영의 음성이 들려왔다.

"내가 당신들이라면 혈사문으로 돌아가지 않을 거야. 그래도 가고 싶다면, 혈사문이 어떻게 사라졌는지를 생각해 봐."

끼이익. 쿵.

정문이 열렸다가 다시 닫혔다.

우두커니 서 있는 수라마도의 곁으로 추혼비마가 다가갔다. 추혼비마의 오른쪽 어깨도 축 늘어져 있었다.

"두, 두목님, 어떻게 할까요?"

오랜만에 추혼비마의 입에서 두목이라는 소리가 나왔다. 천명회에 몸담으면서 버렸던 호칭이다.

수라마도가 한숨을 푹푹 내쉬며 중얼거렸다.

"하아! 어쩌긴……. 몸이 다 나으면…… 산채로 돌아가야지. 씨발! 천하제패를 하면 세상이 다 손에 들어오는 줄 알았는데…… 일 년을 못 넘기네……."

"두목님, 그냥 소박하게 갑시다. 가늘고 길게……."

"아! 씨발! 황금 만 냥이…… 이렇게 사라지나! 만 냥인데……."

끼이익.

다시 대문 열리는 소리가 났다.

수라마도와 여덟 명의 마두들은 뒤도 돌아보지 않고 달아났다.

* * *

초혼요마가 감개무량한 눈빛으로 커다란 대문을 바라보았다.

편액에 일필휘지(一筆揮之)로 쓰인 글자는 서가장. 우여곡절 끝에 마침내 서문영의 본가에 도착한 것이다.

"휴! 드디어 왔네요."

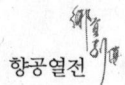
향공열전

초혼요마가 성유화와 설지를 향해 배시시 웃어 보였다.

편안해 보이는 초혼요마와 달리 성유화와 설지의 얼굴은 긴장으로 굳어 있었다.

연모의 정을 고백하기 위해 찾아왔으니, 친구를 만나러온 초혼요마와는 다를 수밖에 없다.

쾅. 쾅.

이주성이 재빨리 대문을 두들겼다.

잠시 후 문지기가 나왔다.

새벽에 있었던 소란으로 문지기는 조금 경계하는 표정이었다.

"무슨 일로 오셨습니까요?"

초혼요마가 웃으며 되물었다.

"서문영 있나요?"

문지기가 곤혹스러운 표정으로 방문자들을 둘러보았다. 지금까지 서문영이라는 이름을 부르며 찾아온 사람은 없었다. 대체 이 사람들은 누구이기에 함부로 둘째 공자의 이름을 부른단 말인가? 고관대작들도 어려워하는 둘째 공자인데 말이다.

"누구신지……."

"호호, 서문영에게 생명의 은인과 성가장의 사람들이 왔다고 전해줘요."

"예? 예, 알겠습니다요. 잠시만 기다려 주십시오."

문지기의 눈이 휘둥그렇게 떠졌다.
생명의 은인과 성가장의 사람들이란다.
아무래도 자신이 감당할 수 있는 손님들이 아니다.
문지기는 급히 돌아서 안채로 달려갔다.
곧이어 "생명의 은인"과 "성가장의 사람들"이 찾아왔다는 소식이 서가장 구석구석에 퍼져 나갔다.

　　　　　＊　　＊　　＊

"이분은 제가 중상을 입었을 때 구해준…… 초 소저이십니다."
서문영은 초혼요마의 이름이 떠오르지 않자 평소처럼 초 소저라고 불렀다.
서문영의 소개에 서공망과 그의 부인 임연지(林衍智)가 고개를 숙이며 감사의 인사를 했다.
초 소저가 초혼요마인지 모르는 두 사람의 눈빛은 뜨겁기만 했다. 아들의 생명을 구해주었다니? 자식을 둔 부모에게 그보다 더 귀한 손님은 없다.
"허허! 초 소저, 참으로 감사하오. 내 죽을 때까지 초 소저의 은혜를 잊지 않겠소."
"초 소저, 정말 감사해요. 필요한 게 있으면 무엇이든지 말해 주세요."

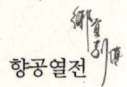
향공열전

초혼요마가 얼굴을 붉히며 마주 인사를 했다.
"아니에요. 별일도 아닌데요 뭐."
서문영은 초혼요마가 난처해하자 급히 다른 사람들을 소개했다.
"이쪽 두 분은 서가장의 가주(家主)이신 성 소저와 무공사부이신 설 소저십니다."
"성가장의 성유화가 인사드려요."
"설지예요."
두 사람이 긴장한 표정으로 인사를 올렸다.
"오오! 성가장이라면 우리 문영이의 사문(師門)?"
"하하, 아버님, 소자의 사문은 대림사입니다."
"아! 그렇지. 문영이가 무공입문을 한 곳이 성가장이라고 했지. 그런데 그게 그거 아닌가? 무림인들은 생각하는 게 좀 남다른 것 같다니까. 허허, 어쨌든 반갑고 감사하오. 성 가주님 덕분에 서가장의 이름이 뜨고 있다고 해도 과언이 아닙니다."
"우리 문영이의 무공사부셨다고요? 어머, 곱기도 해라. 문영이가 속을 많이 썩였을 텐데…… 마음고생이 심했겠어요."
"……"
서문영은 성유화와 설지가 뭐라고 말하기 전에 급히 이주성을 소개했다.
"그리고, 저분은 성가장과 같은 지역에 있는 이가장의 가주

이십니다."

"이주성입니다."

이주성이 과장되게 머리를 숙였다. 다른 사람들과 달리 자신과 서문영의 관계는 내세울 게 없는지라 어렵기만 한 자리였다.

서공망과 임연지가 웃으며 인사를 받았다. 가만 보니 서문영의 소개 또한 애매하기 그지없다. 같은 지역의 이가장이라니.

눈치 빠른 서공망은 단번에 이주성이 서문영과 교분을 나눈 사이가 아니라는 것을 알아차렸다.

"허허! 이 소협, 먼 길까지 찾아오느라 고생이 많았소. 쉬었다가 가시구려."

"예, 예."

노부인 임연지는 힐끔 바라보기만 할뿐 아무런 반응도 보이지 않았다. 아들과 교분이 없는 남자이니 지나가는 사람과 다를 바가 없는 까닭이다.

소개가 끝나자 서공망이 흐뭇한 표정으로 초혼요마와 성유화, 설지를 바라보았다.

한눈에 보아도 재색(才色)을 겸비한 아가씨들이다. 그 먼 곳에서 여기까지 찾아올 정도라면 아들과의 교분도 남다르지 않겠는가!

"둘째가 사고를 많이 치고 다니는데 비해 얻는 게 없어서

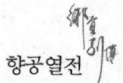
향공열전

걱정을 많이 했는데…… 오늘 소저들을 보니 마음이 놓이는구려. 아무쪼록 좋은 인연이 오래 가기를 바라오."

"그러게 말입니다. 그 많은 혼담을 거절한 것도 이유가 있었네요. 이렇게 아름다운 아가씨들이 주변에 있는데, 어디 눈에 찼겠어요? 호호!"

노부인까지 거들고 나서자 서문영이 화들짝 놀라 손을 내저었다.

"어, 어머니, 이분들은 그런 분들이 아닙니다."

서문영이 아가씨들을 어려워하자 서공망과 임연지는 더더욱 신기했다.

이분들은 그런 분들이 아니란다. 천하의 검공 서문영이 진심으로 양보하고 있는 것이다. 이렇게나 젊고 아름다운 아가씨들에게 말이다.

"허! 나는 문영이가 이렇게 어려워하는 분들이 있다는 것을 오늘 처음 알았소. 여러분, 부디 우리 문영이를 사람으로 만들어 주시오."

"호호, 그러게 말입니다. 천하가 좁다고 설치던 둘째가 이렇게 몸을 사리다니? 믿어지지가 않네요. 앞으로도 잘 부탁드려요."

초혼요마가 방긋 웃으며 답했다.

"아니에요. 오히려 우리가 많은 가르침을 받고 있답니다. 서 소협, 앞으로도 잘 부탁드려요."

떠나지 못하는 남자

정중한 초혼요마의 말에 서문영이 얼굴을 붉히며 손사래를 쳤다.

"하하, 무슨 말씀을요. 한번 은인은 영원한 은인인 겁니다."

영원한 은인이라는 말에 초혼요마의 표정이 더욱 환해졌다.

일다경(一茶頃)쯤 지났을까? 초혼요마 일행은 서문영이 사용하고 있는 전각으로 자리를 옮겨야 했다.

서공망이 젊은 사람들끼리 시간을 가지라며 손님들을 내보냈던 것이다.

서문영의 전각으로 우르르 몰려온 것까지는 좋았는데, 방의 분위기는 기이했다. 정확히는 서문영이 손님들에게 독고현을 소개한 뒤로 적막이 감돌았다.

얼마나 시간이 지났을까?

어색함을 참다못한 초혼요마가 지나가는 투로 말했다.

"참, 오는 길에 간단한 사고가 있었어요."

"초 소저, 무슨 일이라도 있었습니까?"

"고독신마가 따라붙어서 한 차례 싸움이 있었어요."

"헛! 고독신마면 그 칠대마인의 독마요?"

"네, 그래서 사람을 보내 생사신의를 이쪽으로 오라고 했어요. 멀지 않은 곳에 생사신의가 있으니 수일 내로 찾아 올 거예요."

"아! 다친 사람은 없습니까?"

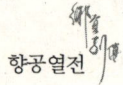

서문영이 사람들을 둘러보았다. 물론 독마에게 당한 분위기가 아닌지라 마음이 놓이기는 했지만, 그래도 묻지 않을 수 없었던 것이다.

"우리는 괜찮아요."

"그렇다면 다행입니다. 그런데 독마라……."

서문영의 안색이 어두워졌다. 독과 관계된 좋지 않은 기억이 떠오른 것이다. 서문영에게 독은 치명적인 위험이라고 각인되어 있었다.

'독마와의 싸움을 서가장에서 할 수는 없다.'

생사신의의 의술을 믿지만 그래도 서가장의 일반인들이 독에 노출되게 할 수는 없었다. 독마가 노리는 것은 보나마나 초혼요마가 아니면 자신이다.

그렇다면 두 사람이 다른 장소로 가면 될 일이다. 그곳의 사람들이 무림의 사정에 밝아야 함은 물론이다. 그래야 독마의 마수에 걸리지 않을 테니까 말이다.

'무림의 사정에 밝은 적당한 곳이라…….'

잠시 고민하던 서문영이 눈을 반짝였다.

"여러분, 먼 길을 오셨는데 아무래도 한 번 더 움직여야겠습니다. 서가장의 사람들은 강호의 사정을 몰라서 독마의 수법에 무방비로 노출되어 있습니다. 일단 독마가 여러분을 노리고 있다고 하니…… 다 같이 대비하기 좋은 곳으로 거처를 옮기는 게 좋겠습니다."

"그래요, 저도 내내 마음이 좋지 않았어요. 독마를 서가장까지 오게 해서는 안 될 일이죠."

성유화가 고개를 끄덕였다.

"어디 생각해둔 곳이라도 있나요? 내가 아는 곳이라도 가고 싶은데, 알겠지만 거긴 좀 험악해서."

초혼요마가 웃으며 사람들을 둘러보았다.

모두의 얼굴에 어색한 미소가 떠올랐다. 초혼요마의 말을 완전히 이해했다는 표정들이다.

"고적산인께서 가까운 도관(道觀)에서 요양 중이십니다. 우리도 그쪽으로 합류하는 게 좋을 것 같습니다."

"아! 단심맹이 망하기 전에 내상을 크게 입었다는 소문은 들었는데……."

초혼요마의 입에서 탄성이 흘러나왔다.

"예, 하지만 걱정할 단계는 지났습니다."

서가장에 머물던 고적산인은 천하상단의 일이 터지기 전 서가장을 떠났다. 우화등선(羽化登仙)한 약선(藥仙)의 제자들이 찾아와 가르침을 청한 까닭이다. 고적산인은 "약선의 제자를 돌봐주겠다"는 스스로의 약속을 지키기 위해 거처를 옮겨야 했다.

"약선의 제자 분들까지 그곳에 계시니 여러모로 좋을 겁니다."

약선의 제자들이 와 있다는 말에 모든 사람들의 표정이 밝아졌다.

"그런데 독마의 뒤에는 천명회, 아니 혈사문이 있는데……도관에서 우리를 받아 주겠습니까?"

"……."

이주성의 말에 분위기는 다시 가라앉았다.

처음에는 무당파 도사들이 있다고 해서 마음을 놓았다. 그런데 생각해 보니 십대문파는 봉문을 하지 않았던가! 무슨 도관인지는 몰라도 무당파와는 관계가 없는 군소(群小)도관이라는 소리다. 그런데 지역의 작은 도관에서 혈사문을 거스르려고 할까?

"괜찮습니다. 폐찰(廢刹)을 수리해 잠시 머무르는 중이니까요. 특정 문파에 속한 도관도 아니고, 다른 도사들도 없습니다."

고적산인은 "서가장에서 가깝다"는 이유 하나만으로 허물어져 가는 폐찰을 고집했다. 사실 서문영의 곁에서 약선의 제자들을 가르치려면 그 방법밖에 없었는지도 모른다.

봉문한 무당파의 제자들을 서가장에서 가르칠 수는 없었기 때문이다.

그렇다고 해도 내공을 잃은 고적산인이 폐찰로 갈 수 있었던 것은 전적으로 천명회 덕분이다.

천명회가 정파를 핍박하지 않은 덕분에 강호는 빠르게 안정되었다. 그게 아니었다면 고적산인도 요양을 위해 무당파로 돌아가든가, 서가장에 틀어 박혀 있었어야 했을 것이다.
 초혼요마가 어이없다는 표정으로 중얼거렸다.
 "그렇게 겁이 나면 집으로 가지 왜 따라다닌담?"
 "……."
 이주성은 감히 변명하지 못하고 턱에 돋아난 짧은 수염을 쥐어뜯었다. 집으로 가고 싶지만 가지 못하는 마음을 누가 알까!

향공열전

제6장

눈에 띄게 살아라

 천명회가 이름을 혈사문으로 바꾸었다는 소문에 강호는 한바탕 뒤집어졌다.
 사람들은 "혈사문의 저주가 다시 시작되는가?"를 두고 의견이 분분했다. 하지만 의외로 혈사문이 천하를 지배하게 된 것에는 별 반응이 없었다.
 단지 천명회가 이름을 혈사문으로 바꾼 것이라고 생각한 까닭이다. 실제로 혈사문은 천명회의 사람과 조직을 고스란히 이어받기도 했다.
 하루아침에 천명회가 혈사문으로 바뀌자 방황하는 무림의 고수들도 많았다. 그들 대부분은 천명회에 가입하기 위해 이리저리 줄을 대던 사람들이다. 혈사문에 들어가 천하를 호령하고 싶지만, 혈사문의 최후가 좋지 않았기에 망설이고 있는 것이다.

한편 중산에게 제압당해 장로에 임명된 세 마인들은 어떻게든 혈사문을 떠나고 싶어 했다. 그들은 앞으로는—자신들의 자리를 대신할 만한— 외부의 고수를 끌어들이면서도, 뒤로는 중산을 찾아가 "은퇴를 허락해 달라"고 애원했다.

하지만 혈사문의 문주인 중산은 장로들의 은퇴 요청을 거부했다. 그뿐 아니다. 외부의 행사에 장로들이 일절 참가하지 못하게 했다. 언제 외부의 적이 쳐들어올지 모른다는 이유에서다. 물론 중산이 염두에 두고 있는 외부의 적은 검공 서문영이었다.

고적산인이 수리한 폐찰은 무한에서 무당산으로 가는 방향에 자리하고 있었다. 산이라고 하기에는 좀 작고, 동산이라고 하기에는 높은 산. 그래서 변변한 이름도 붙지 않은 그저 그런 산이다. 인근에 사는 사람들이 적당히 부르는 이름은 있을지도 모르지만 말이다.

고적산인은 불쑥 찾아온 서문영 일행에게 "그저 그런 산이라 폐찰이 되었다"라고 소개했다. 만약 명산(名山)이었으면 사람들의 발길이 끊이지 않았을 테니 폐찰도 명맥을 이어갈 수 있었을 것이라는 게 고적산인의 주장이었다.

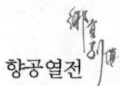
향공열전

초혼요마에게 연락을 제대로 받았는지 생사신의는 사흘 만에 찾아왔다.

독마가 노리고 있다는 말에 질겁을 했던 무당파 도사들은 생사신의가 합류하자 긴장을 푸는 눈치였다.

사실 약선의 제자들은 대부분 단약을 만드는 사람들이라 무공에는 문외한이었다. 게다가 서문영 일행이 기대한 만큼 그들은 의술에 밝지 않았다. 그러니 생사신의가 올 때까지 얼마나 마음을 졸였는지는 본인들만 알 것이다.

서문영 일행이 합류한 뒤로 좋아진 것은 딱 하나가 있다. 그것은 서가장의 전폭적인 지원으로 먹거리 걱정을 덜었다는 점이다. 무당파의 도사들이 셋이나 있었지만 이미 봉문한 무당파에서는 아무런 지원도 없었다.

약선의 제자들은 독마의 위험보다 먹거리 걱정을 하지 않게 된 걸 더 감사히 여길 정도였다. 고적산인의 표현에 의하면 "독마는 막연한 두려움이지만 음식은 당면한 절망"이었다.

"자네는 막연한과 당면한의 차이를 아나?"
고적산인이 음식을 꼭꼭 씹으며 물었다.
"혹시, 보이지 않는 것과 보이는 것의 차이입니까?"
왠지 자신 없는 서문영의 대답에 고적산인이 피식 웃으며 답했다.
"그런 고차원적인 질문이 아니네. 실제 사람이 사는 건 그렇게 대단하지 않으니까. 북해(北海)에 살던 곤(鯤)이라는 물고기가 대붕(大鵬)이 돼서 하루에 구만리를 날아가네 뭐네…… 그건 배부른 사람들이 하는 얘기고……."

"하하, 도사님이 왜 그러십니까?"

"보시게. 우리 약선의 제자들이 그 무시무시한 독마보다 굶주림을 더 두려워하고 있었다네. 자네들이 독마를 뒤에 달고 왔다고 했을 때 잠깐 겁에 질리는가 싶더니, 자네가 전표 한 다발을 풀어 놓으니까 금세 얼굴에 화색이 돌아. 아무리 봐도 돈이 최고야."

"아하하! 누가 듣겠습니다."

"우리밖에 없는데 뭐가 어때. 안 그러냐?"

고적산인이 뒤에 쪼그리고 앉아 있는 무당파의 도사들에게 시선을 돌렸다.

한참 화로(火爐)의 불을 조절하고 있던 청허도사(淸虛道士)가 조심스럽게 답했다.

"큰사백님(師伯), 제자는 수준이 낮아 아직 큰사백님의 경지에 이르지 못한지라…… 드릴 말씀이 없습니다."

"그래서 너는 돈이 싫다 이 말이냐?"

"그럴 리가 있겠습니까? 지금 이 단약(丹藥)을 만드는데도 은자 백 냥 이상의 재료가 들어가는데요. 돈이 없으면 우리 단약파는 문을 닫아야 합니다."

"무슨 단약인데 그렇게 비싸?"

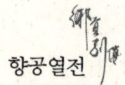
향공열전

"큰사백님의 내상에 도움이 되라고 비전의 활선금약(活仙金藥)을 제조하고 있는 중입니다."

"미리 말하는데, 나는 그런 거 안 먹는다."

"어이쿠! 그런 말씀 마십시오. 큰사백님 드리려고 시작한 일인데 안 드시면 제자들은 어쩌라고…… 은자 백 냥이 넘는 재료가……."

"내 제자가 그런 비전의 단약을 먹고 비명에 갔는데, 내가 그런 단약을 먹을 것 같으냐? 그렇게 먹이고 싶으면 나중에 내가 죽거든 먹여라."

"금단대도파(金丹大道派)의 엉터리들과 저희 활선무극파(活仙無極派)를 비교하시면 섭섭합니다. 금단대도파는 주사(朱砂)를 남용하지만, 저희는 순수한 오행지력(五行之力)만을 취급합니다."

"주사고 오행이건 간에 나는 단약은 안 먹어. 나주려고 만드는 거라면 시간 낭비야. 재료가 아까우면 원하는 사람에게 내다 팔라고."

고적산인이 몸을 부르르 떨었다. 죽은 천도상인(天道上人)의 끔찍한 모습이 떠오른 모양이다.

"아닙니다. 이건 반드시 큰사백님께서 드셔야 합니다. 연단술(練丹術)에 대한 편견을 없애기 위해서라도 드셔야 합니다."

"안 먹는다고 했다."

"약선 사부님을 생각해서라도…… 드셔 주십시오."

"……."

고적산인은 태허도사가 약선의 이름을 꺼내자 잠잠했다.

한참 만에 고적산인이 한숨과 함께 말했다.

"허어! 너희들이 그렇게까지 말하니 내가 이번 한 번은 먹어주마. 대신 단약에 주사나 기괴한 쇳가루를 녹여 넣을 생각은 아예 하지도 마라. 알겠느냐!"

"기괴한 쇳가루라니요?"

"오행지력이니 뭐니 하니 혹시나 싶어서 하는 말이다."

"허허, 큰사백님, 이 활선금약은 생식을 해도 좋은 것들입니다. 절대로 해로운 것들은 넣지 않았으니 마음 놓으십시오."

"알겠다. 내가 그걸 먹고 조금이라도 몸에 이상이 느껴지는 날에는…… 바로 너희와 약선을 만나게 해주마. 혼을 담는 것은 물론, 무한책임까지도 염두에 두어야 할 것이다."

"……."

청허도사는 물론 교대로 부채질을 돕고 있던 금형상인(金型上人)까지도 질린 얼굴이다.

남들은 은자 천 냥을 주고도 구하지 못하는 게 활선금약인데, 위협까지 가하다니!

도사들이 억울하다는 표정을 짓고 있을 때다.

생사신의가 휘적휘적 걸어 들어왔다.

"어험! 저쪽보다는 이쪽의 분위기가 한결 낫구려."

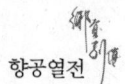
향공열전

"……."

 생사신의가 들어오자 청허도사와 금형상인의 얼굴이 야릇하게 구겨졌다.

 단약과 의술이 별개라고 하지만, 그래도 의술의 대가인 생사신의 앞에서 약을 제조한다는 것은 신경 쓰이는 일이었다. 무당파의 도사보다는 생사신의의 명성이 조금 앞선 상태에서는 더욱 그렇다.

 고적산인이 생사신의를 향해 시선을 돌렸다.

 "음! 어째서 젊은 사람들이 있는 곳의 분위기가 우리 늙은이들만 못하다는 게요?"

 고적산인은 이해가 가지 않는다는 표정이다. 이쪽도 단약의 복용문제로 신경전을 벌이고 있어서, 좋다고 할 정도는 아니었기 때문이다.

 "물론 여기도 훈훈한 것은 아니지만…… 저쪽은 서리가 내릴 정도니…… 상대적으로 낫다고 하는 겁니다."

 그제야 고적산인이 고개를 끄덕였다.

 종잡을 수 없는 초혼요마.

 은근히 속에 있는 말을 감추지 않는 성유화.

 조용한, 그러나 물러서지 않는 설지.

 생각을 알 수 없는 독고연.

 그 네 사람만 해도 불꽃이 튈 판이 아닌가!

 그런데 설상가상(雪上加霜)이라고 입이 가벼운 이주성까지

한자리에 있으니 분위기가 어떨지는 눈을 감아도 훤했다.

"허허, 그래도 서 소협에게 도화살(桃花煞; 과도한 성적욕구로 재앙을 당함)이나 홍염살(紅艶殺; 도화살보다 색정이 더 강함)이 없으니 별일은 없을 거외다."

"그게 큰일인 겁니다. 차라리 이 경우에는 서 소협에게 도화살이라도 좀 끼는 게 나을 뻔했습니다. 젊은 사람이 융통성이 없어서 마음 약한 여자만 여럿 울게 생겼으니까요."

말과 함께 생사신의가 서문영에게 눈을 부라렸다.

서문영이 여자들의 마음을 받아들이면 만사가 해결된다. 저쪽에 있는 여자들이 서문영 하나만 바라보고 있으니 말이다. 하지만 정작 서문영은 "한때 잘 놀았다더라"는 소문이 무색할 정도로 여자들에게 관심을 보이지 않고 있었다.

"신의님, 저도 융통성 많은 사람입니다."

"그럼 그 융통성으로 사태를 좀 부드럽게 해결해 보시든가. 곁에서 지켜보는 내가 다 가슴이 조마조마 한데……."

"하하, 모든 일에는 때가 있는 법입니다."

서문영이 억지웃음을 터뜨렸지만 아무도 호응하지 않았다. 사실 고적산인과 무당파의 도사들까지도 '서문영이 너무 현실을 외면하려 한다'고 생각하는 중이었다.

무안해진 서문영은 자연스럽게 화제를 바꿨다.

"그런데 독마는 조용하군요. 벌써 보름이 지났는데……."

……

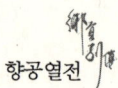
향공열전

서문영의 입에서 독마의 이름이 나오자 분위기가 무거워졌다. 생사가 달린 문제이니 평소보다 신중해지는 것이리라.
　솥단지에서 향긋한 냄새가 새어나와 주변으로 퍼졌다.
　향기에 이끌려 몇 번이나 코를 킁킁거리던 고적산인이 중얼거렸다.
　"이곳에 신의(神醫)가 있으니 함부로 손을 쓰지 못하는 게 아닐까? 그게 아니라면 상처의 치료가 늦어지고 있다거나. 어느 쪽이든 이대로 지나가 줬으면 좋겠는데……."
　"그러게 말입니다. 저도 독마가 그냥 물러나 줬으면 하는 바람입니다. 그의 독은 해독하기가 여간 어려운 게 아니라서요."
　생사신의의 말에 고적산인이 생각난 듯 물었다.
　"요마는 어느 정도나 치료가 됐는가?"
　"대부분의 독은 해독이 됐습니다만…… 마지막 한 가지 성분의 독이 아직……."
　"과연 독마로군……."
　고적산인이 암울한 눈으로 먼 산을 바라보았다.
　생사신의가 열흘간이나 치료했는데 완치가 되지 않았단다. 만약 생사신의가 없었다면 요마는 어떻게 되었을까? 찰나지간에 벌어진 일의 후유증이 상상할 수도 없을 만큼 크다. 그것이 독마를 상대로 하는 싸움에서 감수해야 하는 예기치 못한 어려움이었다.

"독의 성분만 알아낸다면 해독은 금방입니다."

생사신의는 꽤나 자신 있어 보이는 얼굴이다.

고적산인이 가볍게 미소를 지으며 말했다.

"독마의 독을 그 정도나 해독하다니. 과연 생사신의구려. 그런데 이제 일생일사(一生一死)의 신조는 버린 게요?"

"허허, 요마님과 서 소협에게는 빚이 있어서…… 제가 신조 따위를 내세울 형편이 못됩니다."

"흐음! 빚이라……. 언젠가 '사람은 모든 사람에게 빚을 지며 살고 있다'는 것을 알게 되면, 그 신조도 바뀌겠구려."

"죄송합니다만 아직 다른 사람에게 빚을 진 적이 없습니다."

생사신의가 퉁명스럽게 말을 받았다.

자신의 일생일사에 얼마나 큰 아픔이 담겨 있는지 고적산인은 모른다.

'흥! 도사들이란 그저 입에 발린 말만 번지르르 하게 늘어놓는 족속들이지.'

그들은 늘 입만 살아서 "남의 재능"과 "남의 재물"에 대해 왈가왈부(曰可曰否)하곤 한다. 정작 자신들은 그렇게 살지 못하면서 말이다.

생사신의의 생각은 얼굴로 고스란히 드러났다.

고적산인이 씁쓰름한 미소를 지으며 말했다.

"누구에게 돈을 빌렸다는 의미의 빚은 아니외다."

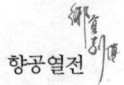
향공열전

"예, 저도 그 정도는 알아들을 수 있습니다."

"……"

이야기가 이상하게 흘러가자 서문영이 웃으며 끼어들었다.

"하하! 산인께서 갑자기 '모든 사람은 빚을 졌다'라고 하시니 예민해지는 것 같습니다. 저는 그 빚에 대해 좀 듣고 싶습니다. 무엇인지는 몰라도 제가 줄 게 있다면 주고, 받을 건 받아야죠."

"허허, 괜찮네. 괜히 자네까지 나서서 변명해 주지 않아도 되네."

고적산인이 생사신의를 지그시 바라보았다.

"나는 다만…… 사람은 다른 사람의 덕을 보며 살 수밖에 없다는 말을 하고 싶소. 그대가 익힌 의술도 따지고 보면 다른 누군가의 손에 의해 기록되고 전수되어진 것이 아니오? 그대가 밟고 다니는 길도 다른 사람이 닦아 놓은 것이고, 집도 누군가 만들어 준 것. 그대가 입고 있는 옷과 음식 또한 마찬가지. 그렇듯 사람은 다른 사람의 희생 위에 살아가고 있는 게요."

"그래서 저도 일생일사의 신념 아래 사람을 살리고 있습니다. 제가 사람을 살리지 않는다면, 사람들이 저를 찾아다니겠습니까?"

고적산인이 답답한 듯 언성을 높였다.

"나는 신의께서 더 많은 사람들을 외면하지 말라는 뜻에서 한 소리요. 터무니없는 재능을 하늘이 내릴 때에는, 그만한 일을 맡기기 위함이오."

"예, 예, 좋은 소리지요! 남의 일이라면 저도 그렇게 말할지도 모르겠습니다! 하지만 산인께서는 그 재능 때문에 당한 고통을 아십니까! 잘난 의술 때문에 한창 치료 중이던 제 여자를 두고 끌려갔습니다! 석 달 만에야 겨우 풀려나 보니 제 여자는 썩어 문드러져 있더군요! 네, 그렇게 된 것도 모두 다른 사람의 덕이지요! 세상이 부른 화(禍)이니 세상을 향해 풀어야 하지 않겠습니까!"

생사신의의 절규가 메아리처럼 울려 퍼졌다.

……

약선의 제자들은 입을 꾹 다물고 부채질만 했다.

처음 듣는 생사신의의 과거사다. 일생일사의 괴팍함 뒤에 저런 이야기가 숨겨져 있었다니…….

고적산인은 물론 서문영도 착잡한 표정이다.

한참 만에 고적산인이 입을 열었다.

"후안무치(厚顔無恥)한 몇몇 무림인 때문에 세상의 사람들을 버리지는 마시오."

"후후…… 산인께서는 신선이시라 그렇게 말씀하시는 거겠지만…… 저같이 평범한 사람은 그게 말처럼 쉽지가 않습니다."

"허허! 그렇게 보이는 나도 죽으면 어딘가에 묻힐 터…….

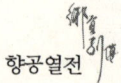
향공열전

사연이 없는 무덤은 없다지 않소? 신의께서는 내가 부러워 보이겠지만…… 나라고 처음부터 도사로 태어났겠소? 속세를 떠난 사람에게도 잊지 못할 아픔이 있는 법이라오."

고적산인이 허허로운 음성으로 말했다. 하루아침에 부모를 잃고 천하를 떠돌던 어린 시절이 언뜻 생각난 것이다.

"……"

생사신의는 처연한 모습에 뭐라고 반박하지 않았다. 남이 자신의 인생사를 모르듯, 자신도 그럴 것이기 때문이다.

잠시 침묵하던 고적산인이 말을 이었다.

"신의의 일생일사는, 무림에 몸담고 있는 사람의 부끄러운 자화상(自畵像)이오. 그것을 부정하지는 않겠소이다. 하지만, 신의의 그 일생일사 신조가 다른 환자와 그 가족들에게 큰 상처가 될 수도 있음을 알아야 할 것이오. 무림인들이 힘으로 신의를 억압했다면, 신의는 재능으로 백성들을……"

"좋은 말씀 중에 죄송하지만, 제가 백성들의 생사를 책임지고 싶지는 않습니다. 그렇게 할 수도 없고요. 그런 건…… 나라님이나 할 수 있는 일이 아닙니까."

말은 그래도 생사신의의 음성은 많이 누그러져 있었다.

고적산인의 얼굴에 희미한 미소가 떠올랐다.

"허허, 내가 성급했소. 신의께서 어련히 잘 하실 것을 공연히 나섰구려."

"쩝, 누가 뭘 알아서 잘 할 거라고 그러십니까……."

생사신의가 혼잣말처럼 중얼거렸다.

어째 요마를 만난 이후로 자꾸만 자신의 인생이 꼬여 간다는 느낌이 든다. 그러고 보니 여기에 온 것도 요마가 불러서다.

얼마나 시간이 지났을까?
고적산인의 입에서 탄성이 흘러나왔다.
"그런데 이 향기 정말 좋군!"
"흐음! 그러게 말입니다. 지금 솥단지에서 만들어지고 있는 게, 그 유명한 활선금약이라는 거지요? 한번 보고 싶군요."
생사신의가 호기심어린 눈으로 무당파 도사들과 솥을 번갈아 바라보았다. 가능하다면 당장 솥뚜껑을 열어 볼 기세였다.
고적산인이 근엄한 표정으로 답했다.
"활선금약이 맞소. 하지만 제조하는 도중에 뚜껑을 열면 영약의 기운이 흩어지게 된다니, 보고 싶어도 참으시구려."
"허허, 말이 그렇다는 겁니다. 설마 제가 솥뚜껑을 열겠습니까?"
생사신의는 코를 킁킁거리며 화로의 근처를 떠나지 못했다.
그렇지 않아도 단약제조에 관심이 많은 생사신다. 소문으로만 듣던 활선금약이 눈앞에서 제조되고 있는데 궁금하지 않을 리가 없지 않은가!
한동안 솥단지의 주변을 돌던 생사신의가 문득 서문영에게

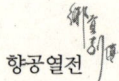
향공열전

다가갔다.

"그런데, 서 소협, 요마님을 어떻게 생각하고 계시오?"

"어떻게 라니요?"

생사신의가 주변을 살피며 속삭였다.

"요마님이 소협에게 정성을 쏟고 계시지 않소. 설마 요마님이 아무에게나 그런다고 생각했던 것이오?"

"서, 설마요. 절대 아무에게나 그런다고 생각하지 않습니다."

당황한 서문영이 고개를 세차게 흔들었다.

"요마님은 소협의 일이라면 앞뒤 가리지 않고 나서고 있소이다. 이번에 중독된 것도 그렇소. 요마님께서 왜 무리하면서까지 독마를 잡으려고 했겠소? 거기서 독마를 놓치면, 그가 서가장으로 가게 되니까…… 목숨을 걸고 저지하려 한 것이 아니오."

"……."

서문영의 입에서 한숨이 흘러나왔다.

솔직히 그런 부분까지 깊이 생각하지 못했다. 하지만 생사신의의 말을 들으니 초혼요마에게 더욱 미안한 마음이 든다.

"보기와 달리 마음이 여리고 상처가 많은 분이니…… 신경 좀 써 주시구려."

"예……."

생사신의는 그 말을 끝으로 자리를 떠났다.

고적산인이 서문영의 곁으로 다가와 빙그레 웃어 보였다.

"이제 보니 그 말을 하려고 여기에 왔던 거로구먼. 정이 많은 걸 보니 일생일사를 지키는 것도 쉽지 않았겠는걸."

"알고 보면 훌륭한 분이십니다."

"그렇다네. 상대를 아는 게 힘들 뿐이지. 알고 나면 미워할 수 없는 게 사람이지. 그런 의미에서 자네는 앞으로 어떻게 할 셈인가?"

"어떻게 라니요?"

"신의도 말했지만, 저 소저들을 어떻게 할 생각이냐는 말일세. 지금처럼 아무것도 하지 않으면, 아무 일도 해결되지 않는다네."

고적산인이 의미심장한 눈으로 서문영을 바라보았다. 단지 남녀 간의 교제만을 의미하는 게 아니다. 서문영에게는 그보다 더 무거운 일이 남아 있었다.

서문영이 담담한 음성으로 말했다.

"아무것도 하지 않는 것은 아닙니다. 흘러 움직임을 물과 같이 하면 가만히 있어도 흘러간다(流動如水 不動流逝)고 하지 않습니까? 사실 지금의 저는 물에 몸을 맡기고 부유(浮游)하고 있는 상태입니다. 눈에 띄지는 않아도 어디론가 흘러가고 있는 거지요."

"쯧! 이 사람아. 그렇게 세월아 내월아 떠다니지 말고, 남들이 알아보기 쉽게 팔도 좀 젓고, 발장구도 치라는 말일세."

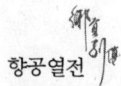

* * *

그 무렵 고독신마는 혈사문으로 돌아가고 있었다. 부상을 치료하기 위해 들렀던 마을에서 들은 황당한 소문 때문이다.

"천명회가 혈사문으로 바뀌었다니? 그게 무슨 개소리람……."

한 달 전까지 멀쩡했던 천명회가 단 며칠 사이에 무너지다니? 겨우 명맥만 유지하고 있는 십대문파가 봉문을 풀고 나왔을 리도 없고, 특별히 주목을 끌만한 문파도 없었다. 명성이 자자한 고수들의 집단적인 움직임도 없는데, 누가? 그리고 무슨 수로 천명회를 뒤엎었다는 말인가?

"도마(소면시마) 늙은 여우야! 대체 무슨 꿍꿍이냐……."

자신이 요마를 제거하려는 이유는 소면시마와의 거래 때문이다. 그런데 천명회가 사라졌다면 거래 자체가 사라진 것이나 마찬가지가 아닌가!

고독신마는 채찍을 휘두르며 입으로 쉴 새 없이 구시렁거렸다.

"소문대로 마제 화운비가 되살아나기라도 했다면 모를까…… 느닷없이 혈사문이라니? 거 참! 미치겠네."

서문영과 요마가 한자리에 있으니 제대로 독을 풀면 끝날 일이었다. 그런데 하필 이런 때 천명회가 사라져 버린단 말인가!

"게다가 하고 많은 문파 중에 왜 하필 혈사문이냐……."

혈사문과 관계되어 좋게 끝난 역사가 없는데, 어느 미친놈이 다시 혈사문을 들먹인단 말인가!

"소면시마의 수작인가? 아니면 정말 무슨 일이 벌어진 건가?"

이리저리 생각하던 고독신마의 입에서 장탄식이 흘러나왔다. 아무리 생각해도 적당한 답이 떠오르지 않았던 것이다.

"쌍! 내 눈으로 확인하는 수밖에! 어느 후레자식인지 걸리기만 해봐라!"

마음이 급해진 고독신마가 다시 채찍을 휘둘렀다.

짜악! 짝!

말발굽 소리가 더욱 빨라졌다.

고독신마가 정문에 걸린 현판을 올려다보며 고개를 절레절레 저었다.

설마설마 했는데 정말 이름이 바뀌어 있다. 몇 번을 다시 보아도 황금 바탕에 피처럼 붉은색으로 쓰인 글은, 저주의 원천이라는 혈사문이다.

"어떤 육시랄 놈이 이런 짓을……."

고독신마가 정문을 걷어차자 안에서 경비무사들이 우르르 쏟아져 나왔다.

운 좋게 고독신마를 알아본 경비대장이 황급히 머리를 조아

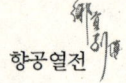
향공열전

렸다.

"장로님, 어서 오십시오! 그렇지 않아도 소면시마 장로님께서 오시는 대로 모셔 오라고 하셨습니다."

"미친놈들! 누구 마음대로 장로냐?"

고독신마가 눈알을 부라리자 경비대장이 억지웃음을 지으며 말했다.

"자세한 말씀은…… 저희보다는…… 아무래도 소면시마 장로님께 들으시는 것이 좋을 것입니다."

어딘지 모르게 피곤해 보이는 경비대장의 말에 고독신마는 화를 눌러 참았다. 소면시마 같은 마인이 스스로 장로가 되었다면 보통 심각한 일이 아니었다.

"안내하거라."

경비대장이 급히 돌아서서는 잰걸음으로 걸어갔다.

고독신마는 경비대장의 뒤를 따르며 연신 고개를 갸웃거렸다. 경비무사들을 비롯해 소면시마의 거처까지, 바뀐 것은 없어 보였다.

'역시 도마의 수작인가?'

고독신마는 암암리에 독을 준비했다. 만약 소면시마가 헛소리를 한다면 독을 풀고 달아날 작정이었다.

소면시마가 사용하던 전각에 도착하자 경비대장은 즉시 돌아갔다.

고독신마는 맨발로 마중 나온 소면시마의 환대 속에 일단 전각 안으로 들어갔다.

"뭐요? 무당파의 그 병신 같은 놈이 혈사문의 문주가 되었다니…… 지금 나 보고 그 헛소리를 믿으란 말이오? 날고 긴다는 세 명의 태상들은 뭘 하고 있었기에!"

"믿어지지 않겠지만 혈불과 잔혈검귀는 중산에게 당해 그 자리에서 죽을 뻔했소이다. 그 미친놈은…… 마제 화운비의 제자요."

"아니, 삼백 년 전의 화운비가 왜 갑자기 튀어 나온단 말이오? 지금 여럿이서 나를 물 먹이려고 하는 것 같은데, 내가 가만히 당할 사람으로 보이오?"

"진정하시오. 우리도 천독문의 재건에 들어갈 돈이 아까워서 그런 짓을 벌일 만큼 병신들은 아니외다. 고작 그런 이유로 문파의 이름까지 바꾸고 장로가 되겠소?"

"……"

고독신마의 입에서 "끙!" 하고 앓는 소리가 흘러나왔다.

생각해 보니 소면시마의 말에도 일리가 있었다. 돈이야 그렇다 쳐도, 권력욕이 남다른 소면시마가 장로의 자리로 내려갔다는 것은 납득하기 어려웠다.

"그럼 정말 이 모든 게 중산이 벌인 일이란 말이오?"

"그렇소이다."

"중산의 무공이 셋이 감당하기 어렵고?"

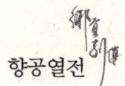

"우리 넷이 전력을 다해도 결과는 장담하기 어려울 것이오. 요마가 우리와 손을 잡는다면 모를까……."

"……."

고독신마가 황당한 표정으로 소면시마를 바라보았다.

"어째 요마가 다시 와주기를 바라는 얼굴이오."

"솔직히 요마가 한 손 거들어 주기를 바라고 있소이다. 그런데 요마는 죽었소?"

"헐! 꼭 좀 죽여 달라고 부탁한 분의 입에서 그런 말이 나올 줄은 몰랐구려."

소면시마가 어색한 미소를 지어 보였다.

"이 바닥이 원래 영원한 적도 친구도 없지 않소. 요마는?"

고독신마가 뻔뻔함에 질렸다는 듯 머리를 저었다.

"내가 많은 마두들을 만나 봤지만…… 그중에 귀하의 사악함이 최고요. 기뻐하시구려. 요마는 아직 살아 있을 거외다."

"벌써 요마에게 손을 쓴 거요?"

소면시마의 얼굴이 가볍게 일그러졌다. 만약 요마가 중독당했다면 요마와의 연대는 물 넘어간 셈이었다.

"피차간에 가볍게 인사를 나뉘었을 뿐이오."

소면시마가 복잡한 눈으로 고독신마를 바라보았다.

지금은 독마와 요마 모두가 필요한 상황이었다. 만약 둘 중에 하나만 있어도 괜찮다면 고민하지도 않았다. 독마든 요마든 어느 한쪽을 버리면 되니까. 하지만 다섯이 모두 모여야 승산이 있다. 그 말은 중산을 제거할 기회가 영영 사라졌다는 것을 의미했다. 이제 독마와 요마는 서로를 용납하지 않을 테니까 말이다.

소면시마가 저도 모르게 중얼거렸다.

"하아! 이젠 은거만이 살길이외다."

"거 무슨 소리요? 천하의 칠대마인이 넷이나 모여 있는데 은거라니?"

"그 악마를 만나고 나면 그런 소리가 쏙 들어갈 거요. 우리라고 머리에 든 게 없어서 천명회의 이름을 내어 준지 아시오?"

"아무리 그래도……."

고독신마는 실감이 나지 않는 얼굴이다. 지금까지 단 한 사람에게 그 정도로 당해본 적이 없는 까닭이다. 천하제일이라는 십대문파조차도 칠대마인을 상대하기 위해서는 떼를 지어 몰려다녔는데, 그 칠대마인이 단 한 사람을 무서워하다니? 믿을 수도 없고, 믿지 않을 수도 없는 상황이었다.

답답해진 고독신마가 이런저런 생각에 잠겨 있을 때다.

문 밖에서 경비대장의 음성이 들려왔다.

"문주님께서 고독신마 장로님을 부르십니다."

소면시마가 올게 왔다는 표정으로 중얼거렸다.

"가보면 알게요. 요마가 아니라 단심맹의 손이라도 빌리고 싶은 내 심정을……."

"……."

갈아 마셔도 시원치 않은 단심맹이라니? 점입가경(漸入佳境)이다.

고독신마는 인사도 없이 자리에서 일어나 밖으로 걸어 나갔다. 소면시마가 뒤로 물러앉은 이상 더 이상 그와는 별 볼일이 없었다.

*　　*　　*

"그래, 네가 독마냐?"

중산의 첫마디가 고독신마의 자존심을 건드렸다.

'이런 개놈의 새끼가! 단심맹에서 병신 짓을 하다가 쫓겨난 놈이 어디서 감히!'

"예, 그렇습니다. 문주님께 인사가 늦었습니다."

고독신마가 공손히 대답했다.

아무리 속이 뒤집힌다고 해도 일단 상대의 무위를 확인하는 것이 우선이었다.

"요마를 죽이러 갔다고?"

"예? 예……."

고독신마는 중산이 요마의 목을 원하는지 아닌지를 몰라 몸을 사렸다.

"성공했느냐?"

중산의 얼굴에 가득한 것은 호기심이었다. 그건 중산이 요마와 별 관계가 없는 사람이라는 증거다.

"아쉽게도 서로의 무공이 백중지세(伯仲之勢)인지라……."

"실패했다는 말이로군."

"……."

"너는 서문영의 얼굴을 아느냐?"

"아직 모릅니다."

"쓸모없는 늙은이로군."

중산의 혼잣말에 고독신마의 얼굴에 핏대가 섰다.

감히 독마에게 쓸모없는 늙은이라니?

그렇지 않아도 배알이 뒤틀려 있던 독마는 고까운 표정을 감추지 않았다. 중산에게서 느껴지는 기도가 칠대마인보다 못하다는 생각도 한몫했다.

중산은 그런 독마의 표정이 마음에 들지 않았다.

"흐흐, 독마야, 나는 네놈의 과거가 구질구질하다고 들었다. 독공을 이용해 하지 않은 짓이 없다고……. 그런 놈에게도 지킬 자존심이 남아 있더냐?"

"변명하지는 않겠습니다. 문주께서 단심맹에 계셨다니 잘 알고 계시겠지요."

"어떻게 죽고 싶으냐?"

중산의 얼굴에 살기가 가득했다.

독마가 굳이 단심맹을 거론한 것은, 과거 담운으로 살 때 저

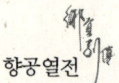

지른 자신의 행동을 비웃기 위함이다. 생각하기도 싫은 과거사를 떠올리게 만들다니……

 살기가 밀려오자 독마는 암암리에 독을 풀었다.

 '이왕 이렇게 된 거 한판 붙어 보자'

 최악의 경우 멀리 달아나 은거를 하면 된다. 오악검파의 추격도 물리쳤는데 혈사문이 무슨 대수라고!

 "흐흐, 저는 문주께서 죽이고 싶다고 죽어지는 사람이 아닙니다."

 "그래? 죽어라."

 말과 함께 중산이 손을 뻗었다.

 순간 붉은빛의 장영(掌影)이 독마를 향해 몰려갔다.

 '헛! 무슨 무공이……'

 독마가 미끄러지듯 뒤로 물러났다.

 모양은 무당파의 태청산수 같으나 색깔이 불길하게도 핏빛이다.

 치이익.

 손바닥이 지나치는 곳마다 타는 소리와 함께 메케한 연기가 피어났다.

 중산의 장영이 독을 태우고 있는 것이다.

 위기를 느낀 독마가 이를 악물고 천독문의 비전인 '황천(黃泉)의 술(術)'을 펼쳤다.

 독마의 전신에서 노르스름한 연기가 흘러나왔다. 거의 동시에 진기가 회오리처럼 일어나 연기를 사방으로 분산시켰다.

대전의 중심은 삽시간에 노란 독무(毒霧)로 가득 찼다.

중산이 장영으로 독무를 걷어내며 한 걸음 물러났다. 무지막지한 독무의 양에 질려 일단 후퇴한 것이다.

하지만 사방에 퍼진 독무를 피하느라 중산의 운신은 자연스럽지 못했다.

순간 독마가 중산에게 날아가며 입을 쩍 벌렸다.

"캬하!"

독마의 목구멍에서 검은 가루가 폭포수처럼 쏟아져 나왔다.

독마가 뿜어내는 검은 가루의 양과 속도는 상상을 초월했다.

중산은 미처 피할 틈도 없이 검은 가루에 덮이고 말았다.

"캬하아아!"

독마의 입에서 더욱 많은 가루가 쏟아져 나왔다.

중산은 물론 대전의 내부까지 새까맣게 변해 버렸다.

곧이어 대전은 칠흑 같은 어둠에 휩싸였다. 검은 가루가 빛까지 차단해 밤처럼 변해 버린 것이다.

독마는 몸속의 독을 모조리 뿜어낸 뒤에야 입을 다물었다.

"흐흐, 황천의 술에서 살아날 수 있는 사람은 없다."

일각쯤 지났을까?

독마는 다시 입을 벌려 검은 가루를 마시기 시작했다.

쉬이이익.

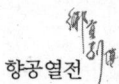

한참 검은 가루를 흡입하던 독마의 눈이 찢어질 듯 부릅떠졌다.

검은 가루와 함께 고검(古劍) 한 자루가 빨려 들었던 것이다.

고검은 독마의 입을 관통한 뒤 뒤쪽 벽에 깊이 박혔다.

쏴아아.

붉은 핏줄기가 세차게 뻗었다.

"끄르륵…… 어떻게……."

중산이 가소롭다는 듯 입을 쩍 벌렸다.

순간 검은 가루가 중산의 입으로 빨려 들어갔다.

"퉤! 퉤! 이 맛없는 독가루가 너의 밑천이었느냐? 아무튼 구경은 잘했다."

털썩.

고독신마의 몸이 무너져 내렸다.

고독신마의 몸 위로 검은 가루가 쌓였다.

잠시 후 고독신마의 몸은 누르스름한 물로 변해갔다.

우두커니 서 있던 중산이 문득 자신의 손바닥을 펼쳤다. 검붉은 기운이 아지랑이처럼 일렁거리고 있었다.

화운비에게서 듣지 못한 현상이다. 이것은 혹시 '의식적으로 연공을 하지 않아도 마기(魔氣)가 스스로 살아 움직인다'는 경지인가?

처음에는 독마의 독에서 살아 남기 위해 버둥거렸다. 그런데 어느 순간 독이 두렵지 않았다. 이 기이한 현상은 그때부터 시작된 것이었다.

"뭐, 내가 손해 볼 일은 없으니까."

중산은 자신이 피해자가 아니라는 사실에 만족했다.

어차피 약육강식(弱肉強食; 약한 놈이 먹힌다)에 적자생존(適者生存; 살 놈은 산다)의 세상이다. 자신이 아니라고 해도 죽을 놈은 죽고, 살 놈은 살 것이었다. 자연(自然)은 정(情)이 없다. 그런 의미에서 자신은 그런 냉엄한 자연의 일부, 아니 어쩌면 그 자체인지도 모른다.

"세상이여, 살고 싶으면 나에게 적응해라……."

중산의 삭막한 음성이 아직도 어두운 대전에 울려 퍼졌다.

제7장
머무는 곳의 주인이 되라

 한바탕 소란이 가라앉자 중산은 암혼전(暗魂殿)의 전주(殿主)인 독왕(毒王)을 불러들였다. 중산은 떨고 있는 독왕에게 "서문영의 목을 베어 오라"는 명을 내렸다. 독왕은 암혼전의 고수들을 이끌고 혈사문을 떠났다. 하지만 한 달이 지나도록 아무런 소식이 없었다.
 격분한 중산은 무상전(無上殿)의 전주 천살도부(千殺導斧)를 불렀다. 그리고 천살도부에게 "독왕의 행적을 알아보고, 서문영의 목을 베어오라"는 명을 내렸다.
 천살도부는 "목숨을 걸고 명을 완수하겠다"는 다짐과 함께 혈사문을 나섰다. 하지만 천살도부 역시 감감무소식이기는 마찬가지.

다시 한 달을 기다린 중산은 복마전(伏魔殿)의 전주 필살검객(必殺劍客)과 염라전(閻羅殿)의 전주 혼세삼악(混世三惡)을 불렀다.

네 사람에게는 "독왕과 천살도부의 행적을 조사하고 서문영의 목을 베어오라"는 명이 내려졌다.

수하들의 계속된 실종에 분노한 중산은 두 사람에게 "만약 연락을 끊으면 척살령을 내릴 것"이라고 협박했다.

두 사람의 전주는 이마가 터지도록 바닥에 머리를 박고 충성을 맹세했다. 그리고 무려 이백에 이르는 수하들을 이끌고 혈사문에서 떠났다.

그것으로 끝이었다. 필살검객과 혼세삼악은 마치 연기처럼 흔적도 없이 사라졌다. 이백 명의 수하들도 마찬가지였다.

그렇게 한 달이 지났을 무렵이다.

이번에는 탈명전(奪命殿)의 전주인 마종(魔宗) 고적한(高積恨)이 먼저 중산을 찾아갔다.

마종 고적한은 중산을 보자마자 결연한 어조로 말했다.

"문주님! 우리 탈명전은 배신자들과 서문영을 처단할 만반의 준비가 되어 있습니다!"

중산이 미심쩍은 눈으로 고적한을 바라보았다. 지금까지 탈명전의 수하들을 사용하지 않은 것은 그들이 요마의 수하였기 때문이다.

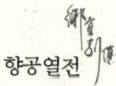
향공열전

"너희들은 요마의 수하들인데, 서문영을 죽이겠다고?"
"요마가 혈사문을 떠난 이상 저희들은 더 이상 요마의 수하가 아닙니다."
"흐흐, 내가 무얼 보고 너희들을 보내야 하지? 너희들도 돌아오지 않으면?"
"우, 우리는 배신자들과 다릅니다!"
"크흐흐! 배신자들이라…… 배신을 했는지 죽었는지 네놈이 어떻게 안다고? 죽고 싶지 않으면 물러가라. 이 시간 이후로 혈사문을 벗어나는 놈들은 그 자리에서 쳐 죽일 것이다."
"……"
고적한은 미련이 남는지 쉽게 자리를 떠나지 못했다.
"감히!"
중산이 버럭 소리를 지르며 벼루를 집어 던졌다.
퍽.
벼루에 맞아 머리가 터진 고적한은 그 자리에서 즉사(卽死)를 하고 말았다.
밖으로 나간 중산은 남아있는 마인들을 불렀다.
소면시마와 혈불, 잔혈검귀가 한걸음에 달려갔다.
마당에 도열해 있는 세 마인을 노려보던 중산이 이를 갈며 말했다.
"너희 세 늙은이들은 잘 들어라. 너희들의 수하인 무상전, 복마전, 염라전, 암혼전의 전주들이 혈사문을 나가 행적이 묘연하다. 그런데 오늘은 탈명전의 전주 놈이 찾아와서 뻔뻔하게 '배신자들을 처단할 테니 밖에 내보내 달라'고 하더구나. 나를 능멸한 죄로 그놈은 머리가 터져서 죽고 말았다."

"……"

세 마인은 숨도 크게 쉬지 않고 귀를 기울였다. 마종 고적한이 밖으로 나가고 싶어 안달을 하더니 기어이 일을 벌인 모양이다.

"앞으로 단 한 놈이라도 혈사문을 벗어나지 못하게 해라. 내 허락 없이 혈사문에서 빠져나가는 놈이 있으면…… 너희에게 죄를 물을 것이다."

"……"

세 마인은 알아들었다는 듯 허리를 조아렸다.

그럼에도 대답하지 않는 것은 "정점에 선 마인의 자존심"과 "제발 은거를 허락해 달라"는 무언(無言)의 항의 표시였다.

마인들을 굽어보는 중산의 얼굴에 비릿한 미소가 떠올랐다.

"그렇게 은거를 하고 싶으냐?"

"……"

세 명의 마인이 고개를 번쩍 들었다.

모두가 기대에 찬 눈빛들이다.

꿈에 부푼 마인들에게 중산이 조소를 흘리며 말했다.

"조만간 서문영이 찾아올 것이다. 그를 죽이면 너희는 자유다."

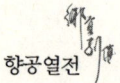
향공열전

"……."

 마인들은 실망과 함께 자존심에 상처를 입은 표정이었다.

 고작 서문영을 상대하기 위해 칠대마인을 셋이나 잡아 두고 있다는 말에 기분이 상한 것이다.

 "너희들이 그놈을 어떻게 생각하는지 알고 싶지도 않다. 사실 내가 그놈을 과대평가 하고 있는지도 모르지. 하지만, 그놈의 상대로 너희들을 쓰겠다는 생각에는 변함이 없다. 너희들이 그놈보다 강하다면 모를까, 그게 아니라면 너희가 자랑하는 마신단(魔神丹)이라도 먹어야 할 것이다."

 "……."

 여전히 마인들은 입을 열지 않았다.

 "흐흐, 너희가 탈출을 시도하지 않는 것은 '나에 대한 두려움' 과 '서문영을 얕보는 마음' 때문이겠지?"

 "……."

 세 명의 마인들은 부인하지 않았다.

 확실히 중산은 서문영보다 위험했다. 그래서 "평생 중산의 눈을 피해 사느니 차라리 서문영을 상대하자"고 다짐한 지 오래였다.

 "현명한 생각이니 칭찬을 해주지. 하루라도 빨리 서문영이 혈사문에 찾아오기를 기도해라. 그날이 오면 너희는 자유와 황금 일만 냥을 얻게 될 것이다. 황금은 순종에 대한 보상이라고 생각해라."

"……."

마인들이 힘차게 머리를 조아렸다.

갑자기 황금 이야기가 나오니 힘이 나는 모양이다.

중산의 입가에 비웃음이 걸렸다.

황금을 포상으로 주겠다니 수동적이던 움직임이 빠릿빠릿해진다. 마도 지존이라는 자존심은 언제 내다 버린 것일까?

'쯧! 마두들이란!'

의식적으로 과거를 떨쳐 버리려고 애쓰는 중이지만, 단심맹의 사람들과 비교가 되는 것은 어쩔 수가 없다. 단심맹의 사람들은 대놓고 저러지는 않았다.

그런 걸 체면이라고 한다면, 확실히 마두들은 체면이 뭔지 모르는 사람들이었다.

아니, 어쩌면 그건 체면이 아닐 수도 있다.

'위선이나 가식일 수도 있으려나…….'

중산은 아직도 그런 걸 따지고 드는 자신이 우스워 피식 웃고 말았다.

'적당히 타협하고 굴종하게 만드는 더러운 세상, 찢어 죽일 서문영 같으니라고.'

*   *   *

사실 중산과 마신 고적한이 생각한 것처럼 혈사문의 고수들이 모두 배신한 것은 아니었다.

예컨대 독왕은 암혼전의 고수들을 이끌고 기세등등하게 폐찰로 쳐들어갔다.

하지만 서문영의 금강검에 모두 혈도를 찔려 폐인이 되고 말았다. 과거 독고현을 독으로 잃었던 서문영은 초혼요마까지 독에 당하자, 독을 쓰는 인물들에게 일체의 자비를 베풀지 않았다.

무상전의 천살도부는 "폐찰에 요마와 서문영이 함께 있다"는 정보를 입수하자마자 수하들을 해산시켰다.

서문영만 해도 감당하기 어려운데 요마까지 있으니 선택의 여지도 없었다. 천살도부의 수하들은 천살도부로부터 서문영이 얼마나 위험한 인물인지를 전해 듣고는 미련 없이 고향으로 돌아갔다.

복마전의 전주 필살도객과 염라전의 혼세삼악은 대판 싸우고 갈라섰다. 요마를 두려워한 혼세삼악이 달아날 것을 제안했지만 필살도객이 받아들이지 않았던 것이다.

혈사문에서 인정을 받고 싶었던 혈살도객은 끝내 복마전의 고수들과 산을 올랐다.

하지만 복마전의 고수들이 만난 상대는 하필 독이 잔뜩 오른 초혼요마였다. 그날 복마전의 고수들은 모두 초혼요마의 손에 이승을 하직했다.

산 아래에서 복마전의 고수들을 기다리고 있던 혼세삼악에게 찾아간 사람은 성유화와 설지였다. 무의미한 살인을 막기 위해 찾아온 두 사람에게 혼세삼악은 머리를 숙였다. 그렇지 않아도 요마를 두려워하고 있던 혼세삼악에게 두 사람의 방문은 좋은 핑계꺼리였던 것이다.

결과적으로 절반은 실패하고 절반은 달아났으니 완전한 배신은 아닌 셈이다.

하지만 살아남은 사람들이나 달아난 사람들은 혈사문에 돌아가거나 연락할 생각을 하지 못했다.

천명회가 '돈이 오가는 시장판'이었다면, 혈사문은 거의 '월하(月下)의 공동묘지'였다.

기가 약한 사람들은 무거운 마기에 짓눌려 밤마다 악몽을 꾸었고, 비무 중에 광분해서 하얗게 눈알이 뒤집어지는 사람들도 있었다.

그러다 보니 성공과 실패를 떠나서 어느 누구도 돌아가고 싶어 하지 않았다.

그것이 완전한 실종의 진실이었지만, 먼 훗날에나 밝혀질 이야기였다.

서문영이 흘러가는 구름을 바라보며 중얼거렸다.
"아무래도 혼세삼악이 마지막이었나 봅니다."
벌써 한 달 이상 산을 오르는 사람이 없었다.

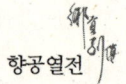
향공열전

가끔 소식을 전해다 주는 개방의 사람에 의하면 혈사문의 문은 굳게 닫힌 지 오래였다.

그는 "천하의 분위기는 뒤숭숭하지만, 혈사문과 검공의 눈치를 살피느라 큰 사고는 일어나지 않고 있다"고 했다.

그의 말속에서 개방이 자신에게 소식을 전하는 이유를 알 수 있었다. 원하든 원하지 않든 이미 자신은 천하를 움직이는 두 개의 축 가운데 하나였다.

그는 "개방은 천하의 안위를 위해서 검공의 눈이 되기로 했습니다"라고 말했다.

그게 개방의 고수가 궁벽한 산골까지 아득바득 찾아온 이유였다.

떠나기 전에 그는 몇 번이나 물었었다. 언제 혈사문을 치러 갈 것인지를.

혈사문의 문주가 중산이라는 것이 알려졌으니, 언제고 움직일 거라고 생각했던 모양이다.

"육지신개(陸地神丐)의 말처럼 혈사문을 찾아갈 생각인가?"

고적산인의 물음에 서문영은 당연하다는 듯 말했다.

"그자가 오지 않는다면 가야겠지요."

독고현과 대림사의 사형제들을 독살하게끔 사주한 자가 중산이다. 그런 인면수심(人面獸心)의 짐승이 권좌에 앉아 세상을 희롱하다니? 있을 수 없는 일이다.

"소문대로 중산이 마제 화운비의 진전을 이었다면…… 일신(一身)에 마기가 상당할 것이네. 만에 하나 화운비의 마기까지 전해졌다면…… 더할지도 모르지."

"알고 있습니다."

"……"

화운비와 손을 섞어본 경험이 있는 고적산인의 표정은 밝지 않았다.

서문영에게 사기(邪氣)를 누르는 공능이 있다고 해도, 그건 어디까지나 사자(死者)에 한해서다. 상대가 화운비라면 차라리 쉬웠을지도 모른다.

하지만 중산이라면 이야기가 달라진다. 중산은 살아있는 사람이니 무공의 고하로 승자를 가릴 수밖에 없다. 물론 서문영의 무공은 누구보다 강하다.

하지만 지금 고적산인이 염려하고 있는 것은 중산에게 있는 마기다. 극독보다 치명적이고, 전염병보다 더한 전파력을 가지고 있는, 저주받은 마기 말이다.

"독마가 중산의 손에 죽임을 당했다고 하니 마음이 놓입니다."

서문영의 말에 고적산인이 화들짝 놀랐다.

"벌써 떠날 생각인가?"

"예, 더 시간을 끌면 안 될 것 같아서요."

"그건 역시 독고 소저의 일 때문인가?"

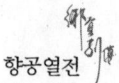
향공열전

"……."

서문영이 고개를 끄덕였다.

살아도 산 게 아닌 독고현을 위해서라도 이제는 움직여야 했다. 보국왕과 만나기 전에 중산의 일을 매듭지어야 한다고 생각하면, 지금도 빠른 것은 아니었다.

"그러고 보니 자네 앞에 큰 산이 두 개나 남아 있는 셈이로군."

"제법 큰 산이지요."

"보통 사람은 일생에 하나 만나기도 힘든 산일 텐데, 자네의 팔자도 참 드세구먼. 지금까지 쉬지 않고 달려 왔는데, 산 넘어 산이라니."

"덕분에 무료하지 않은 인생을 살고 있으니 나름 위안이 됩니다."

"긍정적인 사고방식이야. 그렇게 사는 자세가 중요하지."

"……."

가벼운 농담 속에 무거운 진심이 담겨 있다.

서문영이 웃어 보였다.

한참 망설이던 고적산인이 입을 열었다.

"나에게는 천하를 유랑하던 중에 모신 문외(門外)의 스승이 계시다네. 그분의 가르침 중에 평생을 잊지 못하는 것이 있는데…… 들어 볼 텐가?"

"감사한 마음으로 경청(敬聽; 공경하여 들음)하겠습니다."

서문영이 옷을 단정히 여미었다.

마음으로 존경하는 고적산인이 특별히 전하고자 하는 말인지라 자못 긴장한 것이다.

"선사(禪師)께서 말씀하셨지. 머무는 곳마다 주인이 되고, 서 있는 곳마다 참되거라(隨處作主 立處皆眞)라고……."

"……."

서문영은 고적산인이 한 말을 몇 번이고 음미했다.

머무는 곳마다 주인이 되고, 서 있는 곳마다 참되라. 왠지 답답하던 가슴이 조금씩 풀리는 기분이다.

"알겠는가. 자네가 진실하다면, 자유롭게 갈 길을 가게. 다른 사람들의 이목을 두려워 말고, 그 길이 어떤 길이라도 당당하게 가란 말일세."

"예."

갑자기 서문영이 고적산인에게 허리를 조아렸다.

우연처럼 만나 평생에 잊지 못할 가르침을 내려준, 반인반선(半人半仙) 고적산인에 대한 경외감으로 가득한 인사였다.

"허허, 그 사람, 싱겁기는…… 어서 가보게."

    *   *   *

서문영은 생사신의에게도 인사를 마친 뒤 폐찰의 다른 쪽으로 걸음을 옮겼다.

어쩐지 심각한 표정의 성유화가 보인다.

그 앞에 자리한 설지와 초혼요마의 표정은 밝았다. 가끔씩 "꺄르르" 울리는 교성이 햇살처럼 주변으로 퍼져 나갔다.

독고현은 그녀들의 가운데서 방긋방긋 웃고 있었다.

여자들의 뒤쪽에는 홀로 떨어져 나간 이주성이 뭔가를 열심히 보고 있다.

무당파 도사들이 심심할 때 읽으라고 빌려준 책이다. 하지만 상대해 주는 사람이 없어서 읽게 된 책인지라, 이주성의 표정도 그다지 밝아 보이지 않았다.

서문영이 다가가자 모두의 시선이 모아졌다.

오직 이주성만 의도적으로 책에서 시선을 떼지 않았다. 하지만 이주성의 신경은 온통 서문영에게로 향해 있었다.

"저는 혈사문으로 가서 묵은 은원을 정리하려고 합니다."

……

서문영의 말에 일순 침묵이 감돌았다.

"혼자서 갈 생각인가요?"

초혼요마의 말에 서문영이 고개를 끄덕였다.

다른 사람을 끌어들이기에는 마기(魔氣)의 위험이 너무 컸다. 고적산인과 검성은 물론 자신까지도 중독되었던 마기다.

"중산이 화운비의 전인이라면…… 그의 마기는 사람들이 감당하기 어렵습니다."

"당신은 감당이 되나요?"

"솔직히 말해야 하겠죠?"

"당연하죠."

"그렇다면 반반이라고 말할 수밖에 없겠군요. 복불복(福不福)입니다. 하지만 제가 악운(惡運)에 강한 남자이니 별일 없을 겁니다."

"당신이 악운에 강한 사람이라는 것은 인정해요."

초혼요마가 눈으로 웃었다.

살인광인 자신을 만났지만 죽지 않았고, 죽을 부상에서 치료까지 받았다. 악운에 강하지 않고서는 지금까지 살아 있지도 못했을 것이다.

"그럼, 이제 말해 봐요. 우리가 당신을 위해 어떻게 해주길 바라죠?"

"……."

갑작스러운 초혼요마의 도발에 장내는 긴장으로 가득 찼다.

단지 도검(刀劍)이 난무하지 않을 뿐, 모두의 손바닥은 땀으로 축축히 젖어 들었다.

서문영이 담담한 음성으로 말했다.

"악운에 강하다고는 했지만…… 어쩌면 이 자리가 여러분과 저의 마지막 자리가 될지도 모릅니다. 그러니 한번쯤은 솔직하게 말씀 드려도 되겠죠?"

"……."

모두가 고개를 끄덕였다.

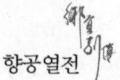
향공열전

어차피 이 자리에 모인 사람들은 알고 있다. 여자들은 모두 서문영을 좋아하고 있다.

그에 비해 서문영은 오래도록 자신의 마음을 밝히지 않았다. 이제 마지막이 될지도 모르는 순간에 서문영은 비밀을 털어 놓으려는 것일까?

문득 서문영이 묘한 눈으로 이주성을 바라보았다.

완전한 타인이고 특별한 교분도 없지만 기이하게도 가장 사적인 이 자리에 무리 없이 어울리고 있었다. 다른 소녀들도 그에게 비켜 달라고 하지 않을 정도로 말이다. 자신도 그의 존재가 신경이 쓰이지 않으니 남은 말할 것도 없다.

실소를 흘리던 서문영이 입을 열었다.

"우리는 모두 호감(好感)을 가지고 있습니다. 서로에 대한 좋은 감정은…… 친구로, 연인으로, 우리를 이끌어 갑니다. 그게 우리가 이 자리에 모인 이유이기도 하지요. 저에 대한 여러분의 마음은…… 여기까지 와주신 것 하나로도 이미 충분히 전해졌습니다. 우선 저 같은 남자를 좋게 보아주신 여러분의 호의에 진심으로 감사를 드립니다."

성유화의 얼굴이 가볍게 굳어갔다.

서문영의 눈빛과 말속에서 뭔가를 느낀 것이다. 서문영도 자신을 좋아한다. 하지만 연인으로 받아들이지는 않을 것이다.

서문영이 직접 말하지 않았지만, 여자의 직감으로 알 수 있었다. 자신과 서문영의 사이에 생성된 호감의 한계는 친구다. 슬프게도 서문영은 그 한계를 깨지 않을 사람이다. 만약 그럴 거였다면 "좋은 감정은 친구로, 연인으로, 이끌어간다"는 말도 하지 않았을 것이다.

"저에게는 정인(情人)이 있습니다."

"……."

미녀들의 시선이 약속한 것처럼 독고현에게로 향했다.

독고현이 고개를 푹 떨구었다.

귀밑까지 빨갛게 달아오른 독고현을 사랑스러운 눈으로 바라보던 서문영이 결연한 어조로 말했다.

"여러분과의 의리는 죽을 때까지 지키겠습니다. 여러분의 친구는 저의 친구가 될 것이고, 여러분의 원수는 저의 원수가 될 것입니다."

초혼요마가 자리에서 벌떡 일어섰다.

"서문영! 지금 그 말 잊지 마! 나중에 원수가 늘었다고 나를 원망하면 안 돼!"

서문영이 자리에서 일어나 읍(揖)을 해보였다.

"초 소저, 원수가 셀 수 없이 많아지면 명단을 작성해 들고 오십시오. 언제라도 정리해 드리겠습니다!"

"흥! 후회하지나 마라!"

초혼요마의 신형이 홀연히 사라졌다.

아직도 음성이 맴돌고 있는데 한순간에 사라져 꿈인지 생시

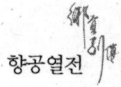
향공열전

인지 구별이 가지 않을 정도다.

……

성유화가 뒤를 이어 자리에서 일어섰다.

"오라버니…… 시간이 지나도 우리 성가장을 잊지 않으실 거죠?"

"잊을 리가 있겠느냐? 성가장은…… 지금의 나를 있게 한 곳이다. 내 영혼의 고향과도 같은 곳이야."

"고마워요. 저도 잊으면 안 돼요. 아셨죠?"

"응, 이 오라버니를 믿어라."

"흑!"

성유화는 끝내 울음을 터뜨렸다.

머리로는 다 이해하는데 자꾸만 눈물이 흘러나왔다. 울면 안 되는 자리라는 걸 알지만, 뭔가가 자꾸만 속에서 복받쳐 올라왔다.

그런 성유화를 설지가 가만히 보듬어 안았다.

설지의 품에서 한참을 흐느끼던 성유화가 젖은 얼굴로 고개를 들었다.

"하아! 언니, 언니는……."

"응, 나는 서 대협을 좀 더 따라다녀 봐야겠어."

"……."

"아직 확신이 안 들어. 친구인지 아닌지. 그래서 더 지켜보려고. 나 그래도 되지요?"

설지가 서문영에게 시선을 돌렸다.

서문영은 한순간 설지의 얼굴에게 빛이 난다고 생각했다.

그녀의 눈망울은 자신이 보지 못하고 있는 뭔가를 보고 있는 듯했다. 그 믿음이 그녀를 빛나게 하고 있는 걸까?

"…… 네."

서문영은 거절하지 못했다.

모두를 거절하려고 꾸며낸 자리에서 한 사람을 거절하지 못한 것이다.

어쩌면 그녀야말로 고적산인의 가르침에 충실한지도 모른다는 생각이 들었다. 머무는 곳마다 주인이 되고, 서 있는 곳마다 참되라는 고적산사의 가르침이 왜 설지의 눈빛에서 보여지는 것일까.

"휴우! 안된다고 하면 어떻게 해야 하나 고민 많이 했어요. 다행이다."

설지가 방긋 웃었다.

성유화는 부러운 눈으로 설지를 바라보았다. 늘 숨어서 혼자만의 사랑을 하던 설지는 의외의 자리에서 대범했다.

"언니, 나 이젠 성가장으로 가야 해요. 너무 오래 비워두면 안 되잖아요."

강소성의 무림은 변방인 만큼 소란이 끊이질 않았다.

설지가 이해한다는 듯 고개를 끄덕였다.

"그래, 내가 함께 가주지 못해 미안해. 나는 신경 쓰지 마.

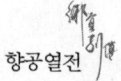
향공열전

독고 소저도 있으니까 심심하지는 않을 거야."

"언니 정말 미안해. 같이 있어 줘야 하는데……."

"괜찮다니까, 혼자 보내는 것 같아서 내가 더 미안하다."

"언니 집에는…… 내가 직접 가서 말씀 잘 드릴게요."

"응, 네가 더 효녀구나. 나는 집 생각은 하지도 못하고 있었는데……."

초혼요마가 떠나는 모습을 봐서 그런지 성유화는 오래 앉아 있지를 못했다.

성유화는 서문영과 독고현에게 작별인사를 하고는 밖으로 나갔다.

고적산인과 생사신의에게 인사를 하려는 것이다.

열심히 책을 읽고 있던 이주성이 급히 일어나 서문영에게 머리를 숙여 보였다. 감사 겸 작별의 인사를 하고 있는 것이다.

서문영이 웃으며 고개를 끄덕였다.

인사를 마친 이주성이 후다닥 뛰쳐나갔다.

설지가 그런 이주성의 뒷모습을 보며 말했다.

"알고 보면 마음이 여리고 착한 분이랍니다."

"네, 산인(山人)께서 그러시더군요. 상대를 아는 게 힘들 뿐이지, 알고 나면 미워할 수 없는 게 사람이라고 말입니다."

"정말 그런 것 같아요."

잠시 독고현을 바라보던 설지가 조심스럽게 말했다.

"그러니 독고 소저도 저를 미워하지 마세요. 아셨죠?"

"후후, 그러려면 설 언니는 저와 이야기를 좀 많이 해야 할 거예요. 상대를 알아야 한다고 했으니까요."

"어머, 좋아요. 어차피 난 가진 게 시간밖에 없는걸요."

"그건 정말 부럽네요. 전 시간이 많지 않거든요."

"……."

설지는 독고현의 처연한 미소에 할 말을 잃고 말았다.

아직 한창때의 독고현이 노인들처럼 말하는 게 이해가 되지 않았지만, 왠지 심상치 않는 느낌이 들었던 것이다.

고개를 갸웃거리던 설지가 서문영을 힐끔 바라보았다.

그러고 보니 이상하기는 서문영도 마찬가지다. 아가씨에게 그런 해괴한 말을 듣고도 별 말이 없으니 말이다.

생각에 잠긴 설지의 귀로 서문영의 음성이 들려왔다.

"인사도 다 끝난 것 같군요. 저는 먼저 출발하도록 하겠습니다. 두 분은 서가장에서 저를 기다려 주십시오. 일을 마치면 서가장으로 달려가겠습니다."

인사를 마친 서문영이 막 떠나려고 할 때다.

묵묵히 땅바닥을 바라보던 독고현이 냉랭한 음성으로 말했다.

"오라버니, 중산의 목을 벤 후에…… 제게 그 느낌을 꼭 전해 주세요. 난 정말 알고 싶어요. 복수를 마친 기분을……."

"그래, 꼭 전해 주마."

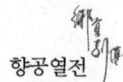
향공열전

서문영이 무거운 걸음으로 전각을 빠져나갔다.

설지는 이해하기 어려운 두 사람의 대화를 곰곰 생각했다. 뭔가 자신이 알지 못하는 부분이 있는 것 같았다. 복수라고 하는 것이 자꾸 마음에 걸렸다. 중산이 독고현에게 몹쓸 짓을 한 걸까? 하지만 과거의 중산, 즉 담운은 독고현을 감히 바라보지도 못하는 위치였다.

그런 중산이 독고현에게 무슨 짓을 했다는 걸까?

"언니, 무슨 생각을 그렇게 하세요?"

화들짝 놀란 설지가 고개를 돌렸다. 조금 전까지 침울해 보이던 독고현은 예의 그 화사한 미소로 돌아와 있었다.

"응? 별거 아니에요."

"언니가 남아 줘서 참 다행이에요."

"왜요?"

"후후, 언니까지 갔으면…… 말할 사람이 없을 뻔 했잖아요."

"피이!"

내심 좀 더 다정한 말을 기대했던 설지는 입술을 삐죽였다.

남은 사람이 바로 나라서 다행이라고 말한 줄 알았는데, 독고현에게는 누구라도 상관없는 말벗이 필요했던 모양이다.

"언니……."

갑자기 독고현이 정색을 하고 불렀다.

설지가 고개를 돌렸다.

머무는 곳의 주인이 되라 219

"이건 그냥 궁금해서 물어 보는 건데요. 언니는 사랑하는 사람이 먼저예요? 아니면 언니가 먼저예요?"

"음, 글쎄…… 뭘까나…… 그런데, 그전에 먼저라는 말은 뭘 의미하죠?"

설지의 물음에 독고현이 잠시 머뭇거리다가 말했다.

"사는 거? 아니면 사는 데의 우선순위?"

설지가 알아들었다는 듯 미소 지으며 답했다.

"그런 거라면 난 내가 먼저예요. 서 대협이 싫다는데 억지로 남은 걸 보면 모르겠어요? 후후."

"호호, 하지만 언니가 잘 모르는 게 있어요."

"그게 뭐죠?"

"오라버니는 억지로 뭘 하는 사람이 아니라는 거. 좀 더 지내보면 알게 될 거예요."

설비의 고운 입에서 한숨이 흘러나왔다.

"하아! 나에게는 정말 무서운 말이네요."

그제야 독고현은 자신의 설명이 충분하지 못했음을 깨달았다.

"어머, 언니를 격려하기 위해서 한 말이었어요. 저는 오래전에 어떤 사람들에게서…… 오라버니가 바람둥이라는 이야기를 들은 적이 있어요. 하지만 정작 오라버니의 곁에서 여자를 본 적은 없었답니다. 오늘도 보세요. 무슨 결벽증이라도 있는 사람처럼, 친구가 어쩌고 연인이 어쩌고 하면서 다 돌려보

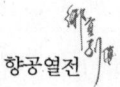

내잖아요."

설지가 세차게 고개를 끄덕였다.

다른 건 몰라도 여자에 관해서는 심할 정도로 몸을 사리는 것 같았다.

영웅호색(英雄好色)이라는 말도 있는데, 서문영은 오히려 그 반대였다. 영웅금색(英雄禁色)이랄까?

"하지만 언니는 결국 남았죠? 오라버니도 거절하지 못한 뭔가가 언니에게 있는 거예요."

"정말요? 진짜 그랬으면 좋겠어요."

"내가 한때는 오라버니의 머리 꼭대기에 있던 사람이랍니다. 믿어도 돼요."

설지가 수줍은 듯 배시시 웃었다.

독고현의 말이 단지 위로하기 위한 것이라고 해도, 지금은 눈 딱 감고 믿어야 했다. 그러지 않으면 자신이 너무 초라해지기 때문이다.

"고마워요. 그런데 동생은 누가 우선순위예요?"

"음…… 솔직히 잘 모르겠어요."

독고현이 자기가 말을 하고도 이상한지 고개를 갸웃거렸다.

모르겠다고 했지만 실은 서문영이 우선이었다. 하지만 그러기 위해서 자신이 죽어야 한다는 사실 앞에서는 망설여졌다.

서문영의 곁에 더 있고 싶다는 이기심 때문이다. "죽고 싶다"고 말할 때마다 서문영은 말했다. 그건 누군가 다른 사람이 그런 마음을 심어준 거라고.

서문영은 늘 "다른 사람이 아닌 자기 자신만 바라보라"고 했다. 하지만 서문영이 그런 말을 할 때마다 더욱 답답했다.

자기 자신의 의미가 무엇인지 가슴으로 느낄 수 없었기 때문이다. 그리고 보면 자신은 정말 누군가 심어준 생각대로 살아가고 있는 것인지도 몰랐다.

"하지만 제가 오라버니를 위해 뭔가 하려고 할 때마다 오라버니는 나무랐어요. 그리고 언니의 말처럼…… 자기 자신을 먼저 생각하라고 했죠."

설지가 독고현의 희고 가녀린 손을 꼭 잡았다.

담담한 음성 속에 알지 못할 큰 슬픔이 전해진 탓이다.

"자세히는 모르겠지만 서 대협의 말이 맞아요. 내가 있어야 그가 있는 거라고 생각해요. 내가 없으면 그도 없고, 세상도 없죠."

"하지만 만약에 내가 없는 거라면…… 그도 꿈이고 세상도 꿈이잖아요. 그렇지 않나요?"

"그건……."

설지가 속으로 중얼거렸다.

'내가 없다는 것은 죽었다는 말인데, 그런 일이 어디 있다고?'

"그래서는 안 되는 줄 알면서도…… 꿈에서 깨고 싶을 때가 있답니다."

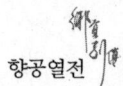
향공열전

독고현의 공허한 음성이 햇살 가득한 뜰에 잔잔하게 흩어졌다.

 설지는 독고현의 손을 더욱 세게 잡았다.

 웬일인지 독고현은 정혼자가 죽은 뒤 희망 없이 살아가던 자신의 모습과 닮아 있었다.

 "좋은 꿈이면…… 그냥 두세요."

 설지는 자신이 참 못났다고 생각했다. 더 좋은 말들도 많을 텐데, 좋은 꿈이면 그냥 두라니?

 자신의 부족함을 원망하고 있는 설지에게 독고현이 기대며 중얼거렸다.

 "언니가 남아줘서 참 다행이에요."

 "응……."

 설지는 이제야 독고현이 하는 말의 의미를 이해할 수 있었다.

제8장
가을의 달처럼

 장안(長安)에 들어선 서문영은 잠시 걸음을 멈추었다.
 황성(皇城)이 있는 장안은 여전히 사람으로 들끓었는데 전과는 다른 기묘한 분위기가 느껴졌다.
 한참 동안 서서 생각하던 서문영은 자기 머리를 툭 쳤다.
 "이런 바보. 단심맹의 자리에 혈사문이 들어선 것을 잊었군……."
 가끔씩 스쳐가는 무림인들의 얼굴과 복장은 산채에서 막 뛰쳐나온 사람들같이 험악했다. 붙잡고 물어보나마나 사파의 고수들이다.
 돌이켜보니 단심맹이 지배하고 있을 때는 무림인들도 제법 깔끔하고 단정했던 것 같다.

　서문영은 혈사문에 들러 중산을 처치하고, 보국왕을 만나러 갈 생각이었다.

　지금까지 드러난 것으로는 중산이 더 위험했다. 그럼에도 보국왕을 나중으로 미룬 것은 '보국왕에 대해 아는 것이 없다'는 부담과 '독고현과의 관계' 때문이다.

　보국왕과 자신은 평행선을 달리고 있었다. 하지만 보국왕은 권력의 정점에 서 있는 자. 이번에는 자신을 용납할 리가 없다. 그건 자신도 마찬가지였다. 보국왕이 독고현의 안식을 방해한 이상, 그는 더 이상 황실의 존경받는 어른이 아니었다.

　사색중인 서문영에게 어린아이 하나가 종종 걸음으로 따라붙었다.

　"아저씨도 혈사문의 협객이신가요?"

　"응? 왜?"

　아이가 손으로 서문영의 허리춤을 가리켰다.

　서문영의 시선이 아이의 손끝을 따라갔다. 허리춤에 날도 세우지 않은 금강검이 덜렁거리고 있다.

　서문영이 피식 웃으며 고개를 저었다.

　"꼬마야, 나는 대림사의 제자란다."

　"대림사요?"

　아이가 실망한 얼굴로 머리를 긁적였다.

　요즘 오가는 무림인들은 대부분 혈사문과 관련이 있는 사람

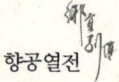

들이었다. 타지에서 온 그들은 객점을 이용했다.

옷이 번듯한 사람들은 고급객점을, 눈앞의 남자처럼 허름한 옷을 입은 무사들은 외진 곳의 객점을 원했다. 그래서 졸졸 따라왔는데, 아니라고 하니 맥이 빠져 버리고 만 것이다.

"왜? 대림사에 유감이라도 있느냐?"

"그, 그건 아니에요. 아저씨, 값싸고 좋은 객점이 있는데 안내해 드릴까요? 깨끗하고 음식도 맛있는데, 엄청 싸요. 지금까지 여기 가보고 후회한 사람이 없어요."

"그럴까?"

"그러세요! 제가 안내해 드릴게요!"

"그래, 가보자."

서문영이 아이의 뒤를 느긋하게 따라갔다.

일다경(一茶頃)이나 걸어간 아이가 멈춘 곳은 낡고 허름한 객점이었다.

객점에 걸린 현판은 떨어질 듯 위태로웠다.

무심코 현판을 바라보던 서문영의 눈에 이채가 서렸다. 낡은 외양과 달리 현판은 새 것이었는데, 현판에 적힌 추월객점(秋月客店)이라는 글자가 비범했다.

"흐음! 상당히 멀리 온 것 같은데, 정말 그만한 가치가 있는 곳이냐? 이 아저씨는 벌써 다리가 저려온다. 지쳐서 다른 데는 가고 싶어도 못 가."

서문영의 엄살에 아이가 주저하지 않고 고개를 끄덕였다.

"아저씨! 겉모습만 보고 판단하지 마세요! 보기와는 다르다니까요! 진짜, 진짜, 깨끗하고 맛있어요!"

"그래, 알았다. 알았으니까 제발 소리는 지르지 말자. 이 아저씨는 심장이 좀 약한 편이어서, 큰소리가 나면 가슴이 덜컥거린단다."

서문영이 주변을 힐끔거리며 사정했다.

흥분한 아이의 고성에 사람들이 쳐다보고 있었기 때문이다.

아이가 알았다는 듯 씨익 웃어 보인 후 객점의 문을 왈칵 열어 젖혔다.

"엄마! 손님 모시고 왔어요!"

계산대에 앉아 있던 미모의 여자가 황급히 자리에서 일어났다.

"어, 어서 오세요."

이제 고작 이십대 후반으로 보이는 여주인은 아직 장사가 익숙하지 않은 듯 허둥대고 있었다.

서문영은 상대를 안심시키기 위해 읍(揖)을 해보였다.

"안녕하십니까? 손님입니다."

"풉!"

멀뚱멀뚱 지켜보던 아이가 웃음을 터뜨렸다. 일 년이나 손님을 데리고 왔지만, 저렇게 인사를 하는 사람은 아직 없었다.

"월아(月兒)야, 버릇없이 굴지 말랬지!"

여주인이 따끔하게 야단치자 아이가 헤실헤실 웃으며 매달

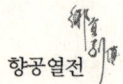
향공열전

렸다.
"엄마, 그냥 배에서 갑자기 바람이 빠져나와서 그런 거예요. 정말이에요."
"어른들 앞에서 또 그러면 혼날 줄 알아."
"네에."
"그리고 오늘은 바람이 차니까 어디 나가지 말고 집에 붙어 있어야 해. 알겠지?"
"네, 네."
아이가 건성으로 답하고는 서문영에게 쪼르르 달려왔다.
"아저씨, 며칠이나 머무르실 거예요?"
"아마 사나흘 정도는 머물게 될 것 같구나."
"음, 그런데요, 방값과 음식 값은 먼저 내셔야 해요."
"알겠다. 얼마를 내야 하지?"
"그게 얼마냐면요…… 방이 하루 스무 냥에…… 밥이 하루 열다섯 냥이니까……."
아이가 제 엄마를 힐끔거리며 고사리 같은 손가락을 이리저리 꼽았다.
서문영은 아이가 하는 짓이 너무 귀여워 가만히 웃기만 했다.
"……얼마죠?"
한참 계산하던 아이가 도리어 서문영에게 물었다.
서문영이 은자 세 냥을 내밀며 말했다.

"복잡해서 나도 잘 모르겠지만 그 정도면 충분할 거라고 생각한다. 네 생각은 어떠냐?"

아이의 입이 함지박 만하게 벌어졌다.

은자 세 냥이면 고급 객점에서나 받을 법한 돈이다. 이렇게 허름한 객점에서 사나흘에 은자 세 냥이면 초대박이었다.

아이가 재빨리 은자를 낚아챘다.

"거래 끝! 물리기 없어요!"

아이가 은자를 들고 여주인에게 달려갔다.

여주인은 어쩔 줄 모르는 표정으로 아이와 서문영을 번갈아 바라보았다.

"손님, 죄송하지만 저희 집은 그렇게 고급이 아닙니다. 은자 한 냥만 해도 충분하니 두 냥은 거두어 가시지요."

"엄마! 왜에! 손님이 내겠다는 걸 왜 돌려줘? 엄마, 이번에는 그냥 받자. 응? 손님도 별로 없는데 언제 돈을 벌려고 그래……."

"월아야, 과욕은 결국 자신의 몸을 망치게 한단다. 은자 한 냥만 받아도 버는 거니까, 그렇게 욕심 부리지 말거라."

가만히 모자(母子)의 이야기를 듣던 서문영이 웃으며 말했다.

"객점의 현판만으로 논하자면 추월객점은 제가 본 객점 중에 가장 고급입니다. 좋은 글을 본 값이라고 생각하고 낸 것이니, 받아두십시오."

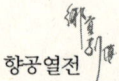
향공열전

아이의 얼굴이 환하게 밝아졌다.

하지만 그와는 반대로 여주인의 얼굴은 어두워졌다.

"현판의 가치를 아는 분이시라면 더더욱 받기 어렵습니다. 거두어 주세요."

처음의 서툰 모습과 달리 여주인은 단호하기만 했다.

결국 서문영은 은자 두 냥을 돌려받았다.

"감사합니다. 아직 식사를 하지 않으셨다면, 식사 후에 방을 안내해 드리겠습니다."

"예, 그렇게 하지요."

서문영은 빈자리에 아무렇게나 걸터앉았다.

화가 나는지 입이 뾰로통해 있던 아이는 한동안 말이 없었다. 그러나 여주인이 귀에 뭐라고 속삭이자 이내 웃으며 조잘대기 시작했다.

여주인이 주방으로 들어가자 아이가 슬그머니 서문영의 곁으로 다가왔다.

서문영이 웃으며 말을 걸었다.

"꼬마야, 엄마가 뭐라고 했기에 금방 화가 풀렸느냐?"

"이따가 당과(糖果; 과일사탕)를 사준다고 했어요."

"사내대장부가 당과 하나에 뜻을 꺾다니. 안타깝구나."

"그, 그건 아니에요!"

"아니면 말고."

서문영이 시큰둥한 표정으로 딴청을 부렸다.

가을의 달처럼 233

한참 씩씩거리던 아이가 금강검을 발로 툭 건드렸다.
"아저씨는 무림인도 아니죠?"
"응? 그걸 어떻게 알았느냐?"
"쳇! 척보면 알 수 있죠. 꼬질꼬질한 옷에 날도 세우지 않은 뭉툭한 검을 가지고 다니잖아요. 이런 걸로는 무도 자르지 못한다고요."
"무를 왜 잘라야 하는데?"
"예를 들자면 그렇다는 거죠. 날도 없고, 검집도 없는 이런 괴상망측한 검을 왜 가지고 다녀요?"
"하하, 꼬마야, 이 검의 이름은 금강검이란다. 절에 가보면 사대천왕이 들고 다니는 커다란 검 있지? 그게 이런 거야."
서문영이 자랑하듯 어깨를 으쓱해 보였다.
"아저씨, 혹시 스님이세요?"
"아니. 이렇게 하고 다니는 스님 본 적이 있느냐?"
"키킥! 스님도 아니면서 왜 그런 이상한 걸 가지고 다녀요? 그러다가 진짜 무림인들을 만나면 큰일 난다고요."
"걱정 마라. 진짜 무림인들은 아저씨 같은 사람을 건드리지 않으니까."
"아, 네에~"
아이가 큰소리와 함께 고개를 주억거렸다. 나름 비웃고 있는 것이다.
그래도 서문영이 아무런 반응을 보이지 않자 심심했는지 아

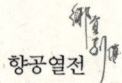
향공열전

이가 다시 지분거렸다.
"그런데요, 쓸모도 없는 칼을 무겁게 왜 들고다녀요?"
"뭔가 있어 보이잖느냐."
"……."
아이가 기가 막히다는 표정으로 서문영을 바라보았다.
"아저씨, 그럴 거면 진짜 칼을 차고 다니세요."
아이의 눈에 동정의 빛이 역력했다.
"진짜 칼에는 살기가 있어서 몸에 좋지 않아. 내가 말하지 않든. 심장이 약하다고."
"와아! 진짜 불쌍한 아저씨다!"
아이의 입이 쩍 벌어졌다.
"이 녀석아, 입으로 파리 들어가겠다."
서문영이 손을 휘휘 내저으며 파리를 쫓는 시늉을 했다.
"근데, 아저씨 아까 대림사의 제자라고 하지 않았어요?"
"그랬지."
"소림사 뒤에 있는 그 대림사 맞죠?"
"응, 소림사 뒤에 있지."
"헉! 그럼 혹시 검공을 본 적이 있어요?"
"검공? 나하고 엄청 친해."
"쳇! 그럼 그렇지. 완전 개뻥이야."
아이가 자리에서 벌떡 일어나 주방으로 쪼르르 달려갔다.
피식 웃던 서문영은 빈 잔에 차를 따라 천천히 마셨다.

"영리한 녀석이네……."

탁자 위로 음식이 가지런히 놓였다.
비록 몇 가지 채소와 고기볶음이 전부였지만, 간도 적당하고 깔끔해서 감칠맛이 있었다.
서문영은 음미라도 하듯 천천히 씹어 삼켰다.
당과를 쪽쪽 빨던 아이가 서문영의 곁으로 다가갔다.
입속에 음식을 가득 담고 있던 서문영이 우물거리며 물었다.
"왜?"
"엄마가 그러는데 아저씨는 공부를 많이 한 사람이래요. 정말이에요?"
"응, 소싯적에 내가 공부를 좀 했지. 과거에도 여러 번 붙었고. 고관대작(高官大爵)들도 내 말이라면 껌뻑 죽어."
"아! 진짜, 거짓말 너무 심하다!"
아이가 뒤도 돌아보지 않고 계산대로 돌아갔다.
계산대의 여주인과 귀엣말을 주고받던 아이가 종종 걸음으로 다시 왔다.
"쩝쩝, 꼬마야, 이번에는 또 뭔데?"
"아저씨, 우리 객점의 간판을 누가 써줬는지 알아요?"
"내가 점쟁이도 아닌데 그걸 어떻게 알아?"
"그럼, 간판의 글이 좋은 건 어떻게 알았어요?"

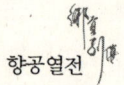
향공열전

"그야 글을 쓴 사람의 마음이 그 속에 녹아 있으니까 알지."
"……."
아이가 바닥을 툭툭 차며 딴청을 부렸다.
서문영은 찻물로 입안을 헹군 뒤 아이를 바라보았다.
"할 말이 있으면 빨리 해봐라. 나도 편안하게 밥 좀 먹자."
"음, 아저씨, 우리 객점에 계시는 동안 글 좀 가르쳐 주면 안 돼요?"
"응? 내 제자가 되고 싶다는 소리냐?"
"그냥 시간 날 때 글 좀 가르쳐 달라는 데 웬 제자예요?"
"난 제자가 아니면 안 가르친다."
서문영이 고집을 피우자 아이가 발을 동동 구르며 소리쳤다.
"아, 진짜! 아무나 스승으로 모시면 안 된단 말이에요! 게다가 저는 화산파에 가야 하니까 아저씨 제자가 될 수 없어요! 헉!"
아이가 깜짝 놀라 자신의 손으로 입을 막았다. 하지만 이미 내뱉은 말이다.
서문영이 야릇한 눈으로 아이를 바라보았다. 십대문파는 봉문을 한 뒤로 더더욱 폐쇄적으로 변해서 어지간한 사람은 근처에 가지도 못할 정도였다.
그런데 어린아이가 화산파에 가게 될 것처럼 말하고 있지 않은가? 용사비등한 편액의 글자도 그렇고, 아이의 입에서 나온 소리도 그렇고 평범한 객점은 아니었다.

계산대에 앉아 있던 여주인이 당황한 얼굴로 다가왔다.

"죄송합니다. 아이가 철이 없어서 나오는 대로 막 말을 하네요. 방금 들으신 이야기는 한 귀로 듣고 흘려주세요."

"아, 예, 괜찮습니다."

서문영이 씁쓰름한 표정으로 여주인과 아이를 바라보았다.

화산파의 이름을 말한 것만으로도 눈치를 봐야 하는 현실이 안타까웠다.

문득 검성 심인동과 그의 손녀, 그리고 매화오절의 얼굴이 떠올랐다. 그들은 이 어려운 시절을 어떻게 보내고 있을까?

검성은 천하를 오시할 정도의 검술에 세상의 경험도 많으니 별일 없을 것이다.

게다가 아직은 내상의 치료에 한창 바쁠 때였다. 하지만 그와 반대로 젊은 매화오절에게는 화산파에 갇혀 지내야 하는 하루하루가 고역일 것이다.

서문영의 얼굴에 미소가 떠올랐다.

여주인은 화산파의 이야기를 꺼낸 것에 대해 사과했다. 하지만 아이가 글을 가르쳐 달라고 조른 것에 대해서는 별 말이 없었다.

어쩌면 여주인이 아이의 등을 떠밀었는지도 모른다는 생각이 든다.

한창 놀기에 바빠 보이는 아이가 글을 가르쳐 달라고 조를

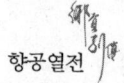

이유가 있을까? 게다가 눈앞의 이 귀여운 아이는 자신을 완전히 무시하고 있었다. 절대로 자발적일 수가 없지 않은가!

여주인이 멍하니 서 있는 아이의 손목을 잡았다. 데리고 가려는 것이리라.

"폐가 되지 않는다면, 머무르는 동안 아드님에게 글을 가르쳐 주고 싶군요."

여주인이 재빨리 아이의 머리를 잡아 눌렀다.

"어서 스승님께 인사를 올리거라. 살다 보면 여러 스승님을 모실 수도 있는 법이란다."

엄마의 극성에 아이가 마지못해 머리를 숙였다.

"월아가 스승님께 인사드립니다."

"월아야, 너의 이름이 정확히 어떻게 되느냐?"

"……."

월아가 당황한 얼굴로 엄마를 바라보았다. 엄마는 항상 "화산파에 가거든 네 이름 석 자를 또박또박 말해야 한다"고 가르쳐 왔다.

아직 화산파에서 정식으로 인사도 못했는데, 객점에서 바보 같은 서생에게 먼저 가르쳐 줘야 하나?

아이가 계속 머뭇거리자 여주인이 대신 말했다.

"천추월(天秋月)이 아이의 이름입니다. 가을의 달처럼 탐스러우라고 아이의 아빠가 지어준 이름이지요."

"아, 좋은 이름입니다."

여주인이 머리 숙여 인사를 하고는 계산대로 돌아갔다.

서문영은 왠지 추월이 남 같지가 않았다. 추월의 부모가 화산파와 관계된 사람일 거라는 생각에서 그랬는지도 모른다.

뭐에 화가 났는지 추월은 볼이 잔뜩 부풀어 있었다.

그 모습이 또 귀여워서 서문영은 추월을 조금 더 골려줄 생각을 했다.

"추월아, 네가 나의 제자가 되기로 하였으니, 너는 이제 나에게 아홉 번의 절을 해야 한다."

"그, 그건, 무림인들이 하는 거 아닌가요?"

"궁극의 경지에 오르면 문무(文武)는 서로 통하는 법, 너는 속히 나에게 아홉 번의 절을 하도록 해라."

"아저씨, 아니, 스승님, 여기 오래 묵을 것도 아니라면서요. 아, 진짜, 왜 그러세요. 아홉 번의 절은 진짜 스승님을 모시고 해야 한다고요."

"그럼 나는 가짜냐?"

추월이 애절한 눈으로 엄마를 바라보았다. 하지만 엄마는 눈을 내리깔고 모른 척하고 있었다.

결국 추월은 아홉 번이나 절을 올려야 했다.

억지로 마지막 절을 마친 추월이 허리에 양손을 척 걸치고 말했다.

"어린애한테 아홉 번이나 절을 받으니까 좋아요? 네?"

"추월아, 긍정적으로 생각하자꾸나. 마냥 억울해 하기보다

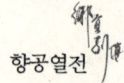

는, 언제고 화산파에 가서 할 일을 미리 연습했다고 생각하면 어떠냐? 그래서 하는 말인데…… 뒤로 갈수록 자세가 무너지더라."

"그 얘기는 다시 하지 마세요!"

"아, 그래, 알았다."

"에잇! 엉터리 스승님 같으니리고! 대림사는 완전 뻥이었죠? 그렇죠?"

"왜? 너도 대림사의 제자가 되고 싶은 거냐?"

"그건…… 음……."

추월이 망설였다.

솔직히 요즘은 검공 덕분에 화산파보다는 대림사가 더 유명했다. 하지만 아빠의 사문인 화산파를 배신할 수는 없었다. 화산파에서 와달라고 하는 사람은 하나도 없지만 말이다.

추월의 얼굴이 어두워지자 서문영이 가볍게 웃음을 터뜨렸다.

"하하, 모두 농담이다, 농담."

"에이! 대림사의 제자도 아니고, 무공도 모르면서 칼은 왜 들고 다녀요! 무림인들이 얼마나 무서운데…… 괜히 남들 흉내 내다가 한방에 훅 가는 수가 있다고요."

"음, 참고하마."

"그런데요, 아저씨, 아니, 스승님 집은 어디에요? 여기서 머니까 객점을 찾아온 거겠죠? 어디예요?"

가을의 달처럼 241

"이 스승님의 집은 말이다……."

서문영이 뭐라고 대답하려는 순간이다.

낡은 문이 조심스럽게 열리는가 싶더니, 대여섯 명의 무림인들이 슬그머니 들어왔다.

눈에 정기가 번득이는 것이 명문(名門)의 고수들이 분명했다.

깜짝 놀란 아이가 벌떡 일어나 입구로 달려 나갔다.

"어, 어서 오세요!"

등에 비슷한 모양의 송문고검(松文古劍)을 찬 검객들은 구석자리로 가서 조용히 앉았다.

계산대에 앉아 있던 여주인의 눈이 부릅떠졌다.

오십대로 보이는 검객들의 옷깃에 그려진 작은 문양은 분명히 하얀 매화였다. 저 태산 같은 기도는 화산파 최고의 고수들이라는 백매화다.

여주인은 애잔한 눈으로 아들을 바라보았다. 아직 어린 아들은 검객들의 기도에 놀라 허둥대고 있었다. 그들이 아빠와 동문(同門)이라는 것을 알았다면 자랑스러워했을 텐데 말이다. 지금의 추월은 난생처음 만난 진짜 무림인들의 기도에 겁을 잔뜩 집어먹고 있었다.

다시 문이 열렸다.

이번에는 황색 가사를 걸친 무승(武僧)들이 다섯이나 들어왔다. 이마에 찍힌 계로 보아 장로급의 인물들이다. 그중 한 사

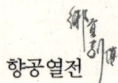
향공열전

람의 얼굴을 살피던 여주인이 자리에서 벌떡 일어섰다.

 잘못 본 게 아니라면 그는 소림사의 장문인 공산선사(空山禪師)다.

 여주인은 봉문한 십대문파가 은밀한 회합을 가지다 보니 이런 곳까지 오게 된 거라고 생각했다.

 사별(死別)한 자신의 남편 천무상(天武常)이 화산파의 후기지수였던 것은 틀림없는 사실이지만, 그를 위해 모일 사람들은 아니었다.

 추월은 입도 벙긋 못하고 부지런히 뛰어다니며 찻물 심부름만 했다.

 끼이익.

 다시 문이 열렸다.

 역시 원로 도사 다섯이 들어와 조용히 자리를 잡았다.

 여주인은 단번에 그들이 무당파의 장로들임을 알아보았다.

 기이한 것은 화산과 소림과 무당의 원로 고수들이 서로를 못 본 척하고 있다는 것이었다.

 '하아! 비밀 회합이 아니었나?'

 여주인은 자리에서 일어나 손님들의 자리로 나아갔다.

 노도사 하나가 나직이 말했다.

 "아무거나 적당한 것으로 내오시게."

 "아, 네……."

 소림사와 무당파에서 주문한 것도 대동소이(大同小異)했다.

그들은 먹는 것에는 관심이 없어 보였다.

'식사를 하기 위함도 아니고, 비밀회합도 아니라면 왜 모인 것일까?'

잠시 생각하던 여주인은 머리를 흔들어 잡념을 떨쳤다.

남편이 죽은 뒤로 무림은 다른 세상이 되지 않았던가! 지금은 어린 아들과 하루 벌어 하루 먹고 살아야 하는 처지였다.

여주인은 급히 주방으로 들어갔다.

　　　　*　　　*　　　*

점심 무렵 혈사문의 심처에 세 사람이 모여 들었다. 소면시마와 혈불, 잔혈검귀였다. 세 사람의 얼굴은 근심과 기대로 뒤범벅되어 있었다.

"마침내 검공이 장안에 들어왔다는 정보가 있소."

소면시마의 말에 혈불이 한숨을 내쉬었다.

"하아! 정말 내키지 않는 일이야…… 누가 봐도 이건 우리를 이용해 서문영을 떠보려는 게 아닌가! 칠대마인이 도구로 사용된다는 것도 우습지만, 문주도 두려워하는 서문영을 왜 우리가 상대해야 하는 건데? 그렇지 않소?"

잔혈검귀가 맥풀린 음성으로 대꾸했다.

"그래도 어쩌겠소? 힘없는 놈이 죄인이지. 우리가 문주에게 당하지 않았다면 천명회의 간판을 내렸겠소? 자중지란(自中之

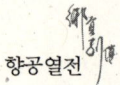
향공열전

亂)만 일어나지 않았어도…… 막판에 독마가 요마를 건드린 게 지랄 맞은 일이지…… 다섯이면 문주도 상대할 수 있었을 것을…… 씨펄! 꼬여도 이렇게 꼬일 수도 있나."

"우리가 할 수 있는 일을 생각합시다. 지금 와서 아쉬워 해 봤자 죽은 자식 부랄 만지는 격이 아니오. 손쓸 수 없는 일은 잊읍시다."

소면시마의 말에 혈불이 차갑게 응수했다.

"모두가 어느 한 늙은 여우의 욕심이 부른 화이지. 요마 다음에는 보나마나 내 차례였겠지? 그럼 나는 문주에게 감사해야 하나?"

"……"

소면시마가 이를 갈며 혈불을 노려보았다. 하지만 지금은 혈불의 도움이 절실했다.

"헐! 그래, 부인하지 않겠다. 요마와 네가 눈엣가시였다. 하지만 그건 너도 마찬가지가 아니냐? 너도 언제나 나를 잡아먹으려고 들었으니까……. 그러니 유치하게 더 물고 늘어지지 말자. 우리 셋이 이번에 손을 잡지 못하면, 마지막 기회도 잃게 될 게다."

"도마의 말씀이 맞소. 혈불, 한번 너그럽게 넘어갑시다. 어차피 이번 일만 지나면 평생 다시 볼일도 없지 않소?"

잔혈검귀는 어떻게든 혈불과 소면시마가 화해하기를 바랐다. 물론 자신도 혈불의 제거를 묵인한 과거가 있지만, 그건 그때의 일이다. 지금은 어떻게든 검공 서문영을 제거하고 혈사문에서 떠나야 했다. 그래야 혈사문의 광기에 휩쓸려 들어가지 않을 것이었다.

"알겠소. 마지막이다 생각하면 무슨 짓인들 못하겠소?"

혈불이 이글거리는 눈으로 소면시마를 노려보았다.

생각 같아서는 당장 목이라도 베고 싶지만 참아야 했다. 무엇보다 당장 소면시마와 정면승부를 벌여서 이길 자신이 없었다.

소면시마가 혈불의 시선을 못 본 척 외면하며 말했다.

"어제부터 소림, 무당, 화산, 개방의 고수들이 장안에서 목격되고 있소. 어쩌면 서문영과 함께 혈사문으로 몰려올지도 모르오."

"아니, 스스로 봉문한 것들이 무슨 염치로?"

잔혈검귀가 기가 막힌다는 표정으로 소면시마를 바라보았다.

"본래 후안무치한 놈들이 아니오. 이번에도 적당한 변명꺼리를 준비해 두었을 것이오."

"한번 봉문 했으면 십 년은 채워야지 거기에 무슨 말이 필요하다고?"

"신경 쓸 것 없소이다. 어차피 말도 안 되는 헛소리 아니겠소? 지금 중요한 건 그놈들이 하산을 했고, 장안에 모여 들었다는 것이외다."

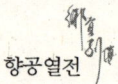
향공열전

잠자코 듣고 있던 혈불이 물었다.

"우리가 놈들을 먼저 칠 수도 있지 않나?"

"애석하게도 남아 있는 인원이 그리 많지 않다. 요마를 따르던 탈명전의 사람들이 조금 남았는데…… 그놈들은…… 우리가 요마를 배신했다고 생각하고 있는지라…… 별 도움이 되지 않는다."

'우리가 아니라 너겠지.'

혈불은 목구멍까지 치밀어 오르는 소리를 꾹 눌러 참았다.

요즘 혈불은 소면시마 하나 때문에 천명회가 망했다고 믿고 있었다. 하지만 시비를 걸지 않고 돕겠다고 했으니 참아야 한다.

혈불은 치밀어 오르는 화를 삭이기 위해 잠시 눈을 감았다.

그런 혈불의 귀로 소면시마의 삭힌 두부 같은 음성이 들려왔다.

"현재 혈사문에 남아 있는 인원은…… 백오십이 전부외다."

"헉! 언제 그렇게 망한 거요? 내외성의 경비단만 해도 꽤 될 터인데."

잔혈검귀는 믿어지지 않는다는 얼굴이었다.

백오십이라면, 천명회의 오대 행동조직 중 고작 하나의 전력이다.

서문영을 제거하라고 내보낸 네 개의 조직이 실종된 것은 공공연한 비밀이었다. 그렇다고 해도, 내외성의 경비단 사백

명은 대체 언제 빠져나갔다는 말인가?

"내외성의 경비단은 문주의 마기를 견디지 못하고 모두 달아났소."

잔혈검귀와 혈불은 한순간 멍한 표정을 지었다. 혈사문을 지키던 놈들이 달아났으니 손쓸 틈도 없었을 것이다. 잘나가던 천명회가 이렇게까지 거덜나다니!

혈불의 입에서 육두문자가 튀어나왔다.

"니미! 좀 제대로 된 마공을 익히지. 그 육시랄 새끼는 어디서 제 문도들 먼저 잡아먹는 걸 얻어와 가지고 이 난리래……."

그렇지 않아도 요즘 들어 꿈자리가 더 사나워졌다. 사방에 가득한 살기를 생각하면 혈사문이 핏속에 잠기는 것도 시간문제 같았다.

세 명의 마인은 서문영을 "어디서?" 그리고 "어떻게?" 상대할 것인가를 두고 열을 올렸다.

하지만 혈사문의 저주는 세 마인의 예상보다 빨리 찾아왔다.

세 마인이 핏대를 세우며 갑론을박(甲論乙駁) 하는 순간에도, 저주는 혈사문을 잠식해 들어가고 있었다. 스스로 살아 움직이는 마기가 중산의 몸에서 흘러나와 혈사문을 뒤덮고 있는 것이다.

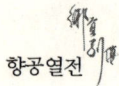
향공열전

　　　　＊　　　＊　　　＊

 낡고 볼품없던 추월객점은 때 아닌 호황으로 몸살을 앓았다.

 처음에는 소림, 무당, 화산파가 투숙하고 있다는 소문이 암암리에 퍼져 나갔다. 일 년 가까이 천명회에 기죽어 지내던 명문 정파의 고수들이 하나 둘씩 객점으로 모여들었다. 그러다 보니 '추월객점의 주인이 명문 정파를 초대하고 있다'고 믿는 사람들이 생겨났다. 그 뒤로 한동안 '추월객점의 주인이 누구인데 명문 정파가 그리로 모여드는가?'에 대한 온갖 설(說)이 난무했다.

 서문영이 추월객점에 투숙한 뒤로 움직이려 하지 않았다.
 그리고 대부분의 시간을 추월에게 글을 가르치는 것으로 보냈다.
 추월도 서문영과 함께 있는 것을 좋아했다. 사실 한자리에 가만히 있지 못하는 추월이 서문영의 곁에 찰싹 붙어 다니는 것은 이유가 있다.
 객점에 무림인들이 들끓으면서 추월은 몸이 무겁다거나, 숨쉬기가 힘들어 헐떡거린 적이 많았다. 그런데 신기하게도 서문영의 곁에 있으면 그런 증상이 씻은 듯 사라졌다. 그 뒤로 추월은 따개비처럼 서문영의 곁에서 떨어지려 하지 않았다.

이틀째 되던 날도 마찬가지다.

추월에게 글을 가르치던 서문영은 식사 시간에 맞춰 식당으로 내려갔다.

여주인이 음식을 내오기 시작할 무렵이다.

서문영이 물끄러미 창밖을 내다보았다.

호기심을 참다못한 추월이 물었다.

"스승님, 여기서 누구 만나기로 했어요?"

"아니, 왜?"

"자꾸 창밖을 내다봐서요."

"나는 창밖으로 지나가는 사람들 구경하는 걸 원래 좋아 한단다."

"쳇! 다른 사람을 몰래 훔쳐보는 건 병이라고 하던데요?"

"허! 이런 녀석을 봤나! 정정당당하게 보는 건 병이 아니니라."

투숙하고 있던 무림인들이 와르르 쏟아져 내려왔다. 그들도 식사 시간에 맞춰 움직이고 있는 것 같았다.

여주인이 부지런히 움직였지만, 기다리는 사람이 점점 늘어났다.

서문영의 곁에 앉아 있던 추월이 엉덩이를 들썩거렸다.

달려가 일손을 돕고 싶은데, 서문영의 곁에서 떠나면 숨이 가빠지니 망설이고 있는 것이다.

"이 녀석, 스승님 식사중인데 똥 마려운 강아지처럼 안절부

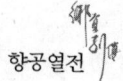
향공열전

절못하네."

추월이 서문영의 귀에 속삭였다.

"음식을 기다리는 손님들이 많잖아요. 무림인들은 성격이 급해서 참지 못하고 소란을 피울 수도 있다고요. 저라도 가서 날라야 하는데……."

서문영도 누가 들을 새라 추월의 귀에 작게 속삭였다.

"걱정 하지 말아라. 여기 있는 사람들은 진짜 무림인들이라 오래 참고 기다려 줄 게다."

"에이, 그걸 스승님이 어떻게 알아요?"

"나는 다 아는 수가 있다."

"쳇! 뭐든지 다 알고, 다 잘한데. 뻥쟁이!"

추월이 혀를 쏙 내밀었다.

서문영이 식당을 휘둘러보았다.

갑자기 늘어난 손님에 비해 일손이 절대적으로 부족해 보였다. 손님은 식당을 꽉 채웠는데, 여주인 혼자서 음식을 만들어 나르고 있었던 것이다.

"아무래도 이 스승님과 함께 네 엄마를 좀 도와야겠다."

추월이 걱정이 가득한 얼굴로 중얼거렸다.

"그런데…… 사람들 속에 있으면 몸이 무겁고 숨쉬기가 힘들어요."

서문영이 추월의 어깨를 가볍게 두드렸다.

"이제는 괜찮을 게다."

추월의 눈이 휘둥그렇게 떠졌다.

스승의 손이 닿는 순간, 뭔가 설명하기 어려운 청량한 기운이 몸 안으로 밀려들어왔던 것이다.

"자, 이제 본격적으로 음식을 날라 볼까?"

서문영이 추월의 손을 잡고 주방으로 향했다.

여주인은 서문영의 도움을 거절하지 않았다. 부끄러움에 얼굴을 심하게 붉혔지만, 감사하다는 말과 함께 몇 번이고 머리를 숙여 보였다.

추월과 서문영이 가세하자 식당은 빠르게 안정을 되찾았다.

아니, 여주인과 추월이 세심히 살피지 못해서 그렇지, 식당은 처음부터 고요했다.

소림, 무당, 화산파의 무림인들은 마치 석상처럼 가만히 앉아 음식이 나오기를 기다리고 있었으니 말이다.

심지어 어떤 이들은 서문영이 음식을 가지고 갈 때마다 눈을 내리깔기까지 했다.

그 바람에 정작 서문영은 가장 늦게 식사를 해야 했다.

서문영이 식사를 마칠 때까지도 식당은 손님으로 가득했다.

식사를 마친 무림인들이 별 맛도 없는 차를 마시며 자리를 지키고 앉아 있었던 까닭이다.

"감사합니다."

여주인이 서문영에게 따뜻한 차를 건네며 거듭 감사의 인사를 했다.

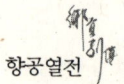
향공열전

"아닙니다. 제자의 집안일인데 나 몰라라 할 수는 없지요."
"그렇게 말씀해 주시니…… 정말 고맙습니다."
여주인의 눈시울이 붉게 변했다.
갑자기 남편을 잃고 홀로 자식을 키우면서 겪었던 어려움이 새삼 떠올랐던 것이다.
덜컹.
고요한 가운데 문짝이 열리는 소리가 제법 크게 들렸다.
거의 동시에 여주인이 계산대로 돌아갔다.
"제수씨, 찾아뵙는 게 늦었습니다."
어딘지 귀에 익은 음성이다. 고개를 들어 올리던 여주인의 얼굴이 환하게 밝아졌다. 그는 고인(故人)이 된 남편의 사형(師兄)이었다.
"아니에요. 어서 오세요. 추월아, 백부(伯父)님께 인사드려야지."
기다렸다는 듯 추월이 달려 나갔다. 눈이 빠지도록 기다리던 화산파의 백부가 아니던가!
"히힛! 백부님! 어서 오세요!"
"그래, 그래, 여전히 건강하구나."
반가운 말과 달리 추월의 머리를 쓰다듬는 사내의 표정은 어두웠다.
이 작은 객점의 식당에 무림인들이 가득하니 무슨 일인가 싶었던 것이다.

"손님이 많군요. 헛!"

추월의 자랑스러운 백부이자, 강호에서 매화오절(梅花五絶)의 일인으로 불리는 한명주가 급히 구석으로 달려갔다.

다섯 명의 화산파 장로가 앉아 있는 자리였다.

한명주가 급히 고개를 숙였다.

"장로님들, 한명주가 인사 올립니다."

장로 중 하나가 손사래를 치며 말을 막았다.

"객점의 여주인을 알고 있느냐?"

"예, 사제(師弟)의 안사람입니다."

"네 사제가 누구더냐?"

"지난해에 사망한…… 무영검(無影劍) 천무상(天武常)입니다."

"아! 신책군의 무공교두로 파견 나가 있다가 지원 왔다던…… 그 아이 말이냐?"

장로의 얼굴에 안타까운 빛이 스치고 지나갔다.

천명회에 단심맹을 내어주던 그 새벽의 혈사(血史)가 떠오른 것이다. 그날 절반에 가까운 제자가 죽었는데, 무영검도 그중 하나였다.

"그렇습니다. 저 여주인이 바로 무영검 사제의…… 미망인(未亡人)입니다. 반년 전에 객점을 운영한다는 소식을 듣고…… 스승님께서 현판을 직접 만들어 주셨습니다."

공교롭게도 한명주와 무영검의 스승은 절영운검 상무극이

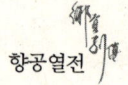
향공열전

다. 그러니 서문영이 감탄한 그 현판에는 절영운검의 애통한 심정이 담겨 있었던 셈이다.

"너는 고인이 된 무영검에게 독자(獨子)가 있다는 것을 왜 원로원에 알리지 않았느냐? 그런 아이가 있었다면 마땅히 본문에서 제자로 거두어 줬어야지. 아무리 봉문(封門) 중이라고 해도...... 문도(門徒)를 돌보는 게 우선이거늘......"

장로의 질책에 한명주가 조심스럽게 답했다.

"실은 이미 오래전에 알려 드렸으나...... 본산 제자들의 혈육만으로도 자리가 없다고 하여, 차례를 기다리던 중입니다."

"쯧! 이미 늦었느니라."

"예? 늦었다니요?"

"그 아이는 벌써 스승을 정했느니라."

"아!"

한명주가 안타까운 표정으로 추월을 바라보았다.

장로의 말이 청천벽력(靑天霹靂) 같기는 당사자인 추월과 여주인에게도 마찬가지였다.

화산파의 장로가 제자로 거두었어야 한다고 할 때까지는 좋았다. 그런데 곧바로 벌써 스승을 정했다고 거절하니 미치고 팔짝 뛸 일이었다.

추월이 한명주에게로 달려가 소리쳤다.

"백부님! 저는 아직 스승님이 없습니다!"

한명주가 황당한 표정으로 추월과 장로를 번갈아 바라보았다.

장로는 얼굴을 붉히며 고개를 설레설레 흔들었다.

"허어! 어찌 무영검의 아들이 이리도 경망스럽단 말이냐. 너에게 스승이 있는 것을 이미 보았거늘…… 아무리 나이가 어리다 해도 그렇지…… 함부로 입을 놀려서는 안 된다."

장로는 추월이 순간적인 감정에 이끌려 검공에게 큰 죄를 짓고 있다고 생각했다. 눈앞에 화산파 사람들이 많다 보니 아무것도 모르는 어린것의 마음이 살짝 흔들린 것이리라.

추월은 돌아가는 상황을 이해하지 못하고 멍하니 서 있기만 했다.

분명히 무술의 스승은 모신 적이 없는데, 화산파의 장로 할아버지는 있다고 하면서 야단까지 치니 혼란스러웠던 것이다.

보다 못한 여주인이 추월을 보듬어 안으며 말했다.

"장로님, 월아는 지금까지 무술 스승을 모신 적이 없습니다. 아무래도 저분 때문에 오해가 생긴 모양인데…… 저분은…… 월아에게 글을 가르쳐 주시는 글 스승이십니다."

여주인은 이 순간 서생이 월아에게 구배지례(九拜之禮)를 올리라고 했을 때 막지 못한 것을 후회했다.

그때는 서생이 월아를 골탕 먹이기 위해 장난을 치고 있다고 생각했다.

그런데 만약 그 일까지 알려지게 되면 화산파의 입문에 걸림돌이 될 수도 있었다.

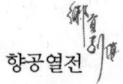

순간 한명주의 입에서 "헉!" 소리가 흘러나왔다.

제수씨가 글 스승이라고 가리키고 있던 사람이 검공 서문영이었으니 놀라지 않을 수가 없었던 것이다.

…….

일순간 적막이 흘렀다.

한명주는 이 상황을 어떻게 해석해야 할지 몰라 눈만 끔뻑였다.

화산파의 장로들 역시 난처하기는 마찬가지다. 천하제일인이라고 알려진 검공 서문영을 글 스승으로 모셨다니?

한명주가 막 검공 서문영에게 인사를 하려는 순간이다.

덜커덩.

거칠게 문짝이 열리며 한 무더기의 구질구질한 사람들이 들어왔다. 그들은 육지신개를 필두로 하는 개방의 고수들이었다.

육지신개가 서문영의 앞으로 뚜벅뚜벅 걸어가서는 다짜고짜 허리를 숙였다.

"검공! 아무쪼록 저의 무례를 용서해 주십시오. 검공께서 추월객점에 계시다는 소문을 저분들에게 흘린 사람이 바로 접니다."

"……."

서문영은 묵묵히 고개를 끄덕였다.

갑자기 십대문파 사람들이 몰려들 때 그랬을 거라는 생각은 했다.

서문영이 육지신개를 지그시 바라보았다. 봉문 중인 십대문파 사람들에게 그런 소문을 낸 이유를 알고 싶었던 것이다.

제9장

협객(俠客)은 있다

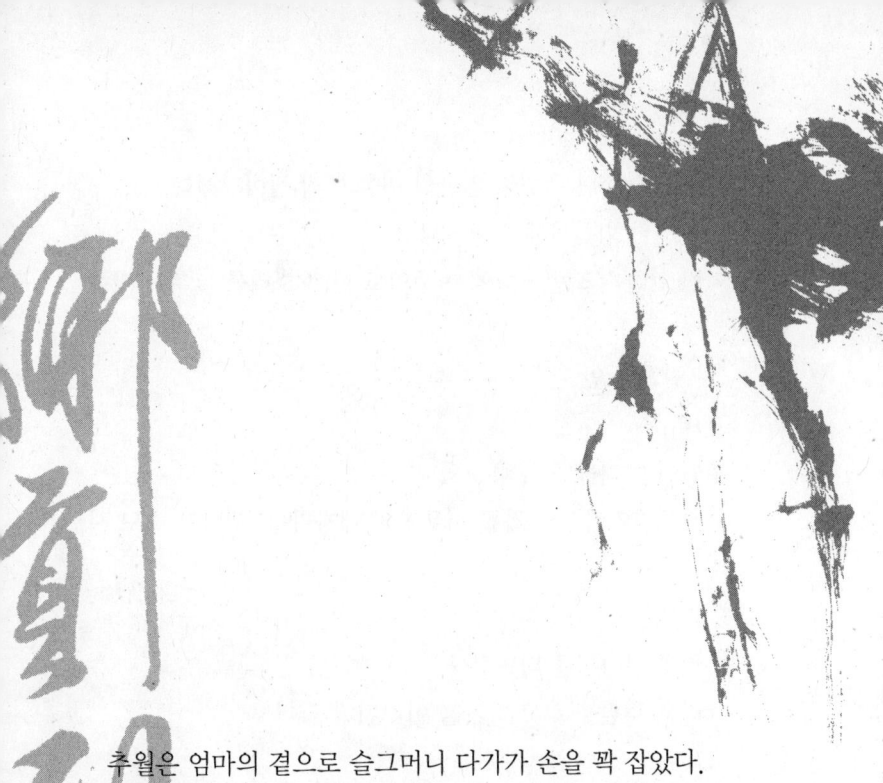

 추월은 엄마의 곁으로 슬그머니 다가가 손을 꽉 잡았다.
 멀리서 늙은 거지가 일장 연설을 하고 있었다.
 그 앞에서 묵묵히 듣고 있는 사람은 자신이 마음껏 무시하던 젊은 서생이다.
 그런데 객점에 모인 진짜 무림인들은 젊은 서생의 얼굴에 온 정신을 집중하고 있었다.
 서생이 눈을 찡그리면 다들 숨소리조차 내지 않았고, 서생이 온화한 미소를 지으면 다들 함께 웃는다.
 소림사의 장문인부터, 화산파와 무당파의 장로 할아버지들도 마찬가지였다.

눈을 반짝이던 추월이 엄마의 귀를 살짝 잡아당겼다.
"엄마, 나 화산파에 가야 돼?"
어린 아들의 소곤거림에 여주인도 한껏 소리를 낮추어 답했다.
"나 같으면 안 가."
"히히."
추월이 어깨를 으쓱해 보였다.
천하제일인이라는 검공 서문영의 제자라니! 생각만 해도 신나지 않은가!
"에헴!"
추월이 헛기침을 터뜨렸다.
그리고 뒷짐을 지고 창가를 이리저리 걸어 다녔다.
"풉!"
여주인이 황급히 손으로 입을 막았다.
서문영의 행동을 흉내 내고 있는 어린 아들을 보고 있자니, 자꾸만 웃음이 터져 나오려고 했다.

"……그런 이유로 지난 일 년간 천하가 도탄에 빠졌다고 과장하지는 않겠습니다. 하지만 혈사문은, 공께서도 아시다시피 천명회와는 또 다른 집단입니다. 혈사문은 어제부로 폐쇄되었습니다. 그곳에서 탈출하는 사람도 더 이상 없습니다. 삼백 년 전의 혈사가 반복되고 있는 것입니다. 공께서 이곳에서 시간

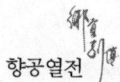
향공열전

을 보낸 것은, 때를 기다린 것이겠지요?"

서문영이 고개를 끄덕였다.

피해를 최소화하기 위해서 마기가 최고조에 이르기만을 기다렸다. 어설픈 마두들은 쌓이는 마기를 견디지 못하고 미치거나, 달아났다. 마지막까지 혈사문에 남아 있는 사람은 몇 안 되는 마인 중의 마인. 쭉정이를 털어냈으니 악마들을 제거하는 일만 남은 셈이다.

"십대문파는 다시 단심맹과 같은 것을 만들지 않기로 했습니다. 이곳에 나온 문파도 인근에 있는 소림, 무당, 화산, 개방이 전부입니다. 우리는 혈사문의 외곽을 봉쇄하여, 공께서 마기를 정화시킬 때까지, 일체의 출입을 금지시킬 것입니다."

"그리고요?"

서문영이 육지신개와 소림사 장문인을 번갈아 바라보았다. 단지 "봉쇄해주겠다"는 말을 하기 위해 지난 이틀간 눈치를 본 것은 아닐 것이었다.

"검공과 함께. 혈사문을 정화시키고 싶습니다."

"봉쇄뿐 아니라 제거에도 동참하고 싶다는 말씀입니까?"

"그렇습니다."

"하지만 중산의 마기는 보통 사람이 감당하기 어렵습니다."

"처음부터가 아니라도 좋습니다. 마무리라도 동참할 수 있게 해 주십시오."

"굳이 번거로운 일을 하려는 이유가 있습니까?"

서문영은 육지신개의 말을 이해하기 어려웠다. 혈사문을 제거하면 더 이상 십대문파를 괴롭힐 단체도 없는데, 왜 위험한 일에 나서려고 하는 것일까?

"그것은 십대문파를 봉문시킨 주체가 혈사문의 전신(前身)인 천명회인 까닭입니다. 천명회가 사라진 지금, 혈사문이라도 우리 손으로 제거해야 합니다. 그것마저 할 수 없다면…… 스스로 봉문을 풀고 하산한 십대문파를 천하가 조롱할 것이기 때문입니다."

말을 마친 육지신개가 뜨거운 눈으로 서문영을 바라보았다. 서문영이 미미하게 고개를 끄덕였다.

"여러분의 뜻은 잘 알았습니다."

결국 체면 때문에라도 혈사문의 괴멸에 직접 관여해야 한다는 말이었다. 천명회에 밀려 봉문했다가 다시 세상에 나온 십대문파의 입장을 이해 못할 바도 아니다.

육지신개와 소림사의 장문인, 화산파의 장로들이 한데 모여 뭔가를 상의하기 시작했다.

이야기가 끝난 듯하자 한명주가 서문영에게 다가갔다.

"검공께서 여기에 계신 줄은 몰랐습니다."

"하하, 저도 이곳에서 한 소협을 뵙게 될 줄은 몰랐네요. 그런데 월아의 선친이 무영검이시라고 하던데…… 사실입니까?"

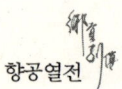
향공열전

"예, 검공께서도 사제와 만난 적이 있으시지요?"
"물론입니다. 어쩐지 월아를 보는데 낯설지가 않더라고요."
"그래서 제자로 거두신 건가요?"
"이것도 인연이 아니겠습니까? 부족하지만 잘 가르쳐볼 생각입니다."
"어이쿠! 그런 말씀 마십시오. 검공께 배우고 싶은 사람이 어디 한둘인 줄 아십니까?"

한명주가 멀찍이 서서 눈치를 살피고 있는 추월을 불렀다.
"월아야, 이제는 너도 알겠지만 네 앞에 계신 분은 대명(大名)이 자자한 검공 대협이시다. 네 부친이 살아서 오늘의 모습을 봤다면 좋았을 것을…… 아니다. 생각해 보니 네 부친의 음덕(蔭德)이 아니면 어림도 없는 일이었겠다. 하여튼 앞으로 스승님의 말씀 잘 듣도록 해라."
"예."
추월이 공손히 대답했다.
서문영이 갑자기 점잖은 체하는 추월에게 말했다.
"이 녀석아, 내가 오래전에 너의 부친과 교분을 나누었으니, 너와는 남이라고 할 수가 없다. 그러니 평소처럼 행동하도록 해라."
"헤헤, 알겠습니다 스승님."
"스승을 모신 적 없다는 녀석의 입에서 잘도 스승님 소리가 나오는구나."

"그, 그거야…… 엄마가 스승님을 서생이라고 해서……."

멀리서 듣고 있던 여주인이 황급히 다가와 허리를 조아렸다.

"보는 눈이 부족해 검공님이라는 것을 모르고…… 실수를 많이 했습니다. 아무쪼록 넓으신 아량으로 용서해 주시기 바랍니다."

"하하, 아닙니다. 제자의 모친이시니 저에게도 가족이나 마찬가지입니다. 제 앞에서 자신을 너무 낮추지 마시기 바랍니다."

"그래도…… 어찌 감히……."

"허어, 자꾸 그러시면 월아에게 나쁜 것만 잔뜩 가르쳐 줄 수도 있습니다."

"하아! 알겠습니다. 그렇게 하지요."

여주인의 입에서 한숨이 흘러나왔다.

서문영의 성정(性情)이 아무래도 보통 사람과 조금 다르다는 생각이 든다. 처음부터 추월이 따르는 것을 보면, 아무래도 둘이 통하는 게 많은 모양이다. 이제 추월에 대한 걱정을 덜었다고 생각하니 괜히 가슴이 찡하고 떨렸다.

여주인이 추월의 머리를 쓰다듬으며 말했다.

"아직은 까불기만 하는 어린아이입니다. 검공님께서 쓸 만한 사람으로 이끌어 주시면…… 죽어서도 은혜를 잊지 않겠습니다."

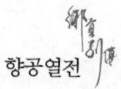
향공열전

자식을 목숨처럼 아끼는 어머니의 진심어린 마음이 전해진다. 서문영은 염려 말라는 듯 고개를 세차게 끄덕였다.

* * *

"크흐흐……."
전신에 피칠갑을 한 노인 하나가 전각의 지붕 위로 솟구쳐 올랐다.
노인의 두 손에서 피가 뚝뚝 떨어져 내렸다. 하지만 그 피는 노인의 것이 아니었다.
멀리서 강렬한 기파가 느껴진다.
노인이 시선을 돌렸다.
콰지직.
전각의 지붕이 박살나는가 싶더니 역시 피에 젖은 신형 하나가 지붕 위로 솟구쳤다.
핏발선 눈으로 새로 등장한 상대를 노려보던 노인, 소면시마가 다른 편 전각으로 날아갔다.
소면시마의 입술에서 뜻 모를 중얼거림이 흘러나왔다.
어린 시절 머리맡에 앉아 있던 누군가가 불러주던 노래다.
그나마 기억이 선명하지 못해 툭툭 끊기고, 제멋대로 가사가 더해져서 종국에는 말도 안 되는 그런 기이한 노래였다.

협객(俠客)은 있다 267

잔혈검귀의 눈이 멀어져 가는 소면시마에게 꽂혔다.

잔혈검귀 역시 소면시마를 뒤쫓지 않았다. 아직 곳곳에서 미약한 생기가 느껴진 까닭이다.

"역시 껄끄러운 것들부터 정리하는 게 낫겠지……."

중산과 소면시마, 혈불을 죽여야 혈사문에서 벗어날 수 있다. 하지만 다른 둘이 어디서 지켜보고 있는지 모르는 지금, 먼저 힘을 뺄 수는 없다. 게다가 아직은 문주가 수족(手足)처럼 부리는 잔챙이들이 너무 많이 남아 있었다.

잔혈검귀가 가볍게 검을 휘둘러 검신에 맺혔던 피를 털어냈다.

핏방울이 바닥에 닿기도 전에 잔혈검귀는 다른 먹이를 찾기 위해 몸을 날리고 있었다.

"끄윽!"

탈명전의 마지막 생존자 파천혈부(破天血斧)의 입에서 기이한 신음이 흘러나왔다.

혈불이 생기가 사라져 가는 파천혈부의 귓가에 입을 대고 속삭였다.

"엘리엘리 라마 삼약 삼보리 다라니……."

그것은 '성자시여 위대한 바른 지혜를 드러내주소서'라는 라마교의 진언(眞言)이었다.

진언을 마친 혈불이 손아귀에 힘을 더했다.

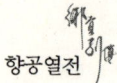
향공열전

빠득.

파천혈부의 목이 뒤로 완전히 꺾였다.

혈불의 입에서 한숨이 흘러나왔다.

바른길은 어디에 있단 말인가.

문득 혈불의 핏발선 눈이 밖으로 향했다.

아침부터 쉬지 않고 외운 진언의 효과일까? 멀리서 누군가 부르고 있었다.

흔한 착각이 아니다.

거부할 수 없는 부름에 심장이 펄떡거렸다.

"드디어…… 보살의 현신(現身)인가?"

혈불이 전각 밖으로 천천히 걸어 나갔다.

혈불의 걸음마다 붉은 발자국이 선명하게 남았다.

* * *

보국왕(保國王) 이진(李珍)이 복잡한 표정으로 창밖을 내다보았다.

아직 한낮임에도 불구하고 하늘은 어두웠다. 그냥 어두운 게 아니다. 마치 저녁노을이 지고 있는 것처럼 붉게 물들어 있다.

하늘 저편에서 붉은 기운이 구름처럼 일어나 대지를 덮어가고 있었다.

"쯧, 화운비가 쓸데없는 짓을 벌였군."

자신의 소임을 끝냈으면 유계(幽界)로 돌아갔어야 하는데, 가기 전에 장난을 친 모양이다.

"귀찮게 됐어…… 중산의 혈마기공이 조화경(造化境)에 이를 줄이야……."

혈마는 물론 마제 화운비도 조화경에는 이르지 못했다. 그런데 엉뚱하게 중산이 조화경에 이르다니?

"아! 그런 것이었는가!"

보국왕의 입에서 탄성이 흘러나왔다.

"과연, 중산이 화운비의 마기를 흡수했다면……."

혈마기공의 시조(始祖)라고 할 수 있는 혈마의 마기를 화운비가 받아들였다. 그런 화운비의 마기를 다시 중산이 흡수했다면…… 중산에게는 화운비와 혈마의 마기가 전해졌다는 뜻이 된다. 그들의 마기가 중산에게 완전히 녹아든다면 조화경도 가능할 것이었다.

"그래도 너무 빠르군……."

중산이 화운비의 경지에 도달하려면 적어도 십 년은 걸릴 줄 알았다.

그런데 고작 일 년 만에 화운비도 이르지 못한 조화경이라니?

예상치 못한 결과다.

'이대로라면 황성(皇城)도 위험하다.'

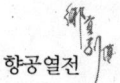
향공열전

복도를 오가는 사람들의 움직임은 아침부터 신경질적이었다. 만약 여기서 조금만 더 진행된다면, 어떤 참사가 벌어질지 모른다. 가뜩이나 황궁을 드나드는 사람들에게는 정적(政敵)이 많았다. 황족은 물론 고관대작, 내관, 궁녀에 이르기까지 예외는 없다. 그런 황궁에서 혈사문의 일이 재현된다면? 그 뒤로는 생각하고 싶지도 않았다. 나라가 망한다.

보국왕이 자리에서 일어섰다.

"밖에 누가 있느냐."

"예! 전하! 소장(小將) 곽거인(郭巨刃)이 있사옵니다!"

"소장 임지산(林智山)도 함께 있사옵니다!"

두 사람 모두 보국왕을 그림자처럼 따르는 어림친위군의 부장(部將)이었다.

"임지산은 즉시 관억(寬抑)에게 가서 전하라. 금룡대(金龍隊)로 황궁의 외곽을 철통같이 경계하여 출입하는 사람이 없게 하라고!"

"부장 임지산 명을 받들겠사옵니다!"

임지산이 대답과 함께 바람처럼 사라졌다.

"곽거인은 어림친위군의 출병(出兵)을 준비하라!"

"소장 곽거인 명을 받들겠사옵니다!"

곽거인 역시 꺼지듯 사라졌다.

보국왕 이진이 한쪽으로 손을 뻗자, 벽에 걸려있던 보검(寶劍)이 손바닥으로 빨려 들었다.

"일 년 만의 재회가 성사될지도 모르겠군……."

사흘 전 서문영이 장안에 왔다는 소식을 접했을 때, 그가 곧바로 자신을 찾아올 거라고 생각했다. 하지만 서문영은 오지 않았다. 뜻밖에도 서문영은 중산을 노리고 있었다. 자신처럼 서문영 역시 운명의 상대를 아껴두고 싶었던 모양이다.

"좋은 곳에서 만나고 싶었는데."

어림친위군의 훈련을 핑계로 들로 산으로 나돈 것도 그런 이유에서다. 검공과 보국왕의 충돌은 비밀이어야 한다. 그게 한때 아끼던 국가적인 인재 서문영을 향한 마지막 배려였다. 그런데 혈사문 때문에 모든 계획이 수포로 돌아가고 말았다.

"나라가 먼저다……."

'스르릉' 하는 청명한 소리와 함께 눈부신 검신(劍身)이 모습을 드러냈다.

검신을 보듬던 보국왕 이진의 눈빛이 흔들렸다.

법륜(法輪)의 계승자는 불구대천(不俱戴天)의 원수가 아니다. 그저 음양(陰陽)처럼 서인(書印; 사자의 서와 불사의 인)의 반대에 서 있는 존재일 뿐이다.

대체 어디서부터 잘못 된 것일까?

다시 살려낸 독고현은 서문영을 두려워했다.

화운비와 십팔나한은 서문영의 시선을 회피하지 않았다. 오히려 뚫어져라 노려보며 투지를 불태웠다. 그런데 하필 독고현은, 서문영과 함께 살아 보라고 불러낸 독고현은, 마치 고양

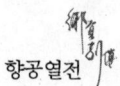
향공열전

이 앞의 쥐처럼 서문영과 눈도 마주치지 못했다고 한다.

서문영의 고통과 분노는 굳이 수하들의 보고를 통하지 않아도 알 수 있었다.

선의(善意)로 귀한 선물을 보냈는데, 그게 상대에게는 지상 최고의 저주가 되고 만 것이다.

"사람이 계획할지라도 그것을 이루는 것은 하늘이란 말인가……."

보국왕 이진이 맨손으로 검신을 움켜잡았다.

검날을 타고 붉은 핏방울이 흘러내렸다.

잠시 후 보국왕 이진은 무심한 얼굴로 착검(着劍)했다.

운명이 그렇다면 어울러 줄 밖에.

* * *

두두두두.

지축을 울리는 소리와 함께 수백의 군마(軍馬)가 장안대로(長安大路)를 달렸다.

나부끼는 깃발에 적힌 글은 어림친위군(御臨親衛軍). 바로 보국왕 이진의 명령만 따른다는 대륙 최강의 군대라는 뜻이다.

핏빛으로 물든 하늘을 불안한 눈으로 바라보던 백성들은 손을 흔들며 환호했다.

어림친위군이 괴상한 일을 끝장 내줄 것을 굳게 믿는 표정들이다.

질풍처럼 등장한 어림친위군은 혈사문을 이중 삼중으로 에워쌌다.

눈 깜짝 할 사이에 혈사문으로 통하는 모든 길이 봉쇄되었다.

보국왕 이진이 고개를 끄덕였다.

순간 다섯 명의 부장(部將)이 달려 나가 혈사문의 정문을 단숨에 때려 부쉈다.

파괴된 정문에서 보이는 혈사문의 내부는 온통 붉은 기운으로 넘실거렸다.

"이건 마치…… 지옥의 입구 같구나."

중얼거리던 보국왕 이진이 안으로 성큼 성큼 들어갔다.

갑옷에 항마부적(降魔符籍)을 붙인 다섯 명의 부장이 그 뒤를 따랐다.

곧이어 붉은 안개가 혈사문의 입구를 차단했다.

　　　　　　*　　*　　*

정오 무렵, 서문영이 객점을 나섰다.

서문영의 뒤로 소림, 무당, 화산, 개방의 고수 오십여 명이

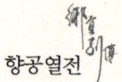
향공열전

조용히 따라갔다.

 보는 사람의 눈을 의심하게 만드는 일은 그것으로 끝이 아니었다.

 어디서 나타났는지 무림지사들이 하나 둘씩 합류하기 시작한 것이다.

 마침내 서문영이 혈사문이 바라다 보이는 대로에 섰을 때, 그의 뒤로는 무려 오백여 명의 고수들이 따르고 있었다.

 공산선사(空山禪師)의 입에서 나직한 불호(佛號)가 흘러나왔다.

 "나무아미타불······."

 언젠가 서문영이 했던 말이 그대로 이루어지고 있었다. 이기적인 사람들이기에 불가능할 거라는 그 일이 말이다.

"단심맹이 혼탁한 세상에서 협의(俠義)를 수호하는 담장 역할을 해오지 않았소? 여기서 단심맹이 무너지면 정의(正義)도 함께 무너지게 되는 것이외다. 천하의 경영이 패악무도(悖惡無道)한 사파의 손에 넘어간다면 백성들의 고통만 심해질 뿐이오!"

"선사님, 천하 경영에 대한 말씀은 잘 들었습니다. 허나 천하는 양도(讓渡)할 수도, 양도받을 수도 없는 것입니다. 천하의 주인을 누가 정해주었습니까? 천하는, 그저 여러 사람들이 어우러져 살아가는 곳, 그 이상도 이하도 아니라고 생각합니다."

"해서, 단심맹은 자격이 없다는 말씀이시오?"

"오늘날 십대문파가 무림지사들의 신망을 잃어 설 자리가 줄어들었다면…… 안타깝지만 현실을 받아들여야 할 줄로 압니다. 그리고 염려하시는 것처럼 천명회가 해악(害惡)을 끼치면…… 천하의 협객들이 들고 일어나 바로잡을 거라 믿습니다."

"허어! 우리가 신망을 잃은 것은 사실이오. 그러나 설혹 십대문파가 단심맹으로 제 잇속을 챙겼다 해도, 다른 사람들이 해결사를 자처하고 나서서 해먹었을 것에 비하면 아무것도 아닐 것이오. 그리고 협객들이 바로잡을 거라니? 단심맹이 할 수 없는 일을 누가 할 수 있다는 말씀이시오? 검공의 말씀은 단지 이상(理想)일 뿐이외다. 백성과 협객들이라고 이기적인 마음이 없겠소이까? 누가 자신의 안위를 돌보지 않고 천명회를 치죄(治罪)할 수 있단 말이오?"

일 년 전의 악몽 같던 그날, 서문영에게 "자신의 안위를 돌보지 않고 악의 세력을 치죄(治罪)할 사람은 없다"고 단언했다.

하지만 지금 묵묵히 서문영의 뒤를 따르고 있는 사람들은 무림지사들이다.

단심맹이 풍전등화(風前燈火)의 위기에서 애타게 찾을 때 외면하던 그 사람들이, 지금은 누가 부르지도 않았는데 제 발로 찾아온 것이다.

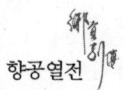
향공열전

"만약 천명회가 백성들에게 해악을 끼친다면, 소생의
손으로 그들을 치죄할 것입니다."

그날 검공이 토해낸 말이 귀에 쟁쟁쟁 울리는 듯했다.
그리고 천하가 마기에 뒤덮인 오늘, 검공은 한 자루 금강검을 들고 나타났다.
다른 사람들에게 도와 달라는 말도 없었다. 혼자 알아서 할 테니 그냥 내버려 두라는 듯, 그렇게 불쑥 몸을 드러낸 것이다.

오래전 자신은 그런 서문영에게 좁은 속을 그대로 드러냈었다.

"기억해 두시오. 언제고 단심맹이 아니라 천하를 위해
검을 뽑아야 할 날이 올 것이오. 그때 검공이 어떻게 할
지, 우리는 지켜볼 것이오."

공산선사의 얼굴이 붉게 달아올랐다.
확실히 서문영은 십대문파 사람들과 달랐다. 누군가를 핍박하지도 않았고, 선동하지도 않았으며, 남을 이용해 먹지도 않았다.
이제야 서문영이 경계한 게 무엇인지 알 것 같았다.
그가 가장 두려워한 것은 어쩌면 수많은 얼굴을 가진 인간

본성(人間本性)인지도 모른다.

"검공, 물러서지 마시오."

공산선사가 혼잣말처럼 중얼거렸다.

누구 한 사람만이라도, 올곧은 길을 가주면 좋겠다는 생각이 든다. 다행히 여기에는 검공이 있다. 보통 사람은 엄두도 내지 못할, 험한 길을 가고 있는 검공이 있다.

그런 검공의 곁에 서 있는 자신이 뿌듯하게 느껴졌다. 아마 다른 무림지사들도 그런 마음으로 검공과 어깨를 나란히 하고 있는 것이리라.

* * *

"머, 멈추시오!"

중갑으로 무장한 무관(武官)이 서문영의 앞을 막아섰다.

서문영이 무관과 그 뒤에 도열해 있는 금군(禁軍)을 쓸어 보았다.

"그대는 누군가?"

"나, 나는…… 어림친위군의 별장(別將) 이시백(李詩伯)이오."

"그렇군. 이 별장, 나 서문영이오."

이시백의 목울대로 마른침이 꿀꺽 넘어갔다. 상대가 누군지는 이미 알고 있다. 하지만 자신은 지금 군령에 의해 경계를

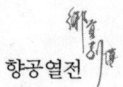
향공열전

책임지고 있는 몸.

이시백이 아랫배에 힘을 주며 말했다.

"소장은 보국왕 전하(殿下)의 명으로 일대의 경계를 맡고 있습니다. 어쩐 일이십니까?"

"이 별장."

"옛!"

"그대도 이 불길한 기운이 느껴지는가?"

"예? 옛!"

이시백이 불안한 표정으로 서문영을 바라보았다. 그렇지 않아도 뭔가 일어날 것만 같은 느낌에 머리가 주뼛주뼛 서던 참이다.

"보국왕 전하는 물론 장안의 백성들까지 위태롭게 되었다. 내가 들어가지 않으면 안 된다. 이 별장! 내 말을 이해했나!"

이시백이 화들짝 놀란 얼굴로 답했다.

"예! 장군님! 어서 가십시오! 보국왕 전하와 백성들을 구해 주십시오!"

"그래, 수고해라."

"충(忠)!"

이시백이 습관적으로 군례(軍禮)를 올렸다.

서문영이 빙긋 웃어 보이고 금군들 사이를 통과했다.

물론 그들의 지휘관인 보국왕을 위태롭게 할 일은 자신이 벌이겠지만, 이런 일에는 융통성이 필요한 법이 아닌가!

처처척.

서문영이 지날 때마다 금군들까지 병장기를 바로 들어 군례를 올렸다.

수백 개의 박도(朴刀)와 장창(長槍)이 파도처럼 일렁였다. 전신(戰神)에 대한 병사들의 존경심이 장관을 연출하고 있었다.

* * *

보국왕 이진이 다섯 명의 부장을 데리고 간 것은 비상시를 대비해서였다.

어림친위군과 금룡대에 수시로 연락을 해야 하는데, 전령으로 삼기에 부장들만 한 적임자가 없었다. 물론 전장을 누비던 장수들에게 시킬 만한 일은 아니지만 말이다.

하지만 보국왕의 계획에 초반부터 문제가 생겼다.

부장들의 갑옷에 붙인 항마부적의 주사가 녹아내린 것이다.

그 사실을 알게 된 건 주소천(周小川)의 숨결이 거칠어진 뒤였다.

"멈춰라!"

말과 함께 보국왕 이진이 주소천에게로 갔다.

주소천이 의아한 눈으로 보국왕 이진을 바라보았다.

"너, 숨이 거칠다. 알고 있느냐?"

"그, 그렇습니까? 몰랐습니다."

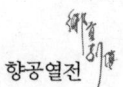
향공열전

보국왕 이진이 주소천의 몸을 살폈다.
"으음!"
보국왕 이진의 입에서 신음이 흘러나왔다.
지금 보니 주소천의 갑옷에 붙인 부적의 절반이 지워져 있다. 강렬한 마기가 부적의 주사(朱沙)까지도 녹이고 있었던 것이다.
"모두 가까이 오라."
네 명의 부장이 보국왕 이진의 곁으로 다가갔다.
보국왕 이진의 눈살이 찡그려졌다. 아니나 다를까? 다른 부장들의 부적에 쓰인 글자도 절반이 녹아 든 상태였다.
"너희들의 갑옷에 붙인 항마부적의 글자가 녹고 있다. 지금 즉시 혈사문의 밖으로 물러가도록 해라."
뜻밖의 명에 다섯 명의 부장들이 머뭇거렸다. 이 지옥 같은 곳에 보국왕 혼자만 남기고 떠난다는 것이 내키지 않았던 것이다.
보국왕 이진이 피식 웃으며 말했다.
"내 몸에는 너희들의 항마부적 이상의 항마주가 적혀 있으니 걱정할 것 없다. 주문이 다 녹기 전에 빠져나가야 하니, 속히 떠나도록 해라!"
"전하! 보중(保重)하시옵소서!"
위기를 느낀 부장들이 황급히 물러났다.
곧이어 붉은 마기가 부장들의 몸을 집어삼켰다.

보국왕 이진의 입에서 한숨이 흘러나왔다.

　저들이 무사히 혈사문을 빠져나갈 수 있을까? 이렇게 한치 앞도 내다볼 수 없는 붉은 마기를 뚫고?

　울컥하고 화가 치밀어 오른 보국왕 이진이 소리를 버럭 내질렀다.

　"중산! 이 미친놈아! 혈마나 화운비도 마력을 이렇게 방사(放射)하지는 않았다! 아주 대놓고 수하들을 잡았구나!"

　과거의 혈마와 화운비는 운공조식을 하던 중에 마기를 방사했다.

　그건 자신들도 모르는 가운데 일어난 일이었다. 그 일로 두 사람은 식솔들을 모두 잃었고, 그 고통을 견디지 못해 결국 자살하고 말았다.

　그런데 지금 중산이란 놈은 자신의 의지로 마기를 방사하고 있었다. 마기에 중독된 사람들이 무슨 짓을 저지르는지 알고 있을 게 분명한데 말이다.

　붉은 안개 너머에서 괴소가 들려왔다.

　"크크크크! 내가 누구인지 아는 것 같은데…… 실로 대범한 늙은이로구나. 이곳에는 처음부터 나의 수하가 없었다. 어차피 죽을 목숨, 조금 앞당겨 줬을 뿐이다."

　"그러냐? 그렇다면 어차피 죽을 네놈의 목숨, 본왕이 조금 앞당겨 줄 테니 나서거랏!"

　"혹시 네놈이 황실과 무림을 오가며 신비한 척한다는 보국

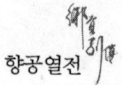
향공열전

왕 이진이냐?"
 "천한 놈이 어디서 감히 본왕의 이름을 입에 담느냐!"
 "크흐흐! 정말 보국왕 이진이었구나. 그런데 네놈이 어떻게 혈마와 화운비의 마력방사를 알고 있느냐? 그들은 모두 수백 년 전의 사람들이거늘."
 "천한 놈아! 알고 싶으냐? 그렇다면 모습을 드러내라!"
 순간 보국왕 이진의 등 뒤에서 보검이 솟아올랐다.
 이진이 오른손의 검결지(劍訣指)를 앞으로 뻗었다.
 쉬이이익.
 빛에 휩싸인 보검이 붉은 안개 속으로 번개처럼 날아갔다.
 쩡.
 차창.
 멀리서 병장기 부딪치는 소리가 들리는가 싶더니 이내 보검이 검집으로 돌아왔다.
 철컥.
 "푸흐흐! 주인을 만나고 싶으면 먼저 종을 통해야 하는 법. 충직한 나의 종들에게 저승까지 안내를 받도록 해라."
 안개 속에서 끈적끈적한 발자국 소리가 들려왔다.
 어디선가 일진광풍(一陣狂風)이 불어와 붉은 안개를 쓸어냈다.
 온몸에 피칠갑을 마인들이 그 모습을 드러냈다.
 "소면시마, 잔혈검귀, 혈불······."

이미 인간이 아닌 듯 마인들의 붉은 눈에서 시뻘건 혈광(血光)이 줄기줄기 뻗어 나왔다.

다시 붉은 안개가 밀려왔다.

마인들의 모습이 안개 속으로 사라졌다.

철벅. 철벅. 철벅.

질척한 발자국 소리가 가까워졌다.

"특별히 놈들이 아끼던 광마단까지 먹였으니, 너도 흥이 좀 날게다. 꿩 대신 닭이라더니, 오라는 서문영은 안 오고 보국왕인가! 네놈도 재수가 어지간히 없는 놈이로구나!"

중산의 비웃음이 채 가시기도 전이다.

"하하하! 누가 꿩이라고? 개만도 못한 늙은이야! 이 몸은 봉황이시다."

낭랑한 호통과 함께 돌풍이 마당을 가로질렀다.

콰콰콰콰.

붉은 마기가 단번에 날아가 버렸다.

마기가 사라진 자리에 한 사내가 태연하게 서 있었다.

찢어질 듯한 중산의 음성이 마당을 울렸다.

"죽여! 놈을 죽이란 말이다!"

"후욱!"

"후욱! 후욱!"

서문영을 보고 극도로 흥분 한 세 마인의 입에서 거친 숨소

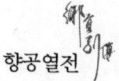
향공열전

리가 흘러나왔다.

 가장 먼저 움직인 사람은 소면시마다.

 소면시마의 손에 들려 있던 대도(大刀)가 서문영의 머리 위로 떨어졌다.

 거의 동시에 혈불의 손바닥이 서문영의 몸을 움켜잡았다.

 밀종대수인(密宗大手印)의 손 그림자가 서문영의 몸을 덮었다.

 순간 서문영의 몸도 여덟 개로 늘어나 이리저리 흩어졌다.

 흩어지던 몸들 중에 하나가 잔혈검귀의 근처를 스쳐 지나갈 때다. 싸움과 무관하다는 듯 우두커니 서 있던 잔혈검귀가 발작적으로 검 끝을 내밀었다.

 팟.

 검 끝에라도 걸린 것일까?

 미끄러지듯 움직이던 서문영의 몸이 움찔하고 반응했다.

 곧이어 잔혈검귀의 검봉(劍鋒)이 길게 늘어났다.

 "검강(劍剛)?"

 보국왕 이진의 등에서 보검이 날아올랐다.

 쉬이익. 꽈광.

 폭음과 함께 보검과 강기가 박살났다.

 형체를 잃은 강기와 조각난 검편(劍片)이 서문영의 몸을 쓸고 지나갔다.

 검강과 보검이 충돌해서 폭발하고, 그 후폭풍이 서문영을 때리고 지나간 것은 눈 깜짝할 사이에 일어난 일이었다.

제10장
검공불퇴(劍公不退)

 비틀거리며 물러나는 서문영의 어깨와 아랫배에 검 조각이 박혀 있었다.
 곧이어 붉은 안개 속에서 중산의 비웃음이 들려왔다.
 "이런! 같은 편이 아니었나 보군."
 ……
 도우려다가 그렇게 된 것이니 생각하면 명백한 조롱이다.
 그러나 보국왕이나 서문영은 변명이나 반박을 하지 않았다.
 어차피 나중에는 그의 말대로 될 것이기 때문이다.
 공격에 성공한 잔혈검귀가 히죽히죽 웃으며 말했다.
 "크흐흐! 무심한 도끼질이 무심(無心)을 잡았다고 하더니…… 검공의 취팔선보(醉八仙步)가 생각 없는 내 칼 끝에 걸렸구나!"

본래 잔혈검귀는 서문영의 취팔선보에 당황해 잠시 멍한 상태였다. 같은 사람이 여덟이나 되니 그럴 수밖에 없다.

그러다가 소면시마와 혈불의 첫 번째 합공이 끝나갈 무렵, 퍼뜩 정신을 차렸다.

그 순간 뭔가가 옆으로 휙 지나갔다. 깜짝 놀란 그는 상대에 대한 확인도 없이 손을 뻗었다. 그냥 얼떨결에 팔이 제멋대로 나간 것이다. 상대가 같은 편이었다면 두고두고 욕먹을 칼질이었다.

잔혈검귀의 말에 서문영이 쓴웃음을 지었다.

자신의 취팔선보가 어떻게 깨졌는지 알아차렸기 때문이다.

선방(禪房)의 수좌 한 사람이 선(禪)의 본체를 잡으려고 무척 애를 썼다. 선의 본체는 무심(無心)이다. 수좌는 무심만 잡으면 선의 본체가 파악된다고 생각했다.

하루는 수좌가 장작을 패는데 무심이 눈앞 나뭇가지 위에서 얼쩡거렸다.

수좌는 장작을 패는 척하면서 열심히 무심의 거동을 살폈다. 그리고 기회를 노려 재빨리 도끼를 던졌다.

하지만 무심은 어느새 옆가지로 옮겨 앉아서 손뼉을 치며 수좌를 비웃었다.

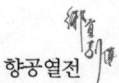
향공열전

수좌는 다시 도끼를 집어 들고 더욱 단단히 마음을 가다듬었다.

한참 동안 장작을 패는 척하다가 '이번엔 틀림없다'는 확신이 드는 순간 더욱 빠르게 도끼를 집어던졌다.

그러나 이번에도 무심을 잡을 수 없었다. 무심이 훨씬 앞질러 수좌의 마음을 읽고 있었기 때문이다.

무심의 눈치 빠른 행동은 계속되어 수좌는 실패에 실패를 거듭해야 했다.

몸과 마음이 지친 수좌는 결국 단념하기에 이르렀다.

아! 그런데 이게 웬일인가! 무심이 수좌의 도끼에 찍히고 말았다.

수좌는 아무 생각 없이 장작만 팼는데, 어쩌다가 자루에서 빠져나간 도끼에 무심이 정수리를 찍히고 만 것이다.

아무 생각 없는, 그야말로 수좌의 무심한 도끼질에, 무심이 잡힌 셈이다.

"흥! 그렇게 운수대통한 날, 왜 죽지 못해 안달이냐!"
서문영이 냉소를 치며 검을 날렸다.
금강검이 번개처럼 날아갔다.
"어딜!"
소면시마가 날아와 대도로 금강검을 찍었다.
깡.

"헉!"

소면시마가 뒤로 튕겨났다.

하마터면 대도까지 손에서 놓칠 뻔할 정도로 강한 충격에 소면시마는 잠시 주춤거렸다.

뒤이어 나타난 혈불이 손바닥으로 금강검의 옆면을 세게 후려쳤다.

펑.

"크흑!"

신음과 함께 혈불의 신형이 뒤로 날아갔다. 금강검에서 전해지는 반탄력을 줄이기 위해 스스로 몸을 뒤로 뺀 것이다.

혈불은 공중에서 세 번이나 몸을 뒤집고서야 겨우 바닥에 내려설 수 있었다.

대경실색한 잔혈검귀가 미친 듯이 검을 휘둘렀다.

쉬이이익.

잔혈검귀의 앞에 무수히 많은 검영(劍影)이 수놓듯 촘촘히 새겨졌다.

대도를 움켜쥐고 다시 달려가려던 소면시마의 눈이 휘둥그렇게 떠졌다. 믿어지지 않게도 잔혈검귀의 정면에 떠오르고 있는 것은 전설의 검막(劍膜)이었다. 자신보다 하수(下手)라고 생각했던 잔혈검귀가 펼치는 극상승의 검공을 펼치고 있는 것이다.

티티팅.

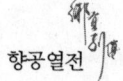
향공열전

하지만 서문영의 금강검은 무식하리만치 저돌적으로 검막을 뚫고 들어갔다.

검막이 갈기갈기 찢어졌다.

"으헉!"

잔혈검귀가 비명과 함께 눈앞까지 밀려온 금강검을 힘껏 후려쳤다.

챙.

잔혈검귀의 검이 맥없이 부러져 나갔다.

잔혈검귀는 서문영의 금강검이 느릿느릿 자신의 가슴으로 파고드는 것을 보았다.

'저렇게 느린데 왜?'

한 걸음만 비켜서면 충분할 것 같은데, 몸이 말을 듣지 않았다.

푹.

잔혈검귀가 눈을 끔뻑이며 가슴에 남은 금강검의 손잡이를 내려다보았다.

아무런 고통이 느껴지지 않았다.

꿈인가?

다음 순간 잔혈검귀의 몸이 검에 꿰어 뒤로 날아갔다.

휘이익.

쿵.

금강검에 꼬치처럼 꿰어 전각의 벽에 박히고 나서야 잔혈검귀의 입이 쩍 벌어졌다.

"끄아아아……."

잔혈검귀의 비명은 오래가지 않았다. 숨이 끊어지고 만 것이다. 극렬한 고통 속에 죽었는지 잔혈검귀의 표정은 잔뜩 일그러져 있었다.

휘리릭.

바람을 가르는 소리와 함께 금강검이 다시 서문영의 손으로 빨려 들었다.

서문영이 금강검으로 정면에 서 있는 혈불을 가리켰다.

혈불이 정신 나간 사람처럼 중얼거렸다.

"나무무량혈불(南無無量血佛)…… 어차피 한 번 왔으면 한 번 가는 것…… 훔치 훔치…… 옴 마니 반메훔…… 보살(菩薩)이시여 강림하시라……."

"……."

묵묵히 지켜보던 서문영이 검 끝을 좌우로 흔들었다. 살고 싶으면 길을 트라는 뜻이다.

혈불의 눈에서 혈광이 번득였다. 정신이 붕괴되는 와중에도 용케 서문영의 신호를 알아들은 것이다.

"오! 훔치 훔치…… 훔치 훔치……."

혈불은 한 치의 망설임도 없이 비켜섰다. 반쯤 정신이 나간 상태에서도 '서문영은 피해야 한다'고 생각했던 모양이다.

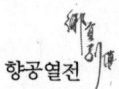
향공열전

짙은 혈무 속에서 중산의 음성이 들려왔다.

"크하하핫! 병신 같은 것들. 세 늙은이가 고작 서문영 하나 처치하지 못하고서 천하의 주인이라고 거들먹거렸더냐!"

중산의 비웃음에 서문영이 냉소를 날렸다.

"흥! 그러는 너는 왜 쥐구멍에 숨어서 못나오고 있느냐? 혈사천하 영세불멸이라면서? 아! 미안, 네놈은 대무당파의 장로였다지? 아니 하오문의 장로였나? 정파와 사파를 두루 오가며 추잡한 짓을 하니 행복하더냐! 사문(師門)을 배신하고, 제자들까지 다 죽인 네놈이, 마지막으로 선택한 것이 이런 시궁창이냐!"

바람도 없는데 혈무가 출렁거렸다.

곧이어 살기어린 중산의 음성이 흘러나왔다.

"크흐, 찢어 죽일 놈 같으니…… 평생 흔들림 없이 정도(正道)를 걸어왔다. 그런 나를 이렇게 만든 것은 바로 네놈이다. 네놈 때문에 내가 이렇게 된 것이다! 내 인생을 망쳤으니 나도 네놈의 인생을 망쳐주겠다! 일단 서가장부터 손봐주마!"

"미친놈! 내 손에서 벗어 날 수 있을 것 같으냐?"

다급한 마음에 서문영은 혈무 속으로 달려갔다.

'기회다!'

소면시마가 두 손으로 대도를 움켜쥐고 서문영의 뒤쪽으로 날아갔다.

하지만 소면시마는 서문영을 포기해야 했다.

소면시마의 앞을 보국왕 이진이 막아섰기 때문이다.

"허허! 네놈에게는 본왕이 보이지도 않는 거냐?"

보국왕 이진을 잡아먹을 듯 노려보던 소면시마가 어이없다는 듯 중얼거렸다.

"너는 이제 보니 무주공선이라는 늙은이였구나……."

금룡포(金龍袍)의 화려함에 눈이 가려져 상대를 미처 몰라봤다.

소면시마가 급히 혈불에게 전음을 날렸다.

『혈불, 지금 무주공선을 없애고 혈사문을 떠나자.』

『흐흐, 왜 내가 너의 말을 들어야 하지?』

『왜라니? 우리를 배신하고 달아난 놈들을 찾아내 모두 죽여야 하지 않느냐. 그러려면 우선 무주공선부터 없애야 한다.』

『아니지. 무주공선 다음은 너야…….』

소면시마가 이를 갈며 전음으로 답했다.

『그래, 무주공선을 없애고 나를 죽여 봐라. 하지만 무주공선이 먼저다.』

『…….』

혈불이 고개를 끄덕였다.

확실히 무주공선은 혼자서 감당하기 어려운 고수다. 머릿속을 가득 채운 살기에 정신이 오락가락했지만 아직 그 정도의 판단력은 남아 있었다.

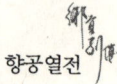
향공열전

소면시마가 버럭 고함을 내지르며 대도를 휘둘렀다.
"그만 죽어라!"
　혈불도 이에 질세라 멸혼장(滅魂掌)으로 보국왕 이진의 허리를 후려쳤다.
　순간 보국왕 이진도 두 손에 내력을 끌어 모았다.
　보국왕 이진의 손바닥이 금빛으로 물들었다. 황궁무공 중에 최고라고 할 수 있는 황룡무상신공(黃龍無上神功)이 만들어낸 조화였다.
　그때였다.
　득달같이 달려들던 소면시마가 대도를 거두었다. 그리고 그대로 몸을 돌려 혈무 속으로 사라져 버렸다. 달아나 버린 것이다.
　보국왕 이진과 혈불의 손이 허공에서 마주쳤다.
　쫘르릉.
　황룡무상신공의 무상공력을 고스란히 받게 된 혈불이 입으로 피를 뿜으며 뒤로 날아갔다.
"커억!"
　털썩.
　땅바닥에 처박힌 혈불의 몸이 몇 번 경련을 일으키는가 싶더니 이내 잠잠해졌다. 내장이 전부 파열되어 즉사(卽死)하고 만 것이다.
　보국왕 이진은 소면시마가 달아난 방향으로 몸을 날렸다.

　　　　　　＊　　　＊　　　＊

중산의 얼굴에 화색이 돌았다.

눈앞에 혈사문의 외곽을 두른 돌담이 보였기 때문이다.

중산은 즉시 허공으로 몸을 솟구쳤다.

"느려!"

어디선가 낭랑한 외침과 함께 검 한 자루가 날아들었다.

중산의 눈이 부릅떠졌다.

자신에게 일직선으로 날아오고 있는 것은, 잔혈검귀를 참살한, 서문영의 무지막지한 금강검이었다.

쉬이이익.

금강검이 혈무를 가르는 소리가 천둥소리처럼 크게 들렸다.

중산은 등골이 오싹할 정도로 공포를 느꼈다.

'달아나야 한다!'

서문영을 죽이겠다는 생각은 아예 할 수도 없었다.

중산이 검 끝에서 유운검(流雲劍), 대라검(大羅劍), 현천검(玄天劍)의 초식이 쏟아져 나왔다.

콰콰콰.

검붉은 검기의 다발이 쉬지 않고 금강검을 향해 밀려갔다.

퍼퍼퍼퍽.

붉은 검기는 금빛으로 빛나는 금강검에 닿자마자 가루가 되어 허공으로 흩어졌다.

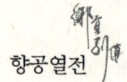
향공열전

혈무를 가르는 황금빛 검의 뒤로 붉은 가루가 흩날렸다.

마침내 중산의 검과 금강검이 허공에서 얽혔다.

챙.

투명한 소리와 함께 중산의 송문고검이 반으로 뚝 부러졌다.

송문고검을 자른 금강검은 멈추지 않고 날아가 기어이 중산의 어깨에 박혔다.

"윽!"

무지막지한 금강검의 검력(劍力)에 휘말린 중산은 균형을 잃고 뒷걸음질 쳤다.

파파팍.

중산은 정신없이 세 걸음이나 물러서고 나서야 겨우 상체를 바로세울 수 있었다.

"헉헉!"

겨운 한 번의 겨룸인데 숨이 턱밑까지 치고 올라왔다.

중산은 급히 호흡을 가라앉혔다.

그리고 혈마공의 조식법대로 기운을 다스렸다. 하지만 어쩐 일인지 몸속에 가득한 마기는 말을 듣지 않았다.

중산이 제멋대로 날뛰는 마기를 다스리기 위해 진땀을 흘리고 있을 때다.

중산의 앞에 서문영이 표표히 떨어져 내렸다.

검공불퇴(劍公不退) 299

"너 때문에 죽은 대림사의 승려들과 독고현에게 잘못했다고 빌어라."

중산이 핏발선 눈으로 서문영을 노려보았다.

"그들의 운명일 뿐이다."

"운명이라고 말하지 마라! 네가 저지른 짓이다!"

중산의 어깨에 박혀 있던 금강검이 다시 서문영의 손으로 빨려 들어갔다.

파아앗.

갈라진 상처로 피가 터져 나왔다.

서문영은 뿜어져 나오는 중산의 피를 피하지 않고 오히려 한 걸음 더 내딛었다.

푹푹푹푹.

금강검이 중산의 혈도를 무자비하게 찍었다.

중산은 이를 악물로 고통을 참았다.

어찌나 교묘하게 점혈을 했는지 어깨의 상처에서도 피가 흐르지 않았다.

"흐흐, 그냥 죽여라."

자기 인생을 망친 서문영 따위에게 머리를 숙일 생각은 없었다.

서문영이 무표정한 얼굴로 말했다.

"네가 뻣뻣한 모습을 보여주니 고마울 뿐이다. 너의 인내력과 나의 고문 수법 중에 어느 게 더 뛰어난지 곧 알게 되겠

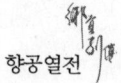
향공열전

지."

"너…… 협객을 자처하는 놈이 고문이냐?"

"남들이 나를 협객이라고 부르곤 하지…… 그런데 내가 스스로 협객이라고 한 적은 없다. 그게 좋아 보이면 너나 협객해라."

서문영이 품안에서 단검을 꺼냈다.

"부탁인데 금방 빌면 안 된다."

"하, 하지 마라……."

"그럼 잘못을 빌어."

"……."

중산의 오른쪽 눈으로 검 끝이 이동했다.

"눈으로 말하는 건 아니니까."

파내겠다는 소리다.

단검이 눈동자에 닿으려 하자 중산이 미친 듯이 소리쳤다.

"미안하다! 용서를 빌겠다! 제발!"

서문영이 중산의 귀에 속삭였다.

"부족해. 혼을 담아서 다시……."

"크흑! 미안합니다! 제발 용서해 주십시오!"

서문영이 떨고 있는 중산을 내려다보며 중얼거렸다.

"그래, 잘 들었다."

금강검이 중산의 목을 베었다.

중산의 머리가 땅에 떨어지자 서문영도 몸을 돌렸다.

검공불퇴(劍公不退) 301

　　　　　＊　　　＊　　　＊

마기가 서서히 걷혔다.

두 사람은 약속이라도 한 듯 혈사문의 안마당에서 만났다.

보국왕 이진이 먼저 입을 열었다.

"후련한 표정을 보니 중산이란 놈의 끝이 어땠는지 알만 하다."

"그들은 어떻게 됐습니까?"

"허허, 별걸 다 궁금해 하는구나. 혈불은 저기에 있고, 소면시마도 외성(外成)을 빠져나가지 못했다."

"그들이 광마단을 먹어서 힘드셨겠습니다."

"아니, 오히려 광마단 덕분에 수월했다는 느낌이다. 광마단의 효과가 떨어지면 한동안 힘을 못 쓴다고 들었는데, 빈말이 아니더구나."

…….

가을바람이 대지를 쓸고 지나갔다.

한참 만에 서문영이 지나가는 투로 물었다.

"왜 그러셨습니까."

'당신을 위해서 평생 전장(戰場)을 누빌 수도 있었습니다.'

서문영은 뒷말을 삼켰다.

이제 와서는 하나마나한 소리였다.

"왜 그랬을까……."

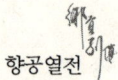
향공열전

보국왕 이진의 허허로운 음성이 마당에 무겁게 내려앉았다.

"혹 원하는 것이 있느냐? 내가 들어줄 수 있는 것이면, 그것이 무엇이든 들어주겠다."

"……."

서문영이 보국왕 이진을 응시했다.

보국왕 이진은 타협해 주기를 원하고 있었다. 지금이라면 무엇을 말하건 들어줄 것이다.

하지만 보국왕 이진은 자신이 원하는 것을 들어줄 수 없다. 그것은 이미 지나간 과거의 시간 속에 있는 것이니 말이다.

"사슴을 쫓는 자는 산을 보지 못하고(逐鹿者不見山), 돈을 쫓는 자는 사람을 보지 못한다(攫金者不見人)고 했습니다. 당신은 대체 무엇을 쫓고 있었던 겁니까."

"글쎄, 그게 뭐였을까……."

보국왕 이진의 공허한 눈이 먼 산으로 향했다.

처음에는 분명한 목적이 있었던 것 같다. 기억이 맞다면 그것은 "불사(不死)의 인(印)을 받고, 사자(死者)의 서(書)를 계승한 사람으로서 법륜(法輪)의 주인을 찾아야 한다"는 것이었다. 하지만 그를 왜 찾아야 하는지는 기억이 나지 않았다.

어쩌면 수백 년의 세월을 거치는 동안 "왜?"라는 부분이 마모된 것인지도 모른다.

그게 뭐였든지 대단한 이유는 아니었으리라. 이렇듯 쉽게 잊혀졌으니 말이다.

"알고 있느냐? 물이 너무 맑으면 고기가 살지 못한다(水淸無大魚)."

"네, 하지만 우리는 물고기가 아니지요. 맑을수록 살기 좋은 세상도 있는 법입니다."

보국왕 이진의 얼굴에 미소가 감돌았다.

서문영은 무엇으로도 움직일 수가 없는 사람이다. 아주 잠깐이라도 그를 설득할 수 있을 거라고 생각했다니…….

"허허! 본왕은 너의 그런 점이 마음에 든다만…… 너는 이런 내가 싫겠지만."

"……."

보국왕 이진이 손을 내밀었다.

근처에 뒹굴고 있던 박도 하나가 이진의 손으로 날아왔다.

보국왕 이진이 박도를 움켜잡았다.

"법륜의 후계자여, 내가 바로 불사의 인과 사자의 서를 계승한 이진. 내가 누군지도 잊을 만큼의 오랜 세월 동안 그대를 기다려 왔다."

보국왕 이진이 서문영에게 눈을 찡긋해 보였다.

"오래전에 법륜의 주인을 만날 때를 대비해 준비했던 말이다."

"……."

서문영은 말없이 금강검을 들어 올렸다.

보국왕 이진이 담담한 음성으로 말했다.

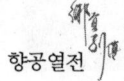
향공열전

"그만 죽어줘야겠다."

"죄송합니다. 불충불효(不忠不孝)의 서문영이라는 작호(綽號; 남들이 별명으로 부르는 이름)로 삼 년을 살았습니다."

박도가 허공에서 춤을 추었다.

황도십이검(皇圖十二劍)의 검기가 해일(海溢)처럼 일어나 서문영을 덮쳤다.

꽈르릉.

푸른 검기의 바다를 헤치고 금강검이 솟아올랐다.

금강검이 사방으로 빛을 뿌렸다.

성무십결의 일단공 일검만천(一劍滿天) 만물무루(萬物無累)다.

한순간 검광(劍光)이 움츠러드는가 싶더니 폭발하듯 사방으로 뻗어 나갔다.

위험을 감지한 보국왕 이진이 번개처럼 뒤로 물러나며 박도를 던졌다.

휘리리링.

금빛 찬란한 빛에 휩싸인 박도가 허공에서 한 차례 원을 그렸다.

금강검에서 부챗살처럼 뻗어 나온 검광이 가닥가닥 끊어져 소멸했다.

금빛 박도는 자랑하듯 하늘에서 한 차례 검명(劍鳴)을 울고는 솔개처럼 지상으로 떨어져 내렸다.

쐐애액.

서문영의 손에서도 금강검이 떠나갔다.

마치 사제지간(師弟之間)에 벌이는 비무처럼 서문영이 외쳤다.

"구십장천(九十長天) 풍급천고(風急天高)!"

성무십결의 구단공이 펼쳐졌다.

콰르르르.

금강검이 고속으로 회전하며 치솟아 올랐다.

금강검의 주변으로 돌풍이 일어났다.

돌풍은 박도를 휘감아 하늘로 끝없이 올라갔다.

"으음······."

보국왕 이진의 입에서 신음이 흘러나왔다.

돌풍에서 박도를 빼내려다가 반탄력에 가벼운 내상을 입고 만 것이다.

"헐, 재밌는 검법이로군."

보국왕 이진이 돌연 검결지를 풀었다.

다음 순간 보국왕 이진의 신형이 화살처럼 서문영에게 날아갔다. 괴이한 검술에 손해를 보자 접근전으로 마음을 바꾼 것이다.

보국왕 이진은 처음부터 황룡무상신공을 끌어 올렸다. 서문영의 무공이 예상보다 뛰어나 속전속결(速戰速決)로 끝을 볼 생각이었다.

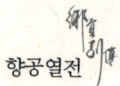
향공열전

서문영은 보국왕이 달려들자 잠시 멈칫했다.

검과 검이 맞붙는 것과 직접 상대의 몸에 손이 닿는 것은 천지차이였다.

그래도 목숨을 걸기는 마찬가지.

서문영이 주먹을 말아 쥐었다.

대림사의 항마금강권(降魔金剛拳)을 펼치려는 것이다.

보국왕의 주먹과 서문영의 주먹이 부닥쳤다.

콰직.

누구의 손에서 나는 소리인지는 몰라도, 뼈가 바스라지는 소리가 났다.

두 사람의 권장(拳掌)이 보이지 않게 움직였다.

퍼퍼퍽. 퍽.

두 사람은 붙었다가 떨어질 때마다 교대로 피를 토했다.

펑.

한순간 서문영의 항마금강권이 보국왕 이진의 심장 부위에 박혔다.

쿨럭.

보국왕 이진이 뒷걸음질 쳤다.

이진의 입에서 피거품이 꾸역꾸역 흘러나왔다.

"……."

보국왕 이진의 얼굴이 검게 변해갔다.

잠시 후 보국왕 이진은 아무 말도 남기지 못하고 우뚝 선 채로 절명(絶命)하고 말았다.

이진을 바라보던 서문영의 입에서 장탄식이 흘러나왔다.

"하아!"

서문영이 피 묻은 주먹을 내려다보았다.

어떤 이유에서건 자기 손으로 존경하던 사람을 쳐 죽였다. 이 손으로는 더 이상 아무 일도 할 수 없을 것만 같았다.

서문영은 힘없이 돌아섰다.

그렇게 서문영이 몇 걸음 걸었을 때다.

보국왕 이진의 눈이 천천히 떠졌다.

서문영에게 법륜이 있다면, 자신에게는 불사의 생명이 있었다.

다음 순간 서문영의 뒤로 보국왕 이진의 신형이 유령처럼 솟아났다.

도검(刀劍)보다 예리한 보국왕 이진의 손끝은 사문영의 등 한복판을 노리고 있었다.

손끝에 와 닿는 감촉으로 서문영의 죽음을 확신한 보국왕 이진이 중얼거렸다.

"미안하다."

팟.

서문영의 신형이 연기처럼 사라졌다.

"이형환위(移形換位)!"

보국왕 이진이 저도 모르게 소리쳤다.

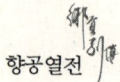
향공열전

경공의 극에 이르면 분신술(分身術)에 가까운 움직임이 가능하다고 했다.

지금 서문영이 보인 움직임은 이형환위가 아니고는 설명이 되지 않았다.

휘리릭.

이진이 자신을 둘러싼 일곱 명의 서문영을 바라보았다.

"영악하구나."

"평범하게 돌아가실 분이 아니니까요."

일곱 명의 서문영에게서 일곱 개의 금빛 법륜이 떠올랐다.

고오오오.

금빛 법륜의 수레바퀴가 보국왕 이진을 향해 굴러갔다.

보국왕 이진은 일곱 방향에서 밀려오는 법륜을 피할 수가 없었다.

치이익.

첫 번째 법륜이 번개처럼 보국왕 이진을 밟고 지나갔다.

사실 밟았다기보다는 그대로 통과했다는 것이 옳다. 법륜은 검기처럼 유형화된 기운도 아니고, 물체도 아니었으니 말이다.

첫 번째 법륜이 지나간 뒤로 보국왕 이진은 이상한 행동을 했다.

미친 듯이 피해 다니던 동작을 멈추고 석상처럼 우두커니 서 있었다. 기이하게도 그의 노안(老顔)에 떠오른 것은 고통과

희열.

두 번째의 법륜이 보국왕 이진을 통과했다.

그때부터 보국왕 이진은 오히려 두 팔을 활짝 벌렸다. 마치 법륜의 운행(運行)을 적극적으로 받아들이고 있는 사람 같았다.

보국왕 이진을 보면 뭔가 좋은 일이 일어나고 있는 것 같지만, 지금 보국왕 이진의 얼굴은 고통으로 한껏 일그러져 있었다.

치이익.

어디선가 살과 뼈가 타는 냄새가 났다.

…….

마지막 일곱 번째의 법륜이 보국왕 이진의 몸을 통과했다.

보국왕 이진의 몸이 축 늘어졌다.

순간 이진의 뒤에 서문영이 유령처럼 솟아났다.

곧이어 서문영의 손에 들린 금강검이 좌에서 우로 공간을 갈랐다.

"고맙……."

보국왕 이진의 머리가 덧없이 땅으로 떨어졌다. 보국왕 이진의 얼굴은 어딘지 모르게 편안해 보였다.

오히려 고통스러워 보이는 것은 서문영이다.

서문영의 눈에서 눈물이 흘러내렸다.

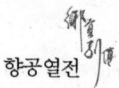

　　　　＊　　　＊　　　＊

 혈사문에서 역천(逆天)의 마공을 익히던 중산은 보국왕 이진과 동귀어진(同歸於盡)하고 말았다. 황제는 국장(國葬)을 선포했고, 백성들은 보국왕 이진의 진충보국(盡忠保國)을 기리기 위해 자진해서 반년간이나 음주가무(飮酒歌舞)를 삼갔다.

 보국왕 이진과 함께 혈사문을 괴멸시킨 검공 서문영은 여러 차례 황제의 부름을 받았지만 끝내 관직에 출사하지 않았다. 서문영의 뛰어난 무공과 초탈한 기개에 감복한 황제는 "천추대공(千秋大公)"이라는 친필휘호(親筆揮毫)를 내렸다. 그 뒤로 서문영은 거의 모든 사람들에게 "검공" 혹은 "대공"이라 불렸다.

 역사적인 그날, 검공과 동행했던 십대문파는 혈사문의 잔당들을 모조리 제거하여 다시 한 번 천하에 협명(俠名)을 떨쳤다.

 하지만 그들은 그 일을 빌미로 계속해서 속세(俗世)에 남아 있지 않았다. 오히려 속가제자들의 만류에도 불구하고 본산(本山)으로 돌아갔다. 십대문파 제자들이 강호행을 재개한 것은 그로부터 십 년이나 지난 후였다.

 혈사문의 터는 일 년 가까이 방치되다가 무림지사들에 의해 영웅맹(英雄盟)이라는 이름으로 새롭게 단장됐다.

 영웅맹을 세운 사람들은 대부분 "혈사문 최후의 날"에 서문영과 함께했던 무림지사들이었다. 그래서 혹자는 "맹주가 검공이다"라고 주장하기도 했다.

하지만 그런 소문은 얼마 가지 못해 수그러들었다. 소문의 당사자인 검공 서문영이 강호에서 은거를 하다시피 한 상태였기 때문이다.

하남성 낙양(洛陽)의 전망 좋은 번화가에 크지도 작지도 않은 전각이 하나 새로 지어졌다. 내부 단장까지 마친 후에야 매달린 현판에는 천추원(千秋院)이라는 글이 보기 좋게 적혀 있었다.

천추원은 찻집이었지만, 차만 파는 집이 그렇듯 손님은 그리 많지 않았다.

그 천추원의 주인은 타지(他地)에서 흘러 들어온 서모(西某; 서아무개)라고 하는 젊은 서생이었다. 이름이 뭐냐고 묻는 마을 사람들에게 항상 "서공(西公)입니다"라고 해서, 사람들은 천추원을 "서공의 찻집"이라 부르기도 했다.

천추원은 가끔씩 시간을 때우기 위해서 들리는 노인들이 먹고 사는 것을 대신 걱정해 줄 정도로 손님이 없었다. 손님의 대부분은 환갑을 넘긴 노인들이었는데 가뭄에 콩 나듯 젊은 사람들도 찾아오곤 했다.

그나마 젊은 사람들이 찾는 이유는 서공과 시국(時局)을 논하기 위함이 아니라, 천추원에서 차를 끓인다는 두 명의 미소녀를 구경하기 위해서였다.

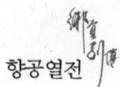
향공열전

개업을 하고 서너 달이 지났을까?

미소녀들이 손에 물을 묻히는 것을 안타까워한 몇몇 유지들이 더 수입이 좋고 편한 일자리를 제안했다가 충격적인 진실을 알게 되었다. 각각 "독고 소저"와 "설 소저"로 불리는 낙양 최고의 꽃미녀들이 젊은 서생의 처였다는 것이다.

소문이 널리 퍼지자 대부분의 사람들은 서공을 부러워했다. 물론 "능력도 없는 놈이 미녀들의 인생을 망쳤다"며 욕을 하는 사람도 있었지만, 서공의 면전에서 그런 말을 하는 사람은 아직 없었다. 유약해 보이는 겉모습과 달리 서공은 강단이 있어서 "보호비를 내라"는 칠성파 패거리와 벌써 한 달이나 싸우고 있었기 때문이다.

추월이—계산대에 앉아서 열심히 뭔가를 하고 있는— 서문영에게 슬며시 말을 걸었다.

"스승님, 손님도 없는데 오늘은 이만 닫을까요?"

"……."

역시나 서문영은 대답이 없다.

아직 한낮임을 생각하면 상당히 이른 감이 있지만 추월은 물러서지 않았다.

"스승님. 문 닫아요. 네?"

"이 녀석아, 손님이 없다고 대낮부터 문을 닫으면 게으르다고 욕먹는다. 할 일 없으면 그냥 앉아서 책이나 마저 읽거라."

"쳇! 더 읽을 책도 없다고요, 뭐."

석 달 이상을 찻집에 나와 책을 읽어 댔으니 어지간한 책은 이미 다 본 뒤였다.
　계속 이런 식이라면 향시(鄕試)에서의 장원도 꿈만은 아니라는 생각이 들 정도다. 실제로 근처의 서당(書堂)에서는 "개천에서 용났다"는 소리까지 듣고 있었다.
　딸깍.
　가볍게 문이 열리는 소리가 들렸다.
　손님이라도 왔나 싶어 고개를 들었던 추월이 자리에서 벌떡 일어섰다.
　우당탕.
　"큰 사모(師母)님, 시장에 아직 청파악극단(靑波樂劇團) 있지요!"
　추월의 외침에 설지가 웃으며 고개를 끄덕였다.
　"그래, 가게 앞에 네 친구들이 모여 있더구나. 함께 구경하기로 약속이라도 했느냐?"
　"네! 그런데 스승님이 가게 문을 안 닫는데요!"
　뒤따라 들어온 독고현이 큰 눈을 깜빡이며 되물었다.
　"응? 너 혼자 나가서 친구들이랑 보면 되는데 가게 문도 닫아야 하니?"
　"스승님은 지금 글 쓰느라고 정신이 없어서 누가 와도 모른다고요."
　"어머, 그랬구나."

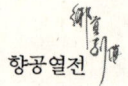
향공열전

독고현이 무슨 말인지 알았다는 듯 고개를 끄덕였다.

서문영이 요즘 공을 들이고 있는 것은 "청춘불퇴(靑春不退)"라는 소설이다. 지금 쓰고 있는 부분은 주인공이 군문(軍門)에 끌려가 고생을 하는 이야기였다. 자신의 과거사이기도 한지라 과도하게 몰입하고 있는 모습이 추월에게는 영 불안해 보였나 보다.

설지가 웃으며 독고현의 옆구리를 쿡 찔렀다.

"동생, 우리가 산책하고 온 것도 모르는 것을 보니 증상이 심각한가 봐. 동생이 상관이었으니까, 따끔하게 한마디 해주는 게 어때?"

"에헴! 그럴까요?"

독고현이 계산대로 다가가 탁자를 "똑똑" 두드렸다.

화들짝 놀란 서문영 두 손으로 종이를 덮었다.

"하하, 현 누이 언제 왔어? 내가 가서 차라도 한잔 끓여 올까? 아니면, 뭐 필요한 거 있어? 벌써 밥 먹을 시간인 거야?"

독고현이 횡설수설하는 서문영의 얼굴을 두 손으로 붙잡고 눈을 맞추었다.

"오라버니, 언니와 내가 들어온 것도 모를 정도라면 가게 다 말아먹는다고요. 오라버니가 평생 소원이라고 해서 차린 찻집이잖아요."

입이 열 개라도 할 말이 없는 서문영이 이리저리 눈알을 굴렸다.

어쩐 일인지 보국왕이 죽은 뒤로 독고현은 자신을 두려워하지 않았다.

그녀는 마치 영혼의 속박(束縛)에서 풀려난 사람처럼, 위풍당당한 감군사 시절의 독고현으로 돌아와 있었다. 평상시에는 그 모습이 너무도 아름답지만, 이렇게 집중 추궁을 당할 때는 죽을 맛이다.

"내, 내가 딱 몇 줄만 더 쓰면 완결인데…… 사실 찻집보다 글 써서 버는 돈이 더 많고…… 이것만 끝내면 진짜 충성봉사 할게. 믿어줘."

"풋!"

독고현이 웃으며 서문영이 볼을 놓아 주었다.

"오라버니를 누가 말려요? 그런데, 보름 후에 추월객점이 옆으로 이전해 오는 건 아시죠? 그전에는 다 끝내야 한다고요."

"엇! 벌써 그렇게 됐어?"

"쯧쯧."

독고현과 설지가 고개를 설레설레 저었다.

두 달쯤 전 매화오절의 한명주와 추월의 엄마가 혼인을 했다. 바로 그날, 어린 아들의 고사리 같은 손을 잡고 흐느끼는 추월의 엄마에게 서문영이 말했다.

"월아 옆에서 같이 장사하면 되잖아요"라고. 그 말이 씨가 되어 추월객점을 천추원의 옆으로 옮기기로 한 것이다.

"헤헤, 그럼 사모님들을 믿고 저 먼저 나갈게요!"

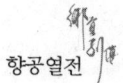
향공열전

"……."

 서문영이 뭐라고 말하기도 전에 추월은 다람쥐처럼 밖으로 빠져나갔다.

 "허! 그놈, 벌써 안 보이네."

 달음질 속에 비연신법의 묘리가 녹아들었는지, 찻집 내부를 가로질러 나갔음에도 아무런 소리도 들리지 않았다.

 "저놈, 보통이 아냐. 밭이 좋아서 그런가, 씨가 좋아서 그런가……."

 독고현이 곁에 있는 설지의 배를 부드럽게 쓰다듬으며 말했다.

 "오라버니, 여기도 밭 좋고 씨 좋은 아이가 하나 들어 있으니 너무 부러워하지 마세요."

 서문영이 설지의 배를 지그시 바라보며 중얼거렸다.

 "딸이면 좋겠는데……."

 "왜요?"

 "저 녀석, 남 주기 아깝잖아."

 "어머! 벌써 그런 생각을 해요?"

 "오라버니, 월아는 이제 겨우 열두 살이라고요!"

 설지와 독고현의 웃음소리가 천추원 밖에까지 흘러나갔다.

 천추원 앞을 지나던 마을 유지 하나가 못마땅한 듯 중얼거렸다.

 "염병, 다 망해가는 찻집이 뭐가 좋다고……. 하늘도 무심하시지…… 언놈은 뼈 빠지게 돈 벌어서 기생집에 바치고, 언놈은 하는 일도 없는데…….."
 개봉 제일의 기녀라는 소소(素素)보다 백 배나 예쁜 마누라들을 끼고 노닥거리고 있지 않은가!

*　　*　　*

 청파악극단의 공연은 절정으로 치닫고 있었다.

"느려!"
보국왕 이진의 주먹이 악신(惡神) 중산의 가슴을 쳤다.
"크윽……."
악신 중산이 선체로 눈을 감았다.
보국왕 이진이 그런 중산을 스쳐지나가며 중얼거렸다.
"내세(來世)에는 선량한 백성으로 태어나거라."

"아! 안 돼."
"빨리 뒤를 돌아봐요."
"중산은 아직 안 죽었어요."
앞줄에 쪼그리고 앉은 아이들이 작은 소리로 말했다.

 하지만 보국왕 이진은 그 소리를 듣지 못한 듯 몇 걸음 더 걸어갔다.

향공열전

돌연 악신 중산이 눈을 번쩍 치켜떴다.

구경하던 사람들 모두가 숨을 죽였다.

"죽어라!"
악신 중산이 옆에 떨어져 있던 검을 들어 보국왕 이진의 목을 베어갔다.
그 순간 보국왕 이진도 벼락같이 돌아서며 검을 휘둘렀다.
두 사람의 몸이 엇갈리는가 싶더니 동시에 쓰러졌다.
멀리서 검공 서문영이 달려와 보국왕 이진의 몸을 안고 울먹였다.
"크흐흑! 전하! 전하께서 목숨보다 사랑한 백성들은 이제 신(臣)이 지키겠나이다! 저승에서라도 신과 백성들을 굽어 살펴주소서!"
"와아아아!
금군이 깃발을 들고 무대 위를 뛰어 다녔다.
곧이어 각양각색의 무림인들이 검공 서문영의 주변에 모여들었다. 그리고 금룡포를 걸친 황제가 등장해 검공 서문영에게 "천추대공"이라고 적은 휘호를 건넸다.
악극은 그것으로 끝이 아니었다.
칠대마인 중에 홀로 살아남은 초혼요마가 생사신의에게 의술을 배우는 장면이 이어졌다. 근 한 시진 동안이나 사람들을 울리고 웃기던 최신 악극 "향공열전"은 초혼요마와 생사신의가 약 광주리를 들고 사람들에게로 다가가는 것으로 끝이 났다.

초혼요마가 광주리를 들고 사람들에게 소리쳤다.
"초혼요마와 생사신의가 천산(天山)의 구지설엽초(九枝雪葉草)와 토번(土蕃)의 칠점사(七点蛇)를 갈아서 만든 보원단(保元丹)이에요. 필요한 분 계세요?"
"얼마요?"
"스무 냥이에요."
"하나 주쇼."
"나도 하나 줘보쇼."
장사가 시작되자 아이들이 한꺼번에 우르르 빠져 나갔다.
추월이 머리를 벅벅 긁으며 중얼거렸다.
"요마 이모가 요즘은 보원단도 만드나 보네."
그러고 보면 스승만 빼고 다들 확실한 직업을 가지고 있는 것 같다.
"쯧! 언제 철이 드시려고……"
고개를 설레설레 젓던 추월은 이내 아이들이 있는 곳으로 달음질쳤다.

〈완결〉

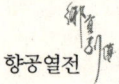
향공열전

김정률 판타지 소설

FUSION FANTASY STORY & ADVENTURE

하프 블러드(Half Blood)의
블러디 스톰 레온,
블러디 나이트로 돌아왔다!

트루베니아 연대기

판타지의 신화를 창조해가는
최고의 작가 김정률!
『소드 엠페러』 그 신화의 시작.

『다크메이지』, 『하프블러드』,
『데이몬』에 이은 또 하나의 대작!

dream books
드림북스

방수윤 신무협 소설

허부대공

虛夫大公

장르문학 최대 사이트 문피아(MUNPIA)의
독자들을 단숨에 사로잡은

『천하대란』, 『용검전기』, 『무도』의 작가
방수윤의 2007년 최고의 고감도 무협!

이제 허부대공에 의해 구주 무림의 역사가 다시 쓰여진다!
득시공검자지불멸(得時空劍者之不滅)!
시공검을 얻는 자 불멸하리라!

dream books
드림북스

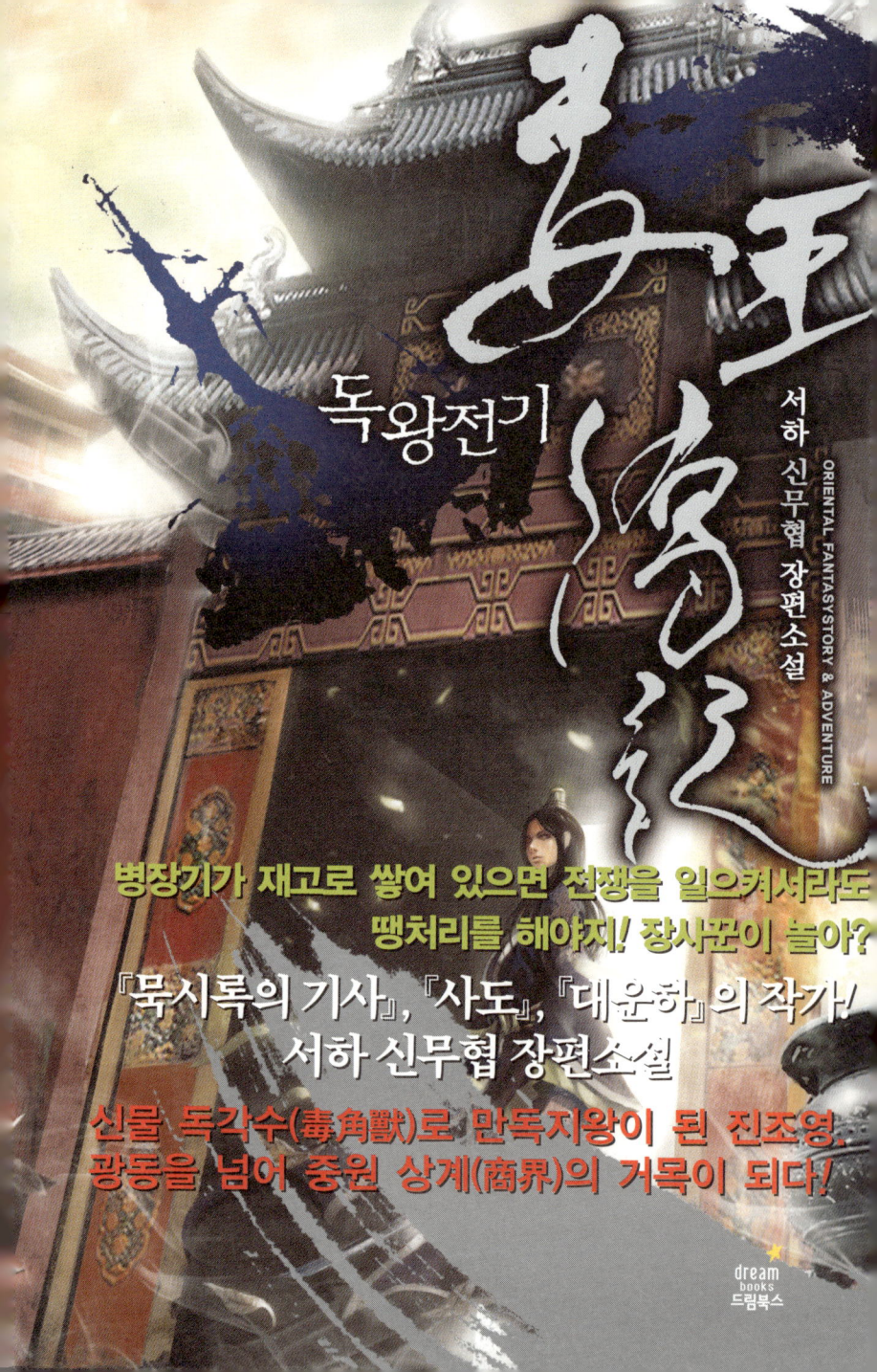